세상에서

가장

재미있는

——

소리·판

——

세상에서
가장
재미있는
소리 · 판

우리가 한 번도 들어보지 못한
판소리의 즐거움

초판1쇄 인쇄 2013년 2월 15일
초판1쇄 발행 2013년 2월 25일

엮은이 김흥식
그린이 조양순
펴낸이 김지훈
펴낸곳 도서출판 어젠다

출판등록 2012년 2월 9일 (제406-2012-000007호)
주 소 경기도 파주시 광인사길 217
전 화 (031)955-5897 | **팩스** (031)945-8460
이메일 agendabooks@naver.com

ISBN 978-89-97712-03-8 43810
이 도서의 국립중앙도서관 출판시도서목록(CIP)은 e-CIP홈페이지(http://www.nl.go.kr/ecip)와
국가자료공동목록시스템(http://www.nl.go.kr/kolisnet)에서 이용하실 수 있습니다. (CIP제어번호: CIP2013000608)

우리가 한 번도 들어보지 못한 판소리의 즐거움

세상에서 가장 재미있는

소리·판

김홍식 엮음

어젠다

판소리, 들어보셨습니까?

길 가다 잠깐, 방송국 채널 돌리다 잠깐, 그게 전부라고요?

음, 당연한 거예요. 듣고 싶어도 어디서 하는지 알기도 힘든 이 시대에 판소리를
직접 들어보기란 정말 하늘에서 별 따기죠. 게다가 판소리에 대한 정보뿐만 아니
라 판소리를 하는 분도 주위에서 찾아보기 힘들잖아요. 노래방에서 가요부터 팝
송, 게다가 듣도 보도 못한 일본곡까지 부를 줄 아는 사람은 흔하디흔하지만 판소
리 한 가락 뽑는 사람이 나타나면 완전 인간문화재 취급이죠. 그러니 판소리를 듣
지 못한 것은 잘못이 아니라 오히려 당연한 것이죠.

그렇지만 잠깐! 생각해볼까요?

판소리가 정말 재미없다면 아무 문제없어요. 아무런 즐거움도 주지 못하는 것을
우리 것이라고 배우고 즐겨야 한다면 그건 편협한 국수주의에 불과할 테니까요.
그런데 만일 정말 재미있고 우리에게 풍부한 상상력과 인류의 지성까지 전해주는

예술이 있는데 다만 접해볼 기회가 없어서 즐기지 못한다면 너무 안타까운 일 아닐까요?

판소리가 바로 그 주인공입니다.

판소리는 불과 7, 80년 전만 해도 우리 민족이 가장 즐겼던 예술 장르였습니다. 한마디로 요즘 같으면 온 국민이 열광하던 댄스 뮤직이요, 1000만 관객이 들었던 영화였던 것입니다. 그런데 5, 60년 전부터 우리 곁에서 갑자기 사라졌습니다. 그리고 이제 판소리는 무형문화재라는, 박물관 속 존재로 변하고 말았습니다.

왜 그랬을까요?

모든 분야에서 이루어진 서구화 바람이 가장 큰 역할을 했겠죠. 서구화와 함께 라디오, TV를 비롯한 다양한 매체의 탄생도 판소리의 쇠퇴에 큰 영향을 주었습니다. 게다가 판소리가 갖고 있는 장점을 널리 알리려는 노력 대신 우리 전통 예술에 대한 맹목적인 숭배도 거기에 한몫했을 것입니다. 숭배를 받는 입장에서는 대중과 호흡하려는 노력을 할 필요가 없을 테니까요.

그리고 그 결과 지난 300여 년간 우리 민족에게 가장 큰 웃음과 감동, 즐거움을 주었던 판소리는 사람들의 관심이 떠나기 시작하고 고작 50여 년 만에 사라질 위기를 맞고 만 것입니다.

그러나 판소리는 이렇게 사라질 예술이 아닙니다. 무척 재미있고 대단히 감동적이며 세상 그 어느 예술에 비겨도 뒤떨어지지 않을 만큼의 문화적 깊이를 가지고 있으니까요.

저는 결코 독자 여러분께 재미없는 판소리를 우리 것이니까 괴롭더라도 참고 들어보자고 말씀드리는 것이 아닙니다. 재미없으면 그냥 덮으십시오. 라디오를 끄십시오.

그러나 한번 읽어보고 들어보자고요. 들어보고 판단하자고요. 정말 서양 뮤지컬보다 변화무쌍하지 않고 댄스곡보다 흥겹지 않으며 개그보다 재미없는지. 그런 다음에 판단하자고요.

만일 그런 것보다 더 재미있는 게 판소리라면 이 세상에서 가장 즐거운 소리를 듣지 않는 것은 참으로 안타까운 일 아니겠습니까?

마지막으로 한 말씀만 덧붙이겠습니다.

저는 판소리에 대해 아는 것이 하나도 없는 사람입니다. 혹시라도 이 책에서 판소리의 역사와 형식, 체제, 예술적 가치, 탄생 배경, 구성 요소, 소리꾼의 계보 같은 전문적인 내용을 찾고자 하는 분이라면 절대 책을 펼치지 마십시오. 그런 건 여기에 없으니까요. 그런 내용을 다룬 책은 서점에 가면 쌓여 있습니다.

그럼 저는 무엇 때문에 판소리에 관한 책을 내는 걸까요?

단지 세상에서 가장 재미있는 소리인 판소리를 너무 많은 분이 재미없다고 지레짐작하고 안 듣기 때문입니다.

제가 심심풀이로 판소리 한 대목을 초등학생 아이들 앞에서 불러주었더니—이렇게 말하면 제가 판소리를 초급이라도 배웠을 거라고 여길 텐데, 절대 그렇지 않습니다. 저는 판소리를 배운 적이 없습니다. 노래를 배우지 않은 사람도 노래방 가면 노래할 수 있듯이 저 또한 판소리를 듣기만 했지만 아이들 앞에서 한 대목 할 수는 있습니다—그다음을 불러달라고 보채는 것을 끊느라고 혼났습니다. 사실 그 대목 외에는 알지 못했거든요.

바로 이것입니다. 알면 정말 재미있는 판소리. 그 사실을 전문가가 미처 안 알리고 있기 때문에 혹시라도 제가 해낼 수 있지 않을까 하는 과대망상증에 걸려서 이 책을 냅니다.

판소리에 일생을 건 분들은 저 같은 초짜가 판소리가 어쩌고저쩌고 하는 게 마음에 안 들겠지만 그래도 널리 이해해주십시오. 대중화란 사실, 저 같은 인간으로부터 시작될지도 모르니까요.

2013년 추위 속에서

김흥식

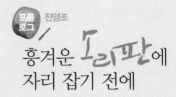

프롤로그 진양조

흥겨운 소리판에
자리 잡기 전에

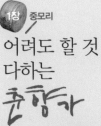

1장 중모리

어려도 할 것
다하는

춘향가

차례

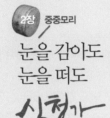

2장 중중모리

눈을 감아도
눈을 떠도
심청가

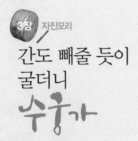

3장 자진모리

간도 빼줄 듯이
굴더니
수궁가

4장 휘모리

흥보가
기가 막혀
흥보가

 프롤로그 **진양조**

판소리, 줄거리를 알면 다 안다?

혼자서 다 불러야 제 맛

너무 쉬운 판소리, 소금 빠진 해장국

관객 없는 판소리, 앙꼬 없는 찐빵

이보다 재미있는 소리는 없다

살아 움직이는 '판', 쉼 없이 자라는 '소리'

어제·오늘·내일, 새로워지는 소리

이 명창, 저 명창, 달라지는 소리

흥겨운 소리판에
자리 잡기 전에

판소리,
줄거리를 알면
다 안다?

판소리는 많은 분이 알다시피 현재 〈흥보가〉〈수궁가〉〈춘향가〉〈심청가〉〈적벽가〉의 다섯 바탕이 불리고 있습니다. 예전에는 이외에 일곱 바탕 정도가 더 있었던 것으로 알려져 있습니다만 오늘날까지 불리는 것은 다섯 바탕이 전부지요. 물론 이외에 현대에 들어와 만들어진 이른바 창작 판소리란 게 없지는 않지만 아직도 판소리 하면 위의 다섯 바탕을 일컫는 것이 보통입니다.

그리고 다섯 바탕의 줄거리를 모르는 분은 거의 없을 정도죠. 혹시 있다면 〈적벽가〉 정도지 다른 이야기는 너무나 유명해 삼척동자도 다 알 겁니다.

홍보는 놀보보다 착한데 집에서 쫓겨나고 처마에서 떨어진 제비 다리를 고쳐주고…, 박을 탔더니 금은보화가 나오고…, 이 소식을 들은 놀보가 흥보 집에 가서 화초장을 빼앗아 지고 오고…, 제비 다리를 눅신 부러뜨린 후…, 이듬해 봄 제비가 가져다준 박씨를 심었더니 그 속에서 온갖 인물이 나와서 놀보를 혼내주고…, 개과천선한 놀보가 흥보와 사이좋게 살았다네.

물론 다른 바탕 이야기도 다 알지요.

"그러니 다 아는 판소리를 왜 또 들어야 합니까?"

이런 질문하는 게 당연합니다. 저도 그랬거든요. 내용도 뻔한 이야기를 잘 알아듣지도 못하는 소리로, 그것도 서양 오페라와는 달리 한 사람이 몇 시간씩 노래하는 판소리가 어찌 재미있겠는가? 저도 처음에는 그랬고 여러분도 저와 썩 다르지 않을 것입니다.

그런데 그게 아닙니다. 오페라는 자신이 좋아하는 작품이 아니면 한 시간 이상 듣고 있기가 지루한데 판소리는 그렇지가 않습니다. 시간 가는 줄 모릅니다. 게다가 소리꾼이 뛰어나면 더하죠. 왜 갑자기 생각이 바뀌었느냐고요? 음, 들어보고 생각이 바뀌었지요. 정말 좋은 소리를 들어본 후 제 생각이 바뀐 것입니다. 무척 재미있거든요.

저는 지금도 앞 세대 소리꾼들, 이를테면 김연수 선생이나 임방울 선생이 살아 계실 때 제가 그분들 노래를 듣지 못했다는 것이 너무나 안타깝습니다. 여러분 가운데 그런 안타까움을 느끼는 분이 있을지 모르겠지만 저는 정말 안타깝습니다.

자, 그럼 왜 제가 이렇게 누군가의 소리 판에 참여하지 못했던 것을 안타깝게 여기고, 왜 판소리에 그렇게 흠씬 빠져왔는지 말씀드리겠습니다.

혼자서
다 불러야 제맛

판소리는 아이러니컬하게도 혼자 불러야 듣는 사람도 소리하는 사람도 지루하지 않습니다. 판소리를 여러 사람이 나누어 부르는 창극, 즉 서양의 오페라처럼 부르는 형식이 없는 게 아닙니다. 그런데 창극은 판소리를 즐겨 듣는 분보다는 판소리를 처음 접하는 분이 좋아할 형식이지, 오래 들은 분은 썩 즐기지 않습니다. 그 이유 가운데 가장 큰 것은 판소리가 갖고 있는 표현의 다양성이 떨어진다는 것이죠. 또 하나는 호흡이 떨어진다는 것입니다.

이 두 가지 이유는 얼핏 들으면 말이 안 되는 듯합니다. 여러 사람이 각기 다른 배역을 맡아 하는 것이 어떻게 혼자 모든 배역을 담당하는 것보다 다양성이 떨어진다는 말일까? 또 여러 사람이 하는 것이 혼자 하는 것보다 어찌 호흡이 떨어진다는 말일까?

그 이유는 이렇습니다.

우선 판소리는 혼자 부르도록 만들어진 음악 양식입니다. 일종의 일인극인 것이죠. 그런데 이를 여러 사람이 나누어 부르다 보니 한 사람 한 사람의 흥이 연결되지 않습니다. 게다가 장단 역시 한 사람이 할 때 긴장과 이완의 멋을 자유자재로 낼 수 있도록 구성되어 있는데 여러 사람이 나누면 이 긴장감과 이완감이 사라집니다.

"이놈 흥보야!" "예에, 형님."
"내가 니 형님 맞지?" "그럼요. 형님이 제 형님이지요."

위 글을 보시면 놀보와 흥보 대화 사이에 띄어쓰기가 되어 있지 않지요. 왜 그런가 직접 판소리를 들어보시면 두 사람 대화 사이에 간격이 없는 이유를 금세 알 수 있습니다. 두 사람 대화 사이에 간격이 있는 것이 당연한데 판소리에서는 그게 없단 말입니다. 그런데 바로 그러한 파격이 판소리를 훨씬 긴장감 있게 만들어줍니다. 따라서 이러한 간격 조절 같은 것이 혼자서 부를 때는 가능하지만 두 사람 이상이 되면 힘들어집니다. 바로 이것이 판소리는 혼자 할 때 진정한 맛이 드러나는 까닭입니다.

저는 판소리를 들을 때는 호흡이 가빠질 정도로 긴장하면서 몰입하지만 창극은 맥이 빠져 듣기가 지루합니다. 물론 취향에 따라 저와 생각이 다른 분도 있겠지만 그런 건 비교해 들어보면 금세 알 수 있습니다.

다른 하나는 소리에서 드러나는데요, 예를 들면 〈심청가〉에서 심청이의 소리는 처음부터 끝까지 슬프거나 가라앉아 있습니다. 반대로 뺑덕어멈의 소리는 매우 해학적이죠. 그런데 창극에서는 심청이 역할을 하는 사람, 뺑덕어멈 역할하는 사람이 나누어져 있습니다. 그러다 보니 심청이는 늘 슬프고 청승맞고 그렇습니다.

그런데 판소리를 볼까요. 뺑덕어멈, 심청이는 물론 심봉사나 용왕까지 모든 등장인물을 소리꾼 혼자 담당하지요. 그러다 보니 한 사람이 울었다 웃었다 소리쳤다 소곤거렸다 하는 모습과 소리를 관객이 듣게 됩니다. 바로 이 점에서 관객은 독특한 즐거움을 맛보게 됩니다. 예상을 깨는 돌발성이 주는 즐거움 말이죠. 게다가 이러한 등장인물을 소화해내기 위해 소리꾼은 엄청난 노력을 합니다. 그래서 일정 수준에 이른 소리꾼은 웬만한 배우나 탤런트보다 연기력이 훨씬 뛰어나죠. 연기력이 부족한 사람은 한마디로 소리꾼이 될 수 없거든요.

너무 쉬운 판소리, 소금 빠진 해장국

한편 이러한 판소리와 창극을 기반으로 해서 최근 새롭게 태어난 것 가운데 마당놀이란 것이 있죠. 마당놀이는 판소리적인 요소, 창극적인 요소에 뮤지컬적인 요소까지 두루 포함하고 있습니다. 그래서 판소리는 듣지 않는 분도 마당놀이는 좋아하더군요. 게다가 마당놀이는 판소리의 가장 큰 장점인 현장성, 즉 관객과 소리꾼배우이 한 장소에서 즐기는 방식을 취하고 있습니다. 이것이 마당놀이를 인기있는 장르로 만든 요소인 듯싶습니다. 사실 판소리는 무대가 아닌 마당에서 이루어지는 공연 형식입니다. 이 말은 대단히 중요한데요. 무대는 관객과 배우가 분리된 공간에 놓여 있는 반면 마당은 관객과 배우가 같은 공간에 자리하고 있습니다. 그래서 판소리의 장점이 마당에서 가장 잘 드러나거든요.

그렇다면 마당놀이와 판소리 가운데 더 재미있는 것은? 이 질문에 대한 대답은 사람마다 다를 것입니다. 저는 판소리가 훨씬 재미있습니다. 왜냐? 판소리가 갖는 즐거움은 꽤 오랜 세월에 걸쳐 관객에게 예술적 즐거움을 가장 잘 전해주는 방식에서 비롯된 것이거든요. 그래서 잘 들어보면 거기에 빠지지 않을 수 없습니다. 예술적 긴장감, 그리고 반복해서 들어도 결코 질리지 않는 깊이와 다양성, 소리꾼에 따라 달라지는 다양한 움직임 등 다른 방식으로는 즐기기 힘든 요소가 두루 갖추어져 있으니까요. 이에 반해 마당놀이는 기본적으로 창극의 형태에서 크게 벗어나지 못한 것 같습니다. 게다가 너무 해학적인 부분만 강조하다 보니 마당놀이 한두 편 보고 나면 다른 마당놀이는 안 보아도 될 것 같더군요.

또 하나! 마당놀이가 놓친 면이 있습니다. 그건 어떤 면에서는 판소리에 잠재된 문제점과도 연관이 있는데요. 바로 판소리 사설과 관련된 것입니다.

사실 어렵디어려운 판소리 사설은 판소리의 대중화에 결정적인 장애물이기도 합니다. 오늘날 전해오는 판소리 사설을 해설해놓은 자료를 보면 "와, 이런 내용을 어디서 어떻게 수집해서 기록했을까? 아니 이 어려운 내용을 부르는 사람은 다 알고 부르는 것일까?" 하는 의문이 드는 대목이 한둘이 아닙니다. 중국의 수많은 고전부터 시, 역사서, 산문 그리고 우리 생활 속의 문화적 산물, 이를테면 음식, 의복, 장신구, 농기구 등 우리 선조를 둘러싸고 있던 온갖 유형, 무형의 유산이 두루 포함되어 있는 것이 바로 판소리 사설이니까요. 그러다 보니 일반인, 아니 전문가에게도 판소리 사설은 어렵습니다.

그런데 그 어려운 판소리 사설이 마당놀이에 견주어볼 때 즐거움을 더 주는 요인이라고요? 얼핏 들으면 말이 안 되죠. 마당놀이가 대중적인 인기를 끈 것은 판소리가 갖는 바로 그 문제점을 제거해버렸기 때문인데 말이죠.

그런데 말예요. 조금 더 생각해보면 생각이 달라질 수 있습니다.

그게 뭐냐? 바로 판소리의 영속성입니다. 우리나라에 마당놀이가 처음 선보인 지도 꽤 오래되었습니다. 그동안 공연된 마당놀이도 상당히 많을 것이고요. 그런데 돌이켜 생각해보면 초기에 공연된 마당놀이가 왜 오늘날에는 공연되지 않는 것일까요? 물론 다른 이유가 있을 것입니다. 그러나 제 생각에는 가장 큰 이유가 판소리의 문제점으로 여겨졌던 어려운 사설을 모조리 제거해버린 것입니다. 판소리의 어려운 사설을 싹 제거한 후 그 자리에 즐겁고 재미있는 해학적 내용을 채웠죠. 그런데 이 해학이란 것은 개그와는 다른 것입니다. 해학諧謔이란 단어를 찾아보면 '익살스럽고도 품위가 있는 말이나 행동'이라고 설명되어 있습니다. 그러니까 단순히 익살스러운 것이 아니라 익살을 품위 있게 표현한 것이라는 말이죠. 바로 그것이 재담才談과 해학을 구별해주고, 만담漫談과 해학을 구별해주는 것입니다. 그런데 판소리에서 '품위가 있는 말과 행동'을 제거한 것이 마당놀이니, 마당놀이는 해학이라기보다는 만담이나 재담, 고전적 개그가 된 것이지요.

물론 그런 방식으로 사회를 풍자하고 두 얼굴을 가진 지배층을 풍자하며, 하루하루를 힘겹게 살아가는 백성의 삶을 정화시켜줄 수만 있다면 아무 문제가 없을 것입니다.

그런데 순간적인 웃음을 주는 개그와 몸속 가득 쌓여 있는 삶의 무게를 풀어주는 해학은 사뭇 다릅니다. 결국 개그는 끊임없이 새로운 내용을 만들어내지 못하면 이내 사람들로부터 외면을 받게 됩니다. 아마 마당놀이가 선을 보인 후 수십 년에 걸쳐 매년 다른 내용을 공연해야 하는 까닭도 바로 거기에 있을지 모릅니다. 처음

볼 때는 즐겁지만 다시 보면 지루해지는 것 말이에요.

반면에 판소리는 듣는 순간 즐거움을 주는 부분과 들어도 들어도 이해하기 힘든 부분이 공존합니다. 앞부분이 판소리의 대중성을 확대시켜주는 요인이라면, 뒷부분은 판소리의 영속성을 가능케 해주는 요인이라고 할 수 있습니다.

자, 판소리 〈춘향가〉 가운데 한 대목을 보시죠.

도련님 춘향 옷을 벗기려 할 제 넘놀면서 어룬다. 만첩청산萬疊青山, 첩첩이 쌓인 깊은 산 늙은 범이 살찐 암캐를 물어다 놓고 이는 빠져서 먹진 못하고 흐르릉 흐르릉 아웅 어루는 듯, 북해 흑룡이 여의주를 물고 채운彩雲, 여러 빛을 띤 고운 구름 간에 넘노는 듯, 단산丹山, 붉은빛을 띤 산이란 의미인데 중국의 전설 속 산 봉황이 죽실대나무 씨을 물고 오동 속을 넘노는 듯, 춘향의 가는 허리를 에후루혀 담쑥 안고 기지개 아드득 떨며 귓밥도 쪽쪽 빨며 입술도 쪽쪽 빨면서 주홍 같은 혀를 물고 오색단청 순금장순금 장식 장 안에 쌍거쌍래雙去雙來, 쌍쌍이 오고 감 비둘기같이 꾹꿍 끙끙 으홍거려 뒤로 돌려 담쑥 안고 젖을 쥐고 발발 떨며 저고리 치마 바지 속곳까지 활씬 벗겨놓으니 춘향이 부끄러워 한편으로 잡치고 앉았을 제, 도련님 답답하여 가만히 살펴보니 얼굴이 복짐심한 운동으로 상기되고 약간 부어오른 것처럼 보이는 모습하여 구슬땀이 송실송실 앉았구나.

위 대목은 춘향이와 이도령이 첫날밤을 지내는 장면을 묘사한 부분입니다. 그런데 이런 장면을 모든 분이 알아듣고 재미를 느끼게 표현하려면 어떻게 해야 할까요? 분명 '19금'이 될 것입니다. 그렇지만 위 부분을 보십시오. 어떤가요? 내용은 아마 요즘 19금 영화보다 야하면 야하지 덜하지는 않을 것입니다. 성행위를 직설적으로 묘사하는 대목을 보면 포르노 영화보다 더 사실적이라는 느낌까지 듭니다. 그렇지만 위 대목을 들으면서 "이건 너무 야한 것 아냐? 이러니 우리 사회에 성폭력이 난무하지" 하는 분은 없을 것입니다. 어느 부분은, 한자를 모르는 분은 무슨 소리인지 알 수 없는 대목도 있고, 또 표현이 워낙 비유적이고 다양해서 잘 듣지 않으면 얼핏 이해가 가지 않는 대목도 많기 때문이겠지요. 그럼에도 '열대여섯 살이면 한참 성적으로나 정서적으로 이성에 눈을 뜰 나이인데 그런 청소년을 온종일 학교에 학원에 가두어두고 공부, 공부만 외쳐대니 그 아이들이 느끼는 스트레스가 얼마나 심할까? 그런데 이 대목을 들려주면 그런 스트레스가 해소되면서 대리 만족도 하게 되고 건강한 심신을 되찾을 수 있을 것 같은데' 하는 생각이 들지 않으세요?

해학은 바로 이런 것입니다. 인간 내면에 억압된 심리를 정화시켜주는 역할, 그러면서도 그 형식이 의학적인 것이 아니라 즐거움을 주는 방식을 통해 치료를 해주는 것. 그런데 이렇게 해학을 통해 많은 사람에게 오랜 기간 동안 즐거움을 주기 위해서는 너무 직설적이어서도 안 되고 너무 단순해서도 안 됩니다. 누구나 쉽게 즐길 수 있다는 것은 금세 싫증이 난다는 것이든요. 귀한 보석일수록 깊은 산속에 묻혀 있듯이 판소리 또한 인류가 낳은 뛰어난 예술 형식인 까닭에 처음부터 "앗사, 재미있다" 하는 분은 흔치 않을 겁니다. 그러나 첫 만남에서 10퍼센트를 이해하고 그만큼의 즐거움을 느꼈다면 시간이 가면서 30퍼센트, 50퍼센트를 이해하게 되고, 결국에는 100퍼센트를 이해하고 그만큼의 즐거움을 느끼게 됩니다.

이것이 바로 판소리가 꽤 오랜 세월 동안, 질곡의 삶을 살던 우리 겨레에게 한없

이 즐거움을 공급해온 까닭입니다.

알고 보면 옛날 분도 판소리 사설 다 이해하지 못했습니다. 어떤 면에서는 우리보다 덜 이해했을지도 모릅니다. 왜냐하면 선비가 아니라면 옛날 사람 역시 한자로 표현된 중국 문화, 역사, 시, 산문, 고사 따위를 몰랐을 테니까요. 우리는 강제로 학교라도 다니지만, 옛날 평민은 교육도 제대로 못 받았잖아요. 그럼에도 옛날 분은 판소리 마당이 열리면 만사를 제쳐두고 자리를 잡았습니다. 그뿐인가요? 판소리 공연자가 서양에 가서 공연을 하게 되면서 수많은 서양 사람이 판소리에 푹 빠져 환호를 보내곤 한답니다. 그렇다면 그들은 우리보다 우리 문화, 중국 역사에 대해 더 잘 알아서 그랬을까요? 절대 아닙니다.

다만 판소리가 표현하는 내용이 워낙 다양하다 보니까 청중이 자신이 이해할 만

큼 이해하게 되고, 그 적은 부분에서도 다른 예술 양식에서는 느끼지 못하는 즐거
움을 느낄 수 있기 때문입니다.

이런 면을 살펴보면 판소리가 왜 우리 예술사에서 그리도 큰 역할을 해왔는지 알
수 있을 듯싶습니다.

관객 없는 판소리,
앙꼬 없는 찐빵

판소리는 잘 아시다시피 기본이 되는 소리 외에 '아니리', '발림', '추임새'의 세
가지 요소를 가지고 있습니다. 사실 이런 것은 학교에서 배워서 알게 된 것입니
다. 그런데 바로 이런 것 때문에 우리가 우리 예술을 싫어하게 된다는 사실, 교육
을 담당하는 분이라면 한번쯤 생각해보아야 할 문제입니다. 판소리 한 번 들려주
지 않으면서 판소리의 삼대 요소를 외우도록 하는 게 무슨 소용이 있습니까? 그러
니 음악 공부, 고전 공부가 지겨울 수밖에요.

각설하고, '아니리'는 소리꾼이 하는 소리 가운데 음률이나 장단이 없는, 일상적
인 어조로 말하는 부분을 가리킵니다. 그러니까 이런 부분이죠.

운봉 함양 두 얼품에 박씨 형제가 살았으되 형 이름은 놀보요, 아우 이름은 흥
보였다. 사람마다 다 오장이 육보인디 놀보는 오장이 칠보였다. 그 어찌 칠보
냐 하며는 이놈이 밥 곧 먹으면 남한테 심술 부리는 보 하나가 왼쪽 갈비 속에

가서 장기 궁짝만헌 것이 붙어가지고 병부 줌치 찬 듯 딱 이놈이 앵겨 가지고 남한테 심술을 부리는디 꼭 이렇게 부리것다.

이 아니리 다음에 이어지는 부분이 그 유명한 놀보 심술 부리는 대목입니다. 그런데 아니리란 것은 그 형식이, 소리하는 사람이 자기 앞에 있는 사람에게 이야기해주는 것이죠. 그러니까 앞에 아무도 없는 데서 아니리를 하려면 하는 사람이 무척 겸연쩍을 수밖에 없습니다. 아무도 없는데 누구에게 이야기를 해준단 말입니까? 그래서 판소리는 그 탄생 바탕부터 관객을 빼고는 성립할 수 없는 예술 형식입니다. 물론 모든 공연 예술이 관객이 없으면 존재할 수 없지만 판소리는, 관객이 그저 듣는 사람이 아니라 소리꾼과 함께 공연을 만드는 예술 형식이란 겁니다. 그래서 근대 명창으로 이름이 높은 임방울 같은 소리꾼은 스튜디오 녹음을 극도로 꺼렸습니다. 관중 없는 소리는 판소리가 아니고, 마당에서 이루어지지 않는 공연은 판소리가 아니라고 여긴 거죠.

이렇게 판소리는 현장감이 중요합니다. 판소리의 현장감은 현장에서 관중과 호흡을 맞추며 이루어지는 공연과 스튜디오에서 아무 관중도 없이 이루어지는 녹음을 들어보면 금세 알 수 있습니다. 판소리에서 관중의 추임새 같은 게 없으면 무척 이상하고, 나아가 판소리가 살아 있다는 느낌을 가질 수가 없거든요.

이쯤에서 이 같은 형식의 예술이 왜 우리나라에만 있을까? 한번 생각해볼까요? 일반적으로 판소리가 태어난 시기를 지금부터 약 300년 전 또는 그 이전, 그러니까 조선이 영·정조 임금을 맞이하여 조선 문화의 르네상스 시대를 열어갈 무렵으로 보고 있습니다. 이 무렵 조선은 임진왜란과 병자호란으로 피폐해진 국력을 다잡으며 새로운 시대를 향해 앞으로 나아가고 있었습니다.

그러나 시대가 변화한다는 것은 단순히 전쟁이 사라진다는 것은 아니죠. 사회적 생산력도 확대되고, 오랜 시간을 옥죄고 있던 사회 계층의 완고함도 점차 무너지면서 새로운 사회, 새로운 계층, 새로운 삶이 시작될 때 우리는 시대가 변화한다고 말합니다. 영·정조 시대가 바로 그런 시대였습니다.

우리나라 최초의 소설로 일컬어지는 《홍길동전》이 탄생한 것이 1600년 전후, 《구운몽》은 1600년대 후반이니까 이 무렵부터 이야기가 소설로 일반인에게 본격적으로 전달되기 시작했겠지요. 물론 그 이전에도 《춘향전》이나 《심청전》 같은 작품이 있었지만, 작자가 알려진 작품이 탄생하기 시작했다는 것은 그만큼 이야기에 대한 사회적 욕구가 있었다고 볼 수 있겠죠.

이러한 움직임은 서양도 마찬가지여서 서양에서도 르네상스를 전후하여 이야기, 즉 소설이 본격적으로 탄생하게 됩니다. 그런데 더욱 놀라운 사실은 소설 읽어주는 직업이 등장하는 것이죠. 소설, 즉 재미있는 이야기를 읽고 싶은데 글자를 몰라 읽을 수 없는 서민을 위해 소설 읽어주는 직업이 생겨난 것입니다.

그렇게 본다면 판소리란 것도 이야기에 굶주려 있던 우리 조상을 위해 자연스럽게 탄생한 것은 아닐까요? 물론 있는 이야기를 그저 중얼거리는, 소설 읽어주는 정도가 아니라 이야기를 보완·수정·각색·작곡·편곡·구성·안무까지 해서 세계 그 어디에도 없는 놀라운 예술 형식으로 탄생시켰다는 것이죠. 그래서 판소리가 탄생한 것은 시대적 산물이라고 볼 수 있습니다. 다만 다른 나라에서는 엄두도 내지 못할 정도로 탁월한 형식을 갖추었다는 것이 다른 점이겠지요. 그리고 그런 형식을 낳은 것은 바로 우리나라에 이미 있던 문화적 기반이 큰 역할을 했을 것이고요.

이런 과정을 감안해보면 관객을 빼놓고는 판소리를 이해하기 힘든 게 어찌 보면 당연하지요. 책을 혼자 소리 내어 읽는다? 얼마나 이상합니까? 그래서 관객 없는 판소리는 글자 없는 책이요, 이어폰 없는 MP3 플레이어인 것입니다.

이렇게 형식미보다 현장감을 중시하는 예술이므로 판소리는 애드립, 즉 즉흥성이 중요합니다. 이 즉흥성은 소리꾼과 관객을 일체화하는 대단히 중요한 요소죠. 게 다가 앞서 말씀드렸듯이 소리꾼은 수많은 얼굴을 한 뛰어난 배우이기 때문에 공 연이 이루어지는 장소, 날짜, 환경, 관객 등의 요소에 따라 다양한 애드립을 소화 할 수 있었습니다. 그러니 관객 없이 밀폐된 공간에서 이루어지는 스튜디오 녹음 과 마당에서 이루어지는 판소리 공연 사이에는 엄청난 차이가 있게 마련이죠.

이처럼 판소리는 즉흥성과 현장감에서 여타 예술 형식과는 비교할 수 없을 만큼

앞서가는 장르입니다. 그런 까닭에 살아 숨 쉬는 공연을 즐기는 분에게는 참으로 매력적인 형식임이 분명합니다.

세상에
이보다 재미있는
소리는 없다

솔직히 말씀드리면 판소리를 처음 접하는 분은 판소리를 제대로 즐기기 힘듭니다. 수십 년 동안 온갖 악기와 첨단의 녹음 기술, 그리고 사람 목소리까지 조작 가능한 기계 소리에 익숙해진 우리가 갑자기 판소리를 "이제 들어봐야지" 한다고 들리겠습니까? 안 들리는 게 당연합니다.

그럼 어떻게 해야 할까요?

안 들리면 안 들으면 됩니다. 예술이란 게 듣기 싫으면 듣지 않으면 되지 꼭 들어야 할 까닭이 없다고 봅니다. 다만 모차르트 음악이건 판소리건 피카소 그림이건 브루넬레스키의 건축물이건 즐기지 못한다면 그만큼 인류의 문화유산을 즐기지 못하는 것이고, 그만큼 삶의 질이 떨어질 뿐입니다. 게다가 이런 예술이란 것이 매우 재미있거든요. 그러니까 즐기지 못하면 재미도 놓치니 일석이조의 기회를 잃는 셈이죠.

이런 말에 어떤 분은 말씀하십니다.

"이보쇼. 클래식이 뭐가 재미있고 피카소가 뭐가 재미있소? 그거 모르면 무식하다고 하니까 공부해가면서 배우는 거지."

음, 예술에 대한 편견이 심하시군요. 예술은 재미있습니다. 다만 그 재미가 골프 칠 때의 재미, 게임할 때의 재미, 야동 볼 때의 재미 등과 다를 뿐, 진정한 재미를 주는 것은 바로 예술입니다. 재미만 있나요? 예술이란 게 인간을 둘러싸고 있는 온갖 한계를 뚫어주는 결정적인 역할까지 하니까 더 이상 바랄 게 없는 셈이죠. 아! 이 말은 간단히 이렇습니다.

'인간성의 한계를 확장시켜주는 것, 이것이 바로 예술이다.'

결론적으로 예술은 나의 고상함을 자랑하기 위한 것도 아니요, 학교에서 가르치니까 억지로 배우는 것도 아닙니다. 예술이란 내가 인간으로서 지닌 한계를 벗어나 나에게 새로운 삶을 펼쳐줄 뿐 아니라 그 과정에서 느끼게 되는 환희를 안겨주는 바로 그것입니다. 그러니 판소리가 예술이라면 분명 그것을 들으면서 우리는 재미를 느끼고 인간성의 고양까지 얻게 될 것입니다.

어! 왜 이렇게 골치 아픈 예술론으로 빠져들었지?

다시 판소리로 돌아가겠습니다. 여하튼 여러분께, "판소리 한 바탕을 세 시간에 걸쳐 들어보세요" 하면 다들 이불을 까실 것입니다. 그러니까 그렇게 하면 안 되죠. 저는 이제부터 제가 듣던 방식으로 여러분에게 판소리란 친구를 소개해드리려고 합니다.

일단 저를 통해 판소리를 친구로 사귀세요. 그런데 여러분은 친구의 모든 삶을 다 아시나요? 저 녀석이 수입은 얼마고 지출은 얼마며 겉에는 명품을 입고 있지만 속에는 아무것도 안 입고 있는 변태인지 아닌지, 하루에 책은 한 페이지도 안 읽으면서 연속극은 세 편씩 보는지 아니면 그 반대인지, 솔직히 잘 모르지요. 우리가 아는 것은 우리가 필요한 부분만큼일 것입니다. 친구로서 알아야 할 만큼 아는 것이지 그 이상을 알려고 하면 그 사람은 탐정이거나 형사겠죠.

이 책도 마찬가지입니다. 여러분께 판소리를 친구로 소개할 뿐 판소리의 모든 것을 알려드리지는 않습니다. 저는 판소리 전문가가 아니고 여러분도 전문가가 될 필요는 없거든요. 다만 운전하고 가다가 판소리가 나오면 즉시 다른 방송으로 채널을 돌리는 일만은 막겠다는 생각에, 나아가 돌리지 않고 듣는데 그 소리가 너무나 재미있어 운전하기가 어려워지면 갓길에 차를 세우고 잠깐 듣고 가도록 하겠다는 생각에 이 책을 씁니다.

그러니까 이 책은 재미있을 수밖에 없습니다. 혹시 재미가 없다면 그것은 판소리가 재미없는 게 아니라 제 글재주가 부족해 그렇다는 사실을 기억해주십시오.

살아 움직이는 '판', 쉼 없이 자라는 '소리'

판소리는 앞서 말씀드렸듯이 내용이 뻔합니다. 한국인이라면 모르는 사람이 없을 정도의 내용입니다. 옛날 분이라고 그걸 몰랐겠습니까?

요즘 사람은 옛날 사람을 무시하는 경향이 있는데 사실 옛날 사람이 훨씬 더 유식했습니다. 책을 읽어도 더 읽었고, 세상을 고민해도 더했습니다. 요즘 사람들은 고작 고민하는 게 돈이잖아요. 옛날 분들은 그렇지 않았어요. 평생 특별한 변화가 있을 리 없었기 때문에 선비는 평생 책 읽고, 농사짓는 분은 평생 삶이 무엇인지 끙끙 앓으셨어요. 그러니 그 사고의 깊이가 요즘 사람과는 비교가 안 되었죠. 여하튼 그런 분들이 판소리 줄거리 알고 싶어 판소리 들으셨겠습니까? 아닙니다.

물론 소리꾼도 그걸 모르지 않았지요. 사설이라고 불리는 판소리 극본을 쓰신 분들도 그거 잘 아셨고요. 그래서 판소리는 줄거리가 중요하지 않습니다. 그러다 보니 판소리를 공연할 때는 관객이 줄거리를 다 안다는 전제 아래 어떤 대목만 떼어서 부르는 게 일반적입니다. 왜냐고요? 처음부터 끝까지 다 부르려면 몇 시간씩 걸리니까요.

"〈춘향가〉중에서 어사출또하는 대목 불러드리겠습니다" 하면 이몽룡이 어사 되어 남원 관아 잔치 중에 "어사출또요!!!" 하고 나타나는 대목을 공연하는 것이고, "〈심청가〉중에서 심봉사 눈 뜨는 대목을 부르겠습니다" 하면 심봉사가 심청이가 주최하는 맹인 잔치에 참가해 눈 뜨게 되는 대목을 부르는 것입니다.

어제·오늘·내일, 새로워지는 소리

그렇다면 왜 이렇게 다 아는 이야기를 평생 듣고 듣고 또 듣는 것일까요? 앞서 말씀드렸듯이 재미있으니까. 뻔히 아는데도 재미있으니까. 그러니 오늘날 재미있다고 하는 다른 어떤 것보다도 더 재미있는 게 바로 판소리란 말입니다. 듣고 듣고 또 들어도 재미있는 게 어디 그리 흔합니까?

그런데 판소리를 더욱 매력적인 예술로 만든 요소가 있으니 바로 '더늠'이라는 것입니다. 다른 예술 장르에서는 찾아보기 힘든 것이 바로 이 더늠인데요, 그렇다면 더늠은 무엇일까요?

더늠이란 본래 정해져 있는 판소리를 자신의 뜻을 더해 새로운 형태로 변화시키 거나 창작하는 것입니다. 그러니까 전해져오던 판소리에는 없는 대목을 덧붙이 거나 본래 형태를 변형시키는 것이죠.

얼마나 대단합니까? 서양의 오페라나 연극 같은 경우 정해진 대사를 그대로 읊어 야 하는 게 일반적이잖아요. 그런데 판소리는 소리꾼의 능력에 따라 이야기 전개 가 바뀌기도 하고 새로운 내용이 더해지기도 하고 또 새로운 소리가 드러나기도 하니까 결국 들을 때마다 새로워진다는 말 아닙니까? 그러니까 판소리가 고리타 분하고 평범한 옛날이야기라고 알고 있는 분은 정말 잘못 알고 있는 거죠.

우리가 이 재미있는 판소리를 계속 즐긴다면 판소리는 앞으로도 끊임없이 새로 태어나면서 세월이 갈수록 더욱 즐거운 예술로 발전하게 될 것입니다.

이 명창, 저 명창, 달라지는 소리

판소리에는 '바디'라는 용어도 있는데요, 무슨 뜻일까요? 판소리는 앞서 말씀드린 바와 같이 더늠이라고 해서 부르는 사람이 자신만의 독특한 내용을 첨가하거나 발전시키는 부분이 있지요. 그런데 바디는 주요한 소리꾼이 불러 전해 내려오는 판소리 한 바탕을 이르는 말입니다. 그러니까 송만갑제 〈춘향가〉 하면 송만갑이라고 하는 유명한 소리꾼이 짜서 부른 〈춘향가〉를 가리키는 말입니다. 결국 ○○ 제 〈춘향가〉, ○○제 〈춘향가〉 하는 것이 모두 다르다는 것이죠.

이 또한 다른 예술 분야에서는 찾아보기 힘듭니다. 부르는 사람이 본래 곡을 자신 만의 것으로 완성해 후대에까지 전하는 것이니까요.

여하튼 판소리를 자신만의 매혹적인 것으로 만들기 위해 바디를 구성한 분은 거 기에 엄청난 공부와 공력을 기울였습니다. 그리고 그에 따라 판소리를 즐기는 사 람은 더 다양하고 더 새로워진 판소리를 접할 수 있었던 것이죠. 그리하여 판소리 사설을 처음 정리한 신재효 선생의 판소리 창본은 후대에 오면서 더욱 다양하고 재미있고 변화무쌍한 내용으로 풍부해질 수 있었답니다.

이 책에 실린 판소리 사설에도 이런 특징이 있습니다.

사실 이 책을 쓰면서 저도 고민이 많았습니다. 판소리 사설이라는 게 워낙 복잡하 기 때문이지요.

우선 엄청난 양의 한자어가 등장합니다. 그 한자어도 단순한 단어가 아니라 중국 역사와 문학을 관통하는 것이라서 웬만한 사람이라면 듣도 보도 못한 표현이죠. 저라고 크게 다르겠습니까?

게다가 우리 고유어 또한 엄청난 양이 등장합니다. 사전에도 없는 독특한 표현, 이를테면 의성어, 의태어, 부사, 형용사…. 게다가 의식주에 관련된 온갖 이름에 이르기까지 현대를 살아가는 한국인에게는 영어보다 낯선 표현이 시도 때도 없이 등장하지요.

또한, 독자 여러분을 괴롭히는 것은 판소리 사설 전체를 지배하는 전라도 사투리 입니다. 판소리가 처음 등장한 곳이 어딘지 분명치는 않지만, 아마도 진도 지방의 무가巫歌, 무당이 굿을 할 때 부르는 노래로부터 시작된 것이 아닐까 하는 설이 있는 것을 보아도 호남 지방에서 시작됐을 가능성이 높습니다. 그뿐이 아니지요. 판소리가 본격적으로 민중을 만나기 시작한 것도 호남 지방이요, 사설을 정리하고 '바디'를 만들고 소리를 부른 사람이 대부분 전라도 지방에 거주하던 분입니다. 그러다 보니 사설이 전라도 사투리인 것 또한 자연스러운 일일 것입니다.

판소리 사설을 이해하는 데 장애가 되는 이 세 가지를 어떻게 할 것인가를 놓고 고민이 많았습니다. 처음에는 독자 여러분이 사설을 쉽게 이해할 수 있도록 현대어로 고칠까 생각하였습니다만 결국 이를 포기하게 되었습니다. 왜냐하면 그렇게 되는 순간 판소리 사설의 참맛이 사라집니다. 이해하기는 쉬우나 교과서 지문처럼 변한다는 사실을 깨달았기 때문이지요.

판소리가 세상에서 가장 재미있는 소리로 성장한 것은 이러한 고유의 특징 때문인데, 이것을 현대화한다고 사설을 바꾼다면 교각살우矯角殺牛, 즉 뿔을 바로잡으려다 소를 잡는 잘못을 저지를 수도 있지 않겠습니까? 그러니 우리 문화를 창조·육성·발전시켜온 조상의 삶을 느끼고 이를 더욱 발전시켜나가기 위해서 현대를 사는 우리가 우리 문화를 공부하는 편이 낫다고 판단한 것입니다.

제 뜻을 이해하시겠지요? 이해가 안 가는 분은 본문을 읽어가다 보면 이해가 될 것이라 확신합니다. 그래서 정 필요한 부분 또는 본래 사설에 문제가 있는 부분이 아니라면 가능한 한 그대로 살렸음을 알려드립니다.

하나 더 알려드릴 것은 제 능력이 닿는 한 모든 자료를 찾아 해설을 붙였습니다만, 제 실력으로도 이해하기 힘들고 다른 곳에서 자료를 찾기도 힘든 표현은 그냥 둘 수밖에 없었음을 이해해주기 바랍니다. 읽다 보면 여러분도 무슨 의미인지 어

판소리는 사설이
너무 어려워!

하지만,
그거 다 빼고 들어보라고
아마 무지 싱거울걸~

자라! 빙고!
한술에 배부르랴~

럼풋하게는 이해할 수 있지만 분명한 뜻을 알기 힘든 표현을 만나게 될 것입니다. 당연하지요. 판소리 사설은 수백 년 동안 민중이 일구어온 문화의 논과 밭을 채웠던 살아 있는 우리말인데, 그 논과 밭을 파헤쳐 그 위에 서양에서 들어온 아파트만 높이높이 쌓아 올린 우리가 어찌 그것을 그리 쉽게 이해할 수 있겠습니까?

이런 점을 충분히 이해하고 내용을 즐긴다면 문화가 주는 참된 기쁨을 누릴 것이라 믿습니다.

이제 판소리가 얼마나 독특하면서도 즐길 만한 예술인지 아셨습니까? 아셨으면 저와 함께 판소리 네 바탕 속으로 여행을 떠나보시지요. 모르셨다면? 음, 그래도 저를 따라 네 바탕 속으로 함께 여행을 떠나보자고요. 그러면 알게 될 테니까요.

아, 왜 다섯 바탕이 아니고 네 바탕이냐고요? 〈적벽가〉는 바탕되는 이야기가 중국 《삼국지》잖아요. 그래서 판소리를 처음 접하는 분은 낯설어 할 것이라고 판단했기 때문입니다. 안 그래도 어렵게 느껴지는 판소리인데 중국 지명·고전·역사가 마구 쏟아져나오면 지레 지겨워질지도 모르잖아요. 그래서 〈적벽가〉는 다음 기회로 미루기로 한 겁니다. 그렇다고 절대 아쉬워하지 마십시오. 네 바탕만으로도 여러분은 배꼽 잡고 웃다가 슬피 울다가 감동에 빠져 "심청아!" 하고 외치기에 충분하니까요.

자, 그럼 저와 함께 세상에서 가장 즐거운 소리 여행길을 떠나볼까요.

1장　중모리

어려도 할 것 다하는
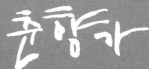

이팔청춘 이몽룡, 방자에게 된통 혼이 나는구나

〈춘향가〉를 모르는 분 안 계시죠. 아마 판소리 다섯 바탕 가운데 가장 유명한 것이 〈춘향가〉일 것입니다. 물론 〈춘향가〉는 판소리로서뿐 아니라 예로부터 소설로도 시중에 널리 퍼졌고, 현대에 들어와서는 영화로도 여러 번 제작되었습니다. 한마디로 우리나라의 《로미오와 줄리엣》이자 한민족의 러브스토리라고 할 만하죠. 물론 《로미오와 줄리엣》과 사뭇 다른 점은 그 결말이 비극이 아니라 해피엔딩이란 것이지만.

여하튼 〈춘향가〉는 판소리 가운데서도 가장 널리 불리는 소리입니다. 자, 그럼 판소리 〈춘향가〉의 세계로 풍덩!

〈춘향가〉가 어떻게 시작되는지 모르는 분 안 계실 겁니다. 고작 열여섯 살 먹은 사또 자제 이몽룡이 남원에 내려온 지 서너 달 만에 봄바람이 나 광한루로 산책을 나가는 데서 시작하지요. 그리고 그곳에서 발견한 것이 바로 그네 뛰는 춘향이입니다.

그런데 춘향이 그네 뛰는 모습을 처음 본 이 도령 태도가 어떤지 아십니까? 한마디로 재미 그 자체입니다.

도련님이 그 거동을 보시더니 마음이 울적하여 두 눈이 캄캄하고 가슴이 답답, 온몸을 벌렁벌렁 떨며, 유월 장마 두꺼비 숨 쉬듯 헐떡헐떡하며 방자를 부르는데, 윗턱은 가만히 두고 아래턱만 달달 떨며,

"이애 방자야."

방자놈 눈치 채고 세 배는 더 떨며,

"예에."

도련님 기가 막혀,

"이 자식아. 나는 떨 일이 있어 떨거니와 너는 무슨 일로 육색으로 떠느냐?"

"상탁하부정上濁下不淨, 윗물이 맑아야 아랫물이 맑음이로소이다. 도련님 떠는 걸 보니 돌림병인지 감기인지 우연히 벌렁벌렁 떨리옵니다."

"이 자식. 떠는 데도 돌림병이 있단 말이냐? 너 이리 좀 오너라. 저기 저 건너 녹림 숲 속에 오락가락하고 울긋불긋한 게 무엇이냐?"

"소인 눈에는 아무것도 안 보입니다."

"아 이 녀석아, 자시자세히 좀 봐라."

"자시子時가 아니라 축시丑時로 봐도 안 보입니다."

"아 이놈아 똑똑이 좀 봐라."

"똑똑이가 아니라 막대기 두 번 작신 분질러져도 안 보입니다."

"아이고 이 녀석아, 내 부채 발로 좀 봐라. 부채 발로."

"부채 발부처발이 아니라 미륵님 발로 봐도 안 보입니다."

'자세히'를 자시로 줄여 표현하고 이를 다시 자, 축, 인, 묘 하는 십간++으로 묘사한 거죠. 게다가 '부채 발'에 웬 미륵님이 나올까요. 방자가 부채를 부처로 들었다는 것이죠. 그래서 부처님 발과 미륵님 발을 대비했습니다. 그래서 판소리에서는 현장에서 공연하는 사람의 재치와 표현이 매우 중요합니다.

여하튼 이 대목에서 방자는 이 도령을 철저히 가지고 놉니다. 이 도령이 떠는데 자기가 왜 떱니까? 말하는 사람이 덜덜 떨면서 하니까 저도 덩달아 덜덜 떨면서 대꾸하는 모습. 개그에서 흔히 볼 수 있는 모습 아닙니까?

"저기 들어간다, 들어가. 나온다 나와."

"그것이 다른 것이 아니오라 병든 솔갱이가 깃 다듬느라고 두 날개를 쩍 벌리고 움쑥움쑥 허는 모습을 보고 하는 말씀인가요?"

"아 이놈아. 내가 병든 솔갱이를 모르겠느냐?"

"아니 그렇다면 뭘 보고 허는 말씀이오?"

"저기 올라간다, 올라가. 내려온다 내려와."

"아, 그것은 다른 것이 아니오라 우리 집 수나귀 고삐를 길게 매놓았더니 저기 암나귀를 보고 이리 뛰고 저리 뛰고 그러는 것이오."

"네 이놈. 내가 우리 집 나귀를 모를 리 있겠느냐?"

솔갱이는 솔개의 사투리입니다. 암나귀를 보고 수나귀가 이리 뛰고 저리 뛰는 모습을 보니 이 도령이 춘향이 그네 뛰는 모습을 보면서 눈알을 올렸다 내렸다 하는 모습이 눈에 선합니다.

도련님 혼을 잃은 듯 맥 놓고 서서 보다, 방자더러 물어보아,
"저 건너 꽃 숲 속에 그네 타는 저 여자가, 처녀냐, 신부냐?"
방자가 여짜오되,
"본부本府, 지방관이 자기가 있는 관부官府를 스스로 이르던 말 퇴기 월매의 딸, 춘향이라 하나이다."

그네 뛰는 춘향이 보고 넋을 놓은 도련님이 그게 누구냐고 방자에게 묻자 방자가, 이 고을 은퇴한 기생 월매의 딸 춘향이라고 일러주는 대목입니다. 간단하죠. 이쯤에서 판소리가 어떻게 변해왔는지를 잠깐 살펴볼까요. 이렇게 간단한 대목이 시간이 가고 여러 소리꾼이 나타나면서 앞서 살펴본 것처럼 다양한 이야기와 표현으로 발전한 것입니다. 그래서 앞에서 배운 바 있는 더늠이니 바디니 하는 것이 태어났고요.

아, 이 간단한 대목은 누구 것이냐고요. 바로 판소리의 아버지라 불릴 만큼 유명한 동리桐里 신재효申在孝 1812~84 선생님이 정리해놓은 것입니다. 그러니까 오늘날 전해오는 판소리 사설 가운데 가장 오래된 것인 셈이죠. 물론 그 시대에는 이렇게

간단히 불렀을 터이고요. 그렇다고 모든 대목에서 신재효 선생님 사설이 가장 간단한 것은 아니고요, 어떤 대목은 신재효 선생님 사설이 훨씬 재미있기도 합니다. 그런 내용은 차차 살펴보기로 하겠습니다.

자, 그럼 간단히 판소리의 변천 과정을 살펴보았으니 다시 이 도령에게 가볼까요. 앞서 이 도령과 옥신각신하던 방자는 더 이상 도련님을 놀리다가는 혼쭐이 날지도 모른다고 생각하고 바른대로 알리죠.

"예이, 자세히 아뢰리다.

그게 다른 게 아니오라, 이 고을 퇴기 월매 딸 성춘향이라 하옵난디,

본시 양반의 기출이라, 제 몸실 도도하야 기생 구실 마다허고,
본래 양반집 출신이라 몸의 태도가 도도하여 기생 구실 마다하고

백화춘엽에 글자나 생각허고, 예공 자색과 문필을 겸하야,
온갖 꽃 피는 봄날에도 공부할 생각하고 여인의 할 일은 물론 미모와 글솜씨를 두루 갖추었는데

오월 단옷날이면 저곳에 와서, 여염집 아이들과 추천하는 거동인가 봅니다."
오월 단옷날이면 저곳에 와서 좋은 집안 아이들과 그네 타는 모습인가 봅니다.

이 말을 들은 이 도령은 크게 기뻐합니다. 기생이니 부르면 당연히 올 테니까요. 만일 오지 않았다가는 어떻게 되겠습니까? 양반, 그것도 남원 원님 아들의 명을 거역했다가는 살아남기 힘들죠.

그래서 이 도령은 당장 가서 불러오라고 방자에게 명합니다. 하지만 춘향이의 도도한 태도를 익히 알고 있던 방자는 그게 어렵다고 말하죠. 그렇지만 결국 이 도령의 명을 거역치 못한 방자가 춘향이를 부르러 건너갑니다.

"아나, 춘향아!"
"애고, 호들갑스럽게 생긴 자식. 너의 선산에 불이 났느냐, 눈깔이 생긴 것이 얼음에 미끄러져 죽은 검은 소 눈깔처럼 생긴 자식. 하마터면 낙상할 뻔했다."
방자 기가 막혀,
"사서삼경 다 배워도 이런 쫄쫄이문자열터리 글귀 처음 듣겠네. 이제 열대여섯 살 먹은 처녀가 뭣이 어째? 낙태했다고?"
향단이, 썩 나서며,
"아니 이 녀석아. 언제 우리 아씨가 낙태라드냐. 낙상이라고 했제."
"그건 잠시 농담이고, 사또 자제 도련님이 광한루 구경 나오셨다 자네들 노는 거동을 보고 빨리 불러오라 하시니 나와 같이 건너가세."

그러나 호락호락 건너갈 춘향이가 아니죠.

"아니 엊그저께 내려오신 도련님이 나를 어찌 알고 부른단 말이냐? 네가 도련

님 턱 밑에 앉아서 춘향이니 난향이니 기생이니 비생이니 종달새 삼씨 까듯,
생쥐 씨나락 까듯 똑똑 까 바쳤구나. 이 개씹으로 나서 소젖 먹고 돼지 등에
업혀 자라난 이 두더지 잡년의 자식아."

춘향이에 대한 환상을 가진 분 계십니까? 그럼 이 대목에서 그 환상 다 깨졌을
겁니다. 욕 한번 걸판지게 하지요. 옛날 사람은 양반, 상놈을 막론하고 이랬나 봅
니다.
씨나락은 볍씨의 사투리인데 속담에 자주 등장하네요. 귀신 씨나락 까먹는 소리
란 표현도 있잖아요. 여하튼 이 대목에서 우리는 중요한 사실을 알게 되는데 춘향
이가 아무리 참판의 딸이지만 서녀庶女, 첩이 낳은 딸이기에 방자에게서 반말을 듣는
처지란 것이지요.

"허허 춘향이 자네 글공부 헌 줄만 알았더니 욕 공부를 더 많이 했네그려. 아
니 양반이 불러도 못 가?"
"아니 너희 도련님만 양반이고 나는 양반이 아니란 말이냐?"
"홍, 너도 희동 성참판 딸이니 양반은 양반이지. 그러나 우리 도련님 양반 하
고는 구분이 다르니라. 우리 도련님 양반으로 말할 것 같으면 에헴 하고 여덟
팔자로 걸어가는 양반이고, 너의 양반으로 말할 것 같으면 한 다리 절름절름
절름발이 양반이란 말이시."
"절름발이 양반이 되거나 못 되거나 나는 못 가겄다."

양친이 양반이면 여덟 팔자로 으스대며 걸을 수 있고, 춘향이처럼 한쪽이 양반이고 어머니가 기생이면 한쪽 다리만 쓰는 절름발이 꼴이군요. 신분의 벽이란 정말 무섭습니다.

그런데 춘향이가 얼굴도 못 본 이 도령에 대해 반감만 품고 있었던 것은 아닌 게 분명합니다. 다음 대목을 보시죠.

방자가 춘향 말에 발걸음을 돌리자, 춘향이가 어리석어 잠깐 속은 듯이,
"글쎄, 방자야. 꽃이 어찌 나비를 따라간단 말이냐? 너나 어서 건너가 도련님 전 '안수해 접수화 해수혈'이라 여쭈어라."

세상에서
가장
재미있는
소리·판

'안수해雁隨海 접수화蝶隨花 해수혈蟹隨穴'이라는 유명한 문구는 요즘에도 쓰이는데요. 춘향이가 말한 바와 같이 '기러기는 바다를 따르고, 나비는 꽃을 따르며, 게는 구멍을 따른다'는 뜻입니다. 그러니까 한마디로 내가 바다고 꽃이고 구멍이니, 기러기이자 나비이고 게인 이 도령, 네가 나를 찾아야 한다. 뭐 이런 말이지요.

그런데 요즘 현대화한 마당놀이 같은 곳에서는 거두절미하고 그저 "나비가 꽃을 찾지 꽃이 나비를 찾느냐?" 하는 한마디로 줄이더군요. 조금 어렵지만 원문이 더 재미있지 않나요? 처음에는 어려워서 무슨 말인지 모를 수도 있지만 시간이 흘러 하나하나 알아가다 보면 어려운 사설도 참으로 재미있습니다.

그런데 춘향이, 정말 못 말릴 여자입니다. 입이 걸어서 욕도 걸판지지만 또 남자에 대한 관심도 대단합니다. 나를 보고 싶으면 직접 찾아오라고 말하고서도 혹시 안 오면 어쩌나 싶어서인지 향단이에게 명을 내립니다.

방자를 보낸 후에 향단을 돌아보며,
"불초한 나 때문에 마누라님 탈 있으면 이 일을 어찌할꼬. 사세事勢, 일이 돌아가는 움직임를 생각하면 가봄직도 하다마는, 갔다가 꼭 붙들려 부부 되자 하거드면, 여자의 종신대사終身大事, 평생의 큰일 경솔히 하겠느냐. 네 눈으로 보았으면 대강 짐작할 터이니, 광한루 건너가서 지나가는 아이처럼 도련님을 보고 오라."

이때 마누라님은 어머니인 월매를 가리킵니다. 그러니까 자신 때문에 어머니가 피해를 입을지 모른다는 핑계를 대고 있지만 속내는 '어떤 남자지?' 하는 호기심이 동한 것이지요. 그래서 향단이를 대신 보내 이 도령을 염탐하도록 했고, 물론 이 도령을 보고 온 향단이, 입에 침이 마르도록 칭찬을 늘어놓습니다.

한편 빈손으로 돌아온 방자, 이 도령과 한판 붙습니다.

방자 총총 건너오니 도련님이 화가 나서,

"네 이놈 방자야! 내가 춘향이를 데리고 오라 하였지 쫓고 오랐더냐?"

"쫓기는 누가 쫓아요. 그러게 소인놈이 안 간다고 안 간다고 허니 도련님이 가라고 가라고 허시더니 춘향이가 욕을 담뿍 헙디다."

"그래 춘향이가 무슨 욕을 허드냐?"

"거 뭐라더라? 옳지, 안주에다 접시 받쳐서 술 한잔 잡수시고 그냥 해수병 걸려라, 헙디다."

"무엇이? 안주에 접시? 애, 방자야. 혹시 춘향이가 안수해 접수화 해수혈이라 아니허드냐?"

도련님이 껄껄 웃으며,

"그게 욕이 아니다. 오늘 밤 삼경에 저의 집으로 오라는 말이다."

말이 끝나기가 무섭게 이 도령, 넋을 놓고 중얼거립니다.

"방자야, 춘향이 가고 없다."

짜증난 방자 한마디 하지요.

세상에서
가장
재미있는
소리·판

"가고 없는디 어쩌란 말이요? 그만 저도 좀 갑시다."

이렇게 해서 이 도령은 가슴을 벌렁벌렁거리며 집으로 돌아옵니다. 몇 시간만 지나면 춘향이와 역사적인 만남이 이루어질 테니까요. 그런데 삼경三更이 몇 시인지는 아시나요? 예전에는 하룻밤을 오경五更으로 나누었습니다. 그렇게 해서 초경을 밤 7시부터 9시까지로 정했습니다. 이후로는 두 시간씩을 정해 이경, 삼경… 했지요. 그러니까 삼경이면 밤 11시에서 새벽 1시 사이네요. 아주 시간도 제대로 잡았습니다그려. 그때에는 통행금지도 없었나? 하기야 통금이 있다 해도 사또 나리 자제니 잡힐 리는 없었겠지요.

그렇게 돌아온 이 도령, 그런데 그 몇 시간을 보내기가 참 어렵습니다. 눈만 뜨면 춘향이 얼굴이 떠오르니까요. 그런 마음으로 하는 공부가 제대로 될 리 없지요. 그럼 이 도령 천자문 외우는 모습을 좀 볼까요. 천자문을 온통 춘향이에 대한 그리움으로 읊는데 이 대목을 '천자뒤풀이'라고 합니다. 천자문을 풀어 노래하는 것을 천자풀이라고 하는데 이 도령은 천자문을 제대로 풀이하는 게 아니라 제멋대로 풀기 때문에 뒤풀이라고 하는가 봅니다.

이 도령,
천자문을 앞으로 풀지 못하고
뒤로 푸는구나

자시子時에 생천生天하니 불언행사시不言行四時 유유창창悠悠蒼蒼 하늘 천天
자시에 하늘이 열렸으니 사계절 구분 짓지 못할 때 멀고 푸른, 하늘 천

축시丑時에 생지生地허여 오행五行을 맡았으니 양생만물養生萬物 따 지地
축시에 땅이 생겨 오행을 담당했으니 세상 모든 만물을 낳고 기르는, 땅 지

삼십삼천三十三天 공복공空復空허니 인심人心 지시指示 검을 현玄
도리천 하늘이 텅 비었으니 사람 마음을 가리켜, 검을 현

이십팔수二十八宿 금목수화토지정색金木水火土之正色 누를 황黃
이십팔수 별자리 금목수화토 오행의 바른 색, 누를 황

일월日月이 생生하여 천지天地가 명명明하니 살기 위하여 집 우宇

해와 달이 태어나 온 세상이 밝으니 살기 위한, 집 우

토지가 두터워 초목지색草木之色허니 만물을 위하여 집 주宙

토지가 기름져 풀과 나무의 색이 푸르니 만물을 위한, 집 주

우치홍수禹治洪水 기자추箕子推에 홍범구주洪範九疇 넓을 홍洪

우왕 홍수를 다스리고 기자 땅을 넓힌 후 홍범구주로 다스리니, 넓을 홍

이때 홍범구주는 중국 신화 속 우禹 임금이 만들었다고 알려져 있는 법도죠.

삼황오제三皇五帝 붕崩하신 후 난신적자亂臣賊子 거칠 황荒

삼황오제 돌아가신 후 난신적자가 일어나니, 거칠 황

삼황오제는 중국 신화시대의 현군을 가리키고, 난신적자는 세상을 어지럽히는 신

하와 반기를 드는 무리입니다.

동방東方이 장차 계명啓明키로 고고천변일륜홍皐皐天邊一輪紅 번듯 솟아 날 일日

동쪽 지방이 문명을 일깨우니 하늘에 환한 해가 번듯이 솟아, 날 일

억조창생億兆蒼生 격양가擊壤歌에 강구연월康衢煙月에 달 월月

모든 인류가 격양가를 부르니 태평성대에, 달 월

격양가는 흙을 때리며 부르는 노래로 태평세월에 농부가 부르는 노래죠. 강구연

월은 평안한 네거리에 연기가 피어오르고 그 속에 달이 감추어진 모습을 가리킵

니다. 한마디로 태평성대죠. 연기는 왜 피어오를까요. 집집마다 밥을 짓기 때문입

니다.

한심미월寒心微月 시시時時 불어나 십오야十五夜에 찰 영盈
차디찬 마음속 초승달 차차 불어나 보름날 밤에, 찰 영

세상만사 생각하니 달빛과 같은지라 십오야 밝은 달이 기망旣望부터 기울 측仄
세상만사가 달빛처럼 차면 기우는지라 보름날 밝은 달이 이튿날부터, 기울 측

이십팔수二十八宿 하도낙서河圖洛書 일월성신日月星辰 별 진辰
하늘의 스물여덟 별자리 하도낙서 해와 달과 온갖, 별 진

이십팔수는 옛날 별자리를 이르던 말이고, 하도낙서는 주역의 바탕이 되는 하도
와 홍범의 내용이 된 전설적인 내용을 가리킵니다.
여기까지는 잘 나갑니다. 여러분이 보셔도 그렇지요? 배운 것 많은 도련님답습니
다. 그런데 이쯤 읊고 나니 집중력이 흐트러지지요.

가련금야숙창가可憐今夜宿娼家라 원앙금침에 잘 숙宿
가련하도다, 오늘 밤은 기생집에서 자는구나, 원앙금침에서, 잘 숙

기생집에서 자는 것이 왜 가련한지를 알려면 이 글의 출전을 보아야 하는데요. 이
글은 중국의 유명한 시인 왕발의 〈임고대臨高臺〉란 작품에 나오는 구절입니다.
임고대 전문은 너무 길어서 살펴보기 힘들고요, 이 구절이 나오는 부분만 잠깐 살
펴볼까요.

銀鞍繡轂盛繁華 은 안장에 수놓은 수레 번화한데

可憐今夜宿娼家 가련케도 오늘 밤은 기생집에서 자는구나

娼家少婦不湏顰 기생집 어린 계집아 비웃지 마라

東園桃李片時春 동녘 정원에 복숭아꽃, 배꽃도 잠시 피었다 진다

과거에 영화를 누리던 사람이 좋은 시절이 다 지나간 다음, 다른 사람들의 비웃음을 사는 모습을 그린 슬픈 시네요.

절대가인絶對佳人 좋은 풍류 나열 춘추에 벌일 열列
뛰어난 미인 좋은 풍류 역사서에 기록되어, 벌일 열

의의월색依依月色 야삼경夜三更에 만단정회萬端情懷 베풀 장張
어렴풋한 달빛 한밤중에 온갖 정과 회포, 베풀 장

금일한풍今日寒風 소소래蕭蕭來하니 침실에 들거라 찰 한寒
오늘 찬바람 쓸쓸히 불어오니 침실에서 자거라, 찰 한

베개가 높거든 내 팔을 베어라 이만큼 오너라 올래來

에후루혀 질끈 안고 님의 다리에 드니 설한풍雪寒風에도 더울 서暑
둘러 당겨 질끈 안고 님의 다리에 감기니 눈바람에도, 더울 서

침실이 덥거든 음풍陰風을 취하여 이리저리 갈 왕往
침실이 덥거든 찬바람을 취하여 이리저리, 갈 왕

불한불열不寒不熱 어느 때냐 엽락오동葉落梧桐에 가을 추秋

덥지도 않고 춥지도 않은데 오동잎 떨어지니, 가을 추

백발이 장차 우거지니 소년풍도少年風度를 거둘 수收

흰머리 장차 우거지니 소년다운 모습을, 거둘 수

낙목한풍落木寒風 찬바람 백설강산白雪江山에 겨울 동冬

나무 지고 찬바람 부는 하얀 눈 속 강산에, 겨울 동

오매불망寤寐不忘 우리 사랑 규중심처閨中深處에 갈물 장藏

꿈에도 잊지 못할 우리 사랑 깊고 깊은 곳에, 감추어 둘 장

부용芙蓉 작야昨夜 세우細雨 중에 광윤유태光潤有態 부드러울 윤潤

연꽃이 어젯밤 가랑비에 윤기가 흐르니, 부드러울 윤潤

이러한 고운 태도 평생을 보고도 남을 여餘

백년가약 깊은 맹서 만경창파萬頃滄波 이룰 성成

평생 함께하자는 깊은 맹세 한없는 바다를, 이룰 성

이리저리 노닐 적에 부지세월不知歲月 해 세歲

이리저리 놀며 즐기니 세월 가는 줄 모를, 해 세

조강지처불하당糟糠之妻不下堂 아내 박대 못하나니 대전통편大典通編 법 중 율律

조강지처 버릴 수 없으니 대전통편, 법 중 율

군자호구君子好逑 이 아니냐 춘향 입 내 입을 한데다 대고 쪽쪽 빠니 법중 려呂자
이 아니냐.
군자의 좋은 짝, 이 아니냐, 춘향 입과 내 입이 하나로 만나니, 법중 려 자 이 아니냐

려呂자는 음률을 나타내는 글자인데 여기서는 작은 입, 그러니까 춘향이 입[口]과
큰 입, 즉 이 도령 입[口]이 맞붙음을 나타내는 상형문자로 해석했네요. 이 도령 정
말 대단해요.

애고 애고 보고지고 보고지고 보고지고 우리 춘향 보고지고 추천鞦韆허든 그
맵시를 어서어서 보고지고. 걸음 걷던 그 태도를 어서어서 보고지고 보고지고
보고지고.

추천鞦韆은 그네뛰기를 가리키는 한자어입니다. 서정주 시인은 〈추천사〉라는 유

명한 시를 썼지요. 바로 춘향이의 그네뛰기를 소재로 한 시인데 답답한 여인의 마음을 통해 자유에 대한 무한한 갈망을 노래한 명작입니다. 고등학교 교과서에도 수록되어 있지요.

여하튼 이 도령, 공부를 하는 건지 춘향이 때문에 상사병이 나서 헛소리를 하는 건지 정신이 하나도 없습니다. 그래서 마지막에는 읊는 것이 아니라 발버둥을 칩니다. 그러니 그 소리를 이 도령 아버지께서 못 들을 리 없지요.

이렇듯 소리를 질러놓은 것이 상방의 사또 어찌 놀랐던지 화가 잔뜩 나가지고

"이리 오너라."

"예이."

"책방에서 글 읽는 소리는 아니 나고 어떤 놈이 생침을 맞느냐, 어떤 계집년이 첫 애를 빠트리느냐. 웬 소리가 이리 요란허며 보고지고 소리가 웬일인지 사실대로 아뢰어라."

통인지방 관아에 딸려 수령의 잔심부름을 하던 사람이 책방으로 충충 나와,

"쉬, 도련님은 무엇을 그리 보고지고 소리를 지르셨길래 사또께서 놀라시어 탕건이 다 벗겨자고 아뢰라고 야단났소."

도련님 이 말 듣고 한번 짜증을 부리는디,

"야속헌 일이로다. 백성의 원망 소리는 못 들어도 그런 소리는 나날이 잘 들으신다드냐. 다른 집 노인네는 이롱증도 계시더구만 우리 집 노인네는 늙으실수록 귀가 점점 더 밝아지신단 말이냐."

이리했다고 허나 이는 성악가의 잠시 재담이지 그랬을 리가 있으리오.

이롱중耳聾症은 소리를 듣지 못하는 병인데, 아버지 귀 밝은 것을 탓할 정도인 걸 보니 이몽룡 역시 사춘기 소년의 전형을 보여주는군요. 게다가 백성의 원망 소리는 못 들으면서 이런 소리는 잘 듣는다고 말하는 걸 보니 이몽룡 부친 이한림도 썩 어진 사또는 아니었나 봅니다그려.

그런데 마지막에 붙은 아니리 "이리했다고 허나 이는…"은 판소리를 듣다 보면 여기저기서 들을 수 있습니다. "그저 재미로 붙인 말이니 그렇게 이해하십시오" 하는 말인데 이런 말 외에도 "이 대목은 예전 ○○○ 선생이 잘했으니 그 선생처럼 놀아보는디…" 하는 따위의 사설을 자주 듣게 됩니다.

한편 위기를 맞은 이 도령은 자신이 논어를 읽다가 논어에 등장하는 유명한 글귀에 감탄하여 그만 큰 소리를 내게 되었다고 둘러댑니다. 이 소리를 곧이들은 사또는 "그러면 그렇지" 하면서 아들 자랑을 합니다. 예나 이제나 자식 자랑에는 지위 고하가 없나 봅니다.

사또 들어보시니 글 읽는 데 취미를 붙인 모양이거든. 자랑을 하실 양으로 책방의 목낭청목씨 성을 가진 하급 관리을 청하였겄다. 목낭청이 들어오는디 어찌 말랐던지 배꼽을 탁 튕기면 먼지가 풀신 나고, 걸음을 걸으면 불알에서 왕방울 소리가 나는 양반이 갓을 발딱 젖혀 쓰고 담뱃대를 메 산山 자로 딱 지고 들어와, 무릎이 벗겨지게 앉는 것이었다.

사또 기쁜 마음에 자랑을 시작하시는디, 듣는 사람이 뉘 말인지도 모르게 두서없이 내지.

"자네 듣게."

"들으라니 듣지요."

"자네나 나나 어릴 때 이후로 글을 읽어보았지만 아이 때 글 읽기처럼 싫은 게 또 있나?"

"아이 때 글 읽기처럼 싫은 게 없지요."

"글 읽기가 싫으면 잠도 오는 듯, 머리도 아픈 듯, 잔꾀가 비상허지."

"잔꾀가 비상허지요."

"이 애는 글 읽기를 시작하면 읽고 쓰고, 쓰고 읽고 불철주야 쉬지를 않지."

"가만히 보니까 불철주야 합디다."

"자네 뉘 말인지 알고 대답을 이리 부지런히 하나?"

"사또께서는 뉘 말씀을 그리 부지런히 하시는지요?"

"아, 이 사람아. 우리 몽룡이 말이여."

"사또께서 몽룡이 말이면 저도 몽룡이 말이지요."

"글쎄 듣게. 저 아이 아홉 살 먹었을 제 서울 집 뜰에 늙은 매화 있는 고로 매화나무를 두고 글을 지어라 하였더니 잠시 지었으되 정성 들인 것과 매한가지니 조정의 당당한 명사 될 것이라."

"장래 정승 하오리다."

"정승이야 어찌 바라겠나마는 내 생전에 급제는 쉬 하리마는, 급제만 쉽게 하면 출육出六, 조선 시대 참외 품위에서 육품의 계로 승급하는 것이야 범연허히평범히 지나겠나."

"아니요. 그리 할 말씀이 아니라 정승을 못 하오면 장승이라도 되지요."

목낭청은 목씨 성을 가진 낭청 벼슬아치를 가리킵니다. 그런데 이 양반 참, 아부의 달인이라 할지 서툴기 그지없는 아부꾼이라 할지 어이가 없습니다. 누구를 가리키는 것인지도 모르면서 사또 말씀이라면 무조건 예예, 하는 모습이라니! 하기야 아랫사람 불러서 다짜고짜 아들 자랑부터 늘어놓는 사또도 별로 다르지 않지만 말이지요.

이 대목의 백미는 마지막 문구입니다. 정승을 못 하면 장승이라도 한다는군요. 하하!

여하튼 이 도령, 위기를 넘겼지만 춘향이 생각은 갈수록 더해만 갑니다. 다음 대목은 참으로 재미있는데요. 이 도령이 느리게 가는 시간을 야속해 하며 애꿎은 방자를 괴롭히는 대목입니다. 물론 방자도 이 도령을 가지고 놀지만 말이죠.

시간아,
제발 빨리 좀 가다오

동방이 히번이 밝아오니 방자 불러 앉혀놓고 해 소식을 묻는구나.

"이애 방자야. 이애 방자야. 해가 어찌 됐나 너 좀 보아라."

"아니 도런님, 인제 동 트는데 무슨 해를 보란 말씀이오."

"이애 방자야."

"예."

"해 좀 보아, 이놈아."

"아 인제 동튼단 말씀이오."

"인제 동터?"

"예, 해 인제 돋습니다."

"그 해가 어제는 뉘 부고장사람이 죽은 사실을 알리는 통지문 가지고 가는 듯이 줄달음질 쳐 가더니 오늘은 어이 그리 느린 걸음을 하는가. 발바닥에 종기가 낫나, 가래톳이 곰기는가?"

"해 좀 보아, 이놈아."

"해 인제 사시日時, 오전 9시에서 11시 사이쯤 되었소."

"사시 되어 어쩔거나. 글 읽고 말헐 때와 술 먹고 노닐 때는 해가 장히 짧더니 구태여 오늘 해는 어찌 이리 지루허냐. 이애 방자야, 해가 어디만큼 갔나 보아라. 이애 방자야."

"예."

"해 좀 보아라."

"해 인제 오午시정오 무렵나 되었소."

"그렇게 더디 가다가는 과부전설상의 인물로 해를 잡으려 쫓다가 말라죽었다고 함는 고사하고 앉은뱅이도 따라가겠다. 이애 방자야."

"예."

"해 좀 보아라."

"해 인제 육六시나 되었소."

"이 자식 해가 육시가 있단 말이냐?"

"오시 넘으면 육시 아니오?"

"너 참 매우 유식허다. 이애 방자야, 방자야, 이애 방자야. 해가 어디만큼 갔나 보아라."

"해 인제 동에서 아구아귀의 잘못, 주둥이 트느라고 딱헙니다."

"저 자식아. 사람을 죽일 놈 아닌가. 네 말대로 금세 육시되었다던 해가 이제야 아구 튼단 말이냐?"

"인자 막 서풍 속쏘리소쏘리 바람결에 해가 밀려 동에 가 콱 처박히더니 이제야 나오려고 뭉개뭉개 야단났소."

그렁저렁 해가 지고 황혼이 되니 도련님 좋아라고,

"이애 방자야."

"예."

"상방사또가 머무는 방에 불 껐나 좀 보아라."

"아직 멀었소. 아, 이제 초저녁인디 어느새 불을 끌 것이오."

"이애 방자야."

"예."

"상방에 불 껐나 또 좀 보아라."

"아이고 답답허여 못 살겠소. 소인이 가서 여쭈어보고 올랍니다."

"무슨 말을 어쭈어본단 말이냐?"

"언제쯤 주무실라는가 사또전에 여쭈어볼랍니다."

"저런 천하에 미친 자식 좀 보아. 이 자식아, 그런 넋빠진 소리 허지 말고 거기 앉아서 자세히 좀 보아라. 이애 방자야."

"예."

"상방에 불 껐느냐?"

"허허 참 내가 더 못 살겄소. 소인이 가서 엿 좀 보고 오리다."

방자 충충 다녀오더니,

"도련님 다 틀렸소."

"어떻게 되었느냐?"

"사또께서 오늘 저녁에 기공妓工, 기생과 연주자 불러 노신다고 기생 부르고 공인 부르고 관청에 가 음식 바삐 가져오라 허시고, 책방나리 보고 날 새도록 노신다고 허시니 도련님 일은 다 틀렸소. 잊어버리고 어서 주무십시오."

도련님 이 말을 들어놓으니 흉중이 콱 막혀 눈물이 빙빙 돌며,

"아이고 이 일을 어쩔거나. 집구석 잘 되어간다. 부자간에 어쩌면 한날 이렇게 바람이 나는고. 이애, 방자야. 상방에 불 껐나 자세히 좀 보아라."

연애해본 분은 이몽룡의 심정을 충분히 이해할 수 있을 것입니다. 그러나저러나 이 도령 말대로 사또 집안 잘 되어가는군요.

이쯤에서 한 가지 알아두고 갈까요. 옛날에는 시간을 가리킬 때 숫자가 아니라 자축인묘진사오미신유술해, 즉 십이간지를 썼지요. 그래서 밤 11시부터 새벽 1시까지를 자子시로 하여, 그 뒤로 두 시간씩을 나누어 표시하였습니다. 그러다 보면 오전 11시부터 오후 1시까지가 오午시가 됩니다. 그래서 낮 12시를 가리켜 정오正午라고 하는 것이지요. 그럼 오시午時 다음은? 당연히 미시未時죠. 그런데 오시 다음이 육시라고요? 육시戮屍는 이미 죽은 사람인 시체의 목을 다시 베는 형벌을 말하는데, 이 방자 녀석, 참 대단합니다.

그렇게 해서 하루가 가고 드디어 이몽룡, 방자를 앞세우고 춘향 집으로 향합니다. 처음 춘향 집에 들어간 이몽룡이 반신반의하는 월매와 춘향이를 어렵게 설득하여 드디어 백년가약을 맺습니다. 사실은 월매가 반 협박조로 "나도 성참판에게

당했는데 너도 하룻밤 놀고 그냥 갈 거 아니냐?" 하니 이몽룡이 "절대 아니다. 반드시 백년가약을 맺고 싶다"고 한 것이죠. 조선 시대 젊은이가 현대 젊은이보다 훨씬 실질적이었나 봅니다. 자기 부모님도 모시지 않은 자리에서 백년가약을 맺겠다고 선언하는 것을 보니.

여하튼 백년가약 맺은 김에 당장 첫날밤을 맞이합니다. 쇠뿔도 단김에 빼랬으니 별로 잘못된 행동은 아니군요. 그리하여 드디어 역사적인 밤이 시작되는데….

이 도령,
첫 외입에 나서는데

판소리 사설의 묘미는 사실 열거법에 있습니다. 수많은 것을 차례대로 열거하는 표현법은 자칫 단순한 이야기 줄거리에 빠지기 쉬운 관객의 관심을 끊임없이 불러일으키는 데 큰 역할을 합니다. 그 가운데 가장 유명한 것은 뭐니 뭐니 해도 〈흥보가〉에 나오는 놀보 심술 목록이지요. 이건 나중에 〈흥보가〉에서 알아보기로 합니다.

그러나 판소리를 통틀어 가장 자주 나오는 것은 음식 목록인 듯싶습니다. 여하튼 판소리 몇 편 감상하다 보면 우리 조상이 드시던 음식이란 음식은 모두 알 수 있을 듯합니다. 다음에 나오는 목록도 음식인데 월매가 이 도령을 위해 그 밤에 다 차린 것이라는군요. 퇴기 월매네 집에 주방장이 한 예닐곱 명 있어야만 가능할 것 같은데 말이지요.

주효酒肴, 술과 안주를 차릴 적에 안성 유기鍮器, 안성 지방에서 생산되는 놋그릇, 통영 칠판통영
지방에서 나는 나전칠기판, 천은 수저좋은 은으로 만든 수저, 구리저구리로 만든 젓가락의 집리서리
집리執吏는 조선 시대에 중앙 관아에서 사무를 보던 구실아치, 서리胥吏는 관아에 속하여 말단 행정 실무에 종사하
던 구실아치 수 벌리듯 주주룩 벌려놓고 안주 등물 볼 것 같으면 괴임새음식을 그릇에
쌓는 모양도 정결하고 인삼채, 도라지채, 낙지, 연포, 콩기름에다 시금치로 웃짐
을 쳐 갖은 양념 모아놓고, 산채, 고사리, 미나리, 녹두채 맛난 장국 주루루 들
어붓고 계란을 똑똑 깨어 웃딱지를 띄고 길게 드리워라. 대양푼 가리찜쇠고기 갈
비를 삶아 만든 찜, 소양푼 제육찜돼지고기 찜, 풀풀 뛰는 숭어찜, 포도동 나는 메추리탕
에 꼬끼요 영계찜, 어전생선전 육전고기전 지지개부침며 동래 울산 대전복, 대모 장
도거북이 껍질로 만든 장식용 칼 드는 칼로 맹상군중국 전국시대의 유명한 재상의 눈썹처럼 어슷
비슷 오려놓고 염통산적 양볶이와 양지머리, 차돌박이, 간천엽, 춘치자명春雉自
鳴, 봄에 꿩이 스스로 운다는 뜻의 사자성어로 자발적으로 함을 이름 생치산 꿩 다리, 적벽 대접 분원
기조선 시대 광주에 있던 도자기 산지에서 만든 그릇에 냉면조차 비벼놓고 생률생밤, 숙률익힌 밤,
잣송이며 호두, 대추, 석류, 유자, 준시곶감, 앵두, 탕기湯器, 탕을 담는 그릇 같은 청술
레맛이 좋은 배의 일종를 치수 있게 괴었는데, 술병 치레 볼 것 같으면 티끌 없는 백
옥병과 벽해수상碧海水上, 푸른 바다 위 산호병과 엽락금정葉落金井, 금정이란 샘에 떨어지는 나
뭇잎 오동병과 목 긴 황새병, 자라병자라 모양으로 목이 짧은 병, 당화병당나라 그림을 그려 넣은
병 쇄금병금물로 그린 병, 소상동정 죽절병중국 동정호 소상 지방에서 나는 대나무로 만든 병, 그 가
운데 천은天銀 알안자좋은 은으로 만든 주전자, 적동자적동으로 만든 주전자, 쇄금자금물로 만든 주

전자를 차례로 놓았는데 구비함도 갖출시고, 술 이름을 이를진대 이적선謫仙, 중국의 시인 이백을 가리킴, 적선이란 귀양 간 신선 포도주와 안기생중국 진秦나라 사람으로 천년을 살았다 함 자하주紫霞酒, 자하는 보랏빛 노을을 이르는데, 신선이 사는 곳에 서리는 노을이라는 뜻, 따라서 자하주는 신선이 마시는 술와 산림처사 송엽주松葉酒, 솔잎으로 만든 술와 과하주過夏酒, 여름을 나는 술이란 의미로 소주와 약주를 섞어 만듦, 방문주方文酒, 예로부터 전해오는 비방으로 만든 술, 천일주天日酒, 백일주百日酒, 빚은 지 천일 또는 백일 만에 마시는 술, 금로주金露酒, 팔팔 뛰는 화주火酒, 약주, 그 가운데 향기로운 연엽주蓮葉酒, 연잎으로 만든 술 골라내어 알안자알 모양의 주전자 가득 부어 청동화로 백탄 불에 냄비 냉수 끓는 가운데 알안자 둘러 불한불열不寒不熱, 차지도 않고 뜨겁지도 않게 데어 내어 금잔 옥잔 앵무배앵무새 부리 모양의 잔를 그 가운데 데웠으니 옥경玉京, 옥황상제가 사는 도읍지 연화蓮花 피는 꽃이 태을선녀太乙仙女, 하늘에 있는 선녀 연엽선蓮葉船, 연잎으로 만든 배 뜨듯 대광보국大匡輔國, 대광보국숭록대부의 줄임으로 조선 시대 최고 관리를 이름 영의정 파초선芭蕉扇, 정승이 외출할 때 쓰던 파초 잎 모양의 부채를 가리키는데, 여기서는 배의 일종으로 쓴 것 같지요. 그렇다면 사설을 지은 이가 파초선을 배로 잘못 알고 썼다는 말인가, 아니면 벼슬아치들이 사용하는 화려한 부채를 배에 빗대어 사용한 것일까요? 그건 지은이만 알 것 같습니다. 다른 내용을 보면 부채를 배로 잘못 알 만큼 지식이 부족한 분이 지은 것 같지 않으니 말입니다 띄워놓고 권주가 한 곡조에 일배일배부일배一杯一杯復一杯, 한잔 한잔 다시 한잔라.

물론 위 내용이 여러 편의 판본을 모아놓은 것이기는 하지만 여하튼 없는 음식이 없고 없는 술이 없으며 없는 그릇이 없네요. 이런 상차림 사설은 다른 판소리에도 자주 등장합니다. 그때마다 누구 상차림이 더 그럴듯한지 한번 비교해보세요. 그리고 그중 먹어본 음식은 몇 가지나 되는지 살펴보시지요.

여하튼 이렇게 해서 한잔 한잔 마셔 놓았으니 이 도령 오늘 밤을 무사히 보내기는 힘들게 되었습니다.

술상을 물린 후에 춘향 어미 하직하여,
"봄밤이 길잖으니 평안히 주무시오."
이부자리 펴놓고 문 닫고 나가거늘, 도련님 심히 추어,
"장모 잔속 장히 안다."
도련님 춘향의 집 오실 때는 춘향에게 뜻이 있어 왔지 춘향의 세간 기물 구경 온 바 아니로되 도련님 첫 외입이라 밖에서는 무슨 말이 있을 듯하더니 들어가 앉고 보니 별로이 할 말이 없고 공연히 천촉기숨이 차서 헐떡거리고 힘없이 기침이 나는 증세가 있어 오한증으슬으슬 춥고 땀이 나는 증세 들면서 아무리 생각하되 별로 할 말이 없는지라.

아하, 오입이란 말이 여기 나오는군요. 본래 오입은 아내가 아닌 여성과 성관계를 갖는 것을 가리키는데, 외입이라고도 한답니다. 이 도령은 후에 춘향이와 혼인을 하니까 엄밀한 의미에서는 외입이 아니지만 혼전 성관계니까 외입은 외입이네요.

이 도령,
골즙이 다 빠지는구나

춘향과 도련님 마주앉아 놓았으니 그 일이 어찌 되겠느냐. 석양을 받으면서
삼각산 제일봉 봉황과 학 앉아 춤추는 듯 두 활개를 에구부시조금 굽게 들고 춘
향의 섬섬옥수纖纖玉手, 가늘프고 고운 여자의 손 포도시겨우 겹쳐 잡고 의복을 공교하게
재치있고 교묘하게 벗기는데 두 손길 썩 놓더니 춘향 가는 허리를 담쏙 안고,
"이애 춘향아 이리 오너라. 이애 춘향아 이만큼 오너라. 밤이 깊어간다. 잠자
자. 이렇게 된 일을 아니 오면 어쩌자고 이러느냐."
춘향은 부끄러워 아니 오랴 하니 도련님 급한 마음 뭉그적뭉그적 들어가며,
"이애 춘향아. 말 들어라. 백년해로 할 기약 오늘밤이 첫 마수처음에 팔리는 것으로 미
루어 예측하는 그날의 장사 운, 마수걸이라. 첫 마수를 잘 붙여야 오는 행락이 좋다더라."

춘향 손을 잡을 터이나 첫날밤 신부 손을 잡으면 공방살부부간에 사이가 나빠지는 운이 있다는지라 차마 손은 못 잡고 한 손으로 춘향 머리를 만지며 또 한 손으로 춘향의 목을 에후루혀 담쏙 안으니 춘향이 부끄러워 속으로 웃으며,

"아이고 나는 몰라요. 사또님 아시면 어쩔려고 이러시오?"

"오냐 춘향아, 염려 말아라. 사또님은 우리 나이에 나보다 훨씬 더하셨단다. 춘향아 염려 말아라."

"나삼_{羅衫, 얇고 가벼운 비단 적삼을} 벗어라."

춘향이가 처음 일일 뿐 아니라 부끄러워 고개를 숙여 몸을 틀 제 이리 곰실 저리 곰실 녹수_{綠樹, 잎이 무성한 나무에} 홍련화_{紅蓮花, 붉은 연꽃} 미풍_{微風} 만나 굼니는 듯 도련님 치마 벗겨 제쳐놓고 바지 속옷 벗길 적에 무한히 실랑이한다. 이리 굼실 저리 굼실 동해 청룡이 굽이를 치는 듯,

"아이고 놓아요. 좀 놓아요."

"에라, 안 될 말이로다."

실랑이 중 옷끈 끌러 발가락에 딱 걸고서 끼어 안고 진득이 누르며 기지개 켜니 발길 아래 떨어진다. 옷이 활딱 벗겨지니 형산_{衡山, 중국의 유명한 산의} 백옥덩이 이 위에 비할 소냐. 옷이 활씬 벗겨지니 도련님 거동을 보려 하고 슬그머니 놓으면서,

"아차차, 손 빠졌다."

춘향이가 침금_{寢衾, 이부자리} 속으로 달려든다. 도련님 왈칵 좋아 드러누워 저고리를 벗겨내어 도련님 옷과 모두 한데다 둘둘 뭉쳐 한편 구석에 던져두고 둘이 안고 마주 누웠으니 그대로 잘 리가 있나. 골즙_{뼛즙} 낼 제 삼승 이불_{삼베로 만든 이불}

춤을 추고 샛별 요강은 장단을 맞추어 청그렁 쟁쟁 문고리는 달랑달랑 등잔불은 가물가물 맛이 있게 잘 자고 났구나. 그 가운데 진진한 일이야 오죽하랴.

이 대목은 '미성년자 입장불가'입니다. 아무리 처음이라도 골즙, 즉 뼈에서 즙이 나올 정도로 힘을 뺐으니 이 도령 정말 대단합니다. 춘향이도 물론 대단하고요. 저는 위 대목 중에서 특히 '형산의 백옥덩이'란 글귀가 눈에 쏙 들어옵니다. 형산衡山은 중국의 유명한 산, 오악五嶽 가운데 하난데요. 그 산에서 나는 백옥白玉덩이라…. 중국의 옥은 세계에서도 가장 뛰어난 보물인데, 춘향이 몸 가운데 어느 부분을 가리키는지 아시겠지요? 그런데 정말 이 두 남녀가 그 일이 처음인지 의심스

럽습니다. 이불이 춤을 추고 요강이 장단을 맞추는 데다 문고리까지 달랑달랑 흔들릴 정도로 격렬하다니 이게 정말 첫날밤이란 말입니까? 그런데 아직도 춘향이를 요조숙녀로 아는 분이라면 다음 대목을 보시지요. 앞으로 그런 생각은 절대 안 하게 될 테니까요.

"춘향아, 우리 둘이 업음질이나 하여보자."

"애고, 참 잡상스러워라. 업음질을 어떻게 하여요."

업음질 여러 번 한성부르게_한 것처럼 말하던 것이었다.

"업음질 천하 쉬우니라. 너와 나와 활씬 벗고 입고 놀고 안고도 놀면 그게 업음질이지야."

"에고, 나는 부끄러워 못 벗겠소."

"에라, 요 계집아이야. 안 될 말이로다. 내 먼저 벗으마."

버선 대님 허리띠 바지저고리 활씬 벗어 한편 구석에 밀쳐놓고 우뚝 서니 춘향이 그 거동을 보고 뱅긋 웃고 돌아서며 하는 말이,

"영락없는 낮도깨비 같소."

"오냐, 네 말 좋다. 천지만물이 짝 없는 게 없느니라. 두 도깨비 놀아보자."

"그러면 불이나 끄고 노사이다."

"불이 없으면 무슨 재미있겠느냐. 어서 벗어라. 어서 벗어라."

"에고 나는 싫어요."

도련님 춘향 옷을 벗기려 할 제 넘놀면서 어룬다. 만첩청산萬疊靑山, 첩첩이 쌓인 깊은 산 늙은 범이 살찐 암캐를 물어다 놓고 이는 빠져서 먹진 못하고 흐르릉 흐르

룡 아웅 어루는 듯, 북해 흑룡이 여의주를 물고 채운彩雲, 여러 빛을 띤 고운 구름 간에 넘노는 듯, 단산丹山, 붉은빛을 띤 산이란 의미인데 중국의 전설 속 산 봉황이 죽실대나무 씨을 물고 오동 속을 넘노는 듯, 춘향의 가는 허리를 에후루혀 담쑥 안고 기지개 아드득 떨며 귓밥도 쪽쪽 빨며 입술도 쪽쪽 빨면서 주홍 같은 혀를 물고 오색단청 순금장순금 장식 장 안에 쌍거쌍래雙去雙來, 쌍쌍이 오고 감 비둘기같이 꿍꿍 끙끙 으흥거려 뒤로 돌려 담쑥 안고 젖을 쥐고 발발 떨며 저고리 치마 바지 속곳까지 활씬 벗겨놓으니 춘향이 부끄러워 한편으로 잡치고 앉았을 제, 도련님 답답하여 가만히 살펴보니 얼굴이 복짐심한 운동으로 상기되고 약간 부어오른 것처럼 보이는 모습하여 구슬땀이 송실송실 앉았구나.

춘향이 부끄럼을 못 이기어 한편으론 잡치고 이만하고 앉은 모양, 짓거리에 못 이기어 머리도 좀 부픈 듯하고 살거리가 너틀너틀 도담도담보기에 아무지고 탑스러운 데가 있음한 게 퍽 어여쁘게 생겼구나. 도련님 좋아라고,

"네가 뉘 간장을 녹이려고 저리 곱게 생겼느냐."

"애고, 부끄러워."

"부끄럽기는 무엇이 부끄러워. 이왕에 다 아는 바니 어서 와 업히거라."

"건넌방 어머니가 아시면 어떻게 하실려고 그러시오?"

"네 어머니는 소싯적 이보다 훨씬 더했다고 허드라."

춘향을 업고 치키시며,

"어따 그 계집아이 똥집 솔찬히 무겁다. 네가 내 등에 업히니까 마음이 어떠하냐?"

"한껏나게 좋소이다."

"좋냐?"

"좋아요."

이때 이 도령 나이가 열여섯 살이니 조숙하긴 조숙합니다. 그런데 요즘에는 열여섯 살 먹은 아이를 말 그대로 아이 취급하니 요즘 청소년은 스트레스가 많이 쌓이기도 할 것 같습니다. 본능적으로도 가장 힘차고 정신적으로도 막 성장할 때인데 온종일 학교와 학원에 가두어두고 오직 공부만 하라고 가르치니 우리 아이들 제대로 성장할 수 있을까요. 이렇게 즐길 것 즐기면서도 이몽룡 후에 과거에 급제했으니 우리 아이들에게도 좀 자유를 주는 건 어떨까요.

각설하고, 판소리를 듣다 보면—지금은 읽고 있지만 말이지요—의미를 모르는 표현이 자주 나옵니다. 위에서도 '으흥거리다' '잡치다' '복짐' '송실송실송송알의 사투리' '너틀너틀' 같은 단어가 나오죠. 이런 표현은 사전을 찾아도 나오지 않습니다. 그렇지만 읽거나 듣다 보면 무슨 의미인지 직감적으로 알 수 있죠. 물론 한자어도 많아서 쉽게 이해하기 어려운 것도 사실이지만 반면에 우리말이 가진 아름다움과 조어造語 능력을 제대로 보여주는 것이 또 판소리 사설이기도 합니다. 그렇게 새로운 우리말 표현을 익혀나가는 것도 판소리를 듣는 커다란 즐거움 가운데 하나죠.

이다음에 이어지는 대목이 그 유명한 〈사랑가〉입니다. 〈사랑가〉는 그것만 따로 떼어 자주 불리지요. 그래서 판소리를 제대로 들어본 적 없는 분도 이 대목은 알 수 있을 겁니다.

"사랑 사랑 사랑, 내 사랑이야.

사랑이로구나, 내 사랑이야.

이이이이, 내 사랑이로다.

네가 무엇을 먹으랴느냐?

둥글둥글 수박 웃봉지 떼어뜨리고 강릉 백청강릉에서 나는 희고 뛰어난 꿀을 따르르르 부어, 씰랑은 발라버리고 붉은 점 옵벅 떠 반간 진수반쯤 익은 진한 물로 먹으랴느 냐?"

"아니 그것도 나는 싫소."

"그러면 니가 무엇을 먹으랴느냐? 당동지지루지한짤막하고 뭉뚱하며 길쭉하게 생긴 외, 가지, 당참외중국 참외란 뜻으로 외국에서 들어온 과일을 뜻함 먹으랴느냐?"

"아니 그것도 나는 싫소."

"그러면 니 무엇을 먹으랴느냐? 앵도를 주랴, 포도를 주랴, 유자 석류를 네 먹 으려느냐?"

"아니 그것도 나는 싫소."

"그러면 무엇을 먹으랴느냐? 니가 무엇을 먹을래? 시금털털 개살구. 작은 이 도령 서는 데 먹으랴느냐?"

"아니 그것도 나는 싫어."

"아매도 내 사랑아. 저리 가거라, 뒤태를 보자. 이리 오너라, 앞태를 보자.

아장아장 걸어라, 걷는 태를 보자. 빵긋 웃어라, 입속을 보자."

'작은 이 도령 서는 데'라는 표현이 자못 뛰어납니다. 하룻밤 자고 나서 벌써 제

자식 낳을 생각을 하다니! 이 도령 정말 나중에 장원급제하는 인물 맞습니까?

자, 이렇게 해서 춘향과 이몽룡은 하룻밤에 만리장성을 쌓았고 이후에도 사또 몰래 짬만 나면 즐깁니다.

그런데 무슨 일이든 길면 꼬리가 밟히는 법, 결국 사또에게 걸리고 맙니다.

"여보, 도련님, 사또께서 급히 부르시오."

도련님 깜짝 놀라 동헌에 들어가 상방문 열고 손길 잡고 섰으니, 사또 보시고,

"너 어디를 그리 다니느냐?"

"객사客舍, 각 고을에 설치하여 외국 사신이나 다른 곳에서 온 벼슬아치를 묵게 하던 숙소에 다니지요."

"객사에는 무엇 하러 갔더냐?"

"새 새끼 잡지요."

"새 새끼는 무엇 하게?"

"까치 새끼 주지요."

"까치 새끼는 무엇 하게?"

말이 쫓기어 할 말이 없구나.

"길들이지요."

"길들여 무엇 하게?"

"큰놈은 팔아 쓰고, 작은놈은 더 키워 대부님 제향祭享, 제사를 지냄에 잡아 쓰지요."

이에 사또 분부하시기를,

"내가 원이 갈렸기로 치부置簿, 장부를 기록함하고 갈 터이니 너는 배행陪行, 윗사람을 모

시고 떠남, 여기서는 어머니를 모시고 먼저 가라는 뜻하여 내일 먼저 떠나거라."

이 도령 천만뜻밖, 이 분부를 들어놓으니, 가슴이 깜짝 놀라 쥐덫이 내려진 듯, 두 눈이 캄캄하여 흑백 분별할 수 없다. 사세가 위급하니 되든 안 되든 사정이나 하여 볼까, 잔기침 버썩 하며, 어린 양 뿐 말을 내어,

"소자가 캑, 남원 와서 캑, 춘정을 캑, 못 이기어 캑."

이 말을 채 못하나 아들 아는 것은 아버지란 말대로 사또 벌써 아시고, 말 못하게 호령한다.

"관장질로 외읍바깥 마을 오면 자식 버린단 말, 이야기로 들었더니, 너를 두고 한 말이라. 아비 고을 따라와서 글공부는 아니하고 밤낮으로 몹쓸 장난, 이 소문이 서울 가면 급제는 고사하고 혼인줄부터 막을 테니 가라 하면 갈 것이지. 네 할 말이 웬 말인고. 에라, 이놈 보기 싫다."

이 도령 변명을 늘어놓는데 자기가 생각해도 어이가 없었을 겁니다.

그런데 여러분도 다 아다시피 갑자기 사또, 즉 이몽룡 아버지께서 서울로 발령을 받지요. 집안의 경사지만 이몽룡에게는 아픈 이별의 시작입니다.

그렇지만 월매가 누굽니까? 산전수전 다 겪고 양반에게 버림받은 월매 입장에서 자기 딸마저 자기와 같은 험한 길을 가게 되는 것을 그냥 두고 볼 리 없습니다. 사실은 버림받았다기보다 팔자가 사나웠지요. 왜냐면 월매와 사랑을 나누어 춘향을 낳게 한 성참판이 갑자기 죽어서 월매는 홀로 되었거든요. 아무튼 사정을 알리러 온 이 도령을 다그치기 시작하지요.

"방으로 뛰어 들어와 담뱃대 탕탕 털어 윗목에다 밀쳐놓고 입은 옷도 아니 벗고 외로운 베개 위에 벽만 지고 돌아누워 시름 상사 깊이 든 병 내내 구하지 못하고 원통하게 죽사오면 체중體重, 지위가 높고 점잖으신 도련님이 그인들 아니 재앙이요? 칠십 당년 늙은것이 딸 죽이고 사위 잃고 태백산 갈가마귀 게발 물어 던진 듯이 낸들 살아 무엇하리."

가슴 쾅쾅 두드리며 머리도 탕탕 부딪치며 발 동동 구르면서,

"애고, 서울 이 가야!"

어찌 소리를 질렀던지 춘향은 놀래 윗목으로 가고, 향단이는 놀래 부엌으로 가고, 개는 놀래 뒷간으로 가고, 도련님은 눈을 휘둥글게 뜨고 아랫목에 바짝 쪼그리고 앉아,

"여보, 장모. 춘향만 데려가면 그만 아닌가? 아니 데려가고 견디어낼까. 이 답답한 중에도 신통한 꾀 하나를 생각하였으나 이 말을 만일 입 밖에 내어서는

내 양반만 망신당하는 것이 아니라 팔도 양반 모두 망신 살 일이로세. 춘향을
가마를 태워 가도 말이 날 것이요, 쌍교雙轎, 쌍가마를 태워 가도 필경 말이 날 것이
니, 내일 내행 나오실 때 가묘배행家廟陪行, 집안의 사당을 모시고 감은 내가 할 것이니
신주神主는 모셔내어 내 소매 속에 모시고, 춘향을 요여腰輿, 신주를 옮기기 위해 싣는 가
마에 태워 가면 어느 귀신의 아들이 알겠나?"

이 도령, 말도 안 되는 꾀를 내었군요. 신주 단지 모시는 가마가 얼마나 작은데 거
기에 춘향이를 감춘단 말입니까? 하기야 오죽하면 이런 터무니없는 생각을 하겠
습니까.
춘향이는 그래도 자기 서방이라고 이 도령을 변호합니다만 밀려드는 슬픔은 어쩔
수가 없겠지요.

"울지 말라면 울지 마라."
춘향이 어쭈오되,
"도련님, 영영 가실 양이면 신표信標나 주고 가오."
도련님, 그 말 듣고,
"아차, 내가 잊었구나."
금낭을 끌러 석경石鏡, 유리로 만든 거울을 내어 주며,
"장부의 맑은 마음 거울 빛과 같을진대, 진흙 속에 버려둔들 변색이야 있겠느
냐, 부디부디 잊지 말고 날 보듯이 두고 보아라."
춘향이 석경을 받아 간수하고, 저 또한 신표 드릴 제, 옥수玉手, 여성의 아름답고 고운

손를 느짓 들어 옥지환玉指環, 옥가락지을 벗어 내어 도련님 전 드리오며,

"계집의 정절행貞節行이 지환 빛과 같을진대, 진흙 속에 버려두어 수만 년이 지나간들 색이야 변하리까."

이렇게 반지와 거울을 사랑의 증거로 교환하고, 울며불며 헤어진 후에 춘향에게 남은 것은 새로 부임한 변 사또의 위협뿐입니다.

변 사또란 인물 정말 대단한데요. 이런 사람이 어떻게 남원 사또가 되었느냐? 친척 덕이라고 하는군요. 그런데 판본에 따라서는 우연이 남원에 부임케 되었다고도 하고 워낙 색을 밝히다 보니 춘향이 이름을 듣고 자신이 남원에 지원을 했다고도 합니다. 여하튼 변 사또는 남원에 부임하자마자 가장 먼저 기생 점고부터 합니다. 점고點考는 사람 숫자를 명부에 점을 찍어가며 일일이 조사하는 것이죠.

자, 그럼 변 사또 따라 우리도 기생 점고 한번 해보실까요.

변 사또, 육방 점고는 미루고
기생 점고부터 하는구나

"행수이속의 두목는 문안이오."

행수, 군관 집례執禮, 예식을 진행함 받고 육방, 관속 현신現身, 윗사람에게 예를 갖추어 자신을 보임 받고 사또 분부하되,

"여봐라, 육방六房, 이호예병형공의 여섯 관아 점고는 후일로 할 것이니 우선 기생 점고부터 하여라."

호장戶長, 아전의 우두머리이 분부 듣고 기생 안책案冊, 각 관청에서 전임 관원의 성명, 직명, 생년월일, 본적 따위를 기록하던 책 들여놓고 기생 점고를 허는디 낱낱이 글귀로 부르던 것이었다.

"행수기생관청의 우두머리 기생 월선이."

월선이는 기생 중에 첫 행수인데 채의彩衣, 여러 가지 빛깔과 무늬가 있는 옷로 단장하고 홍삼紅衫, 붉은 바탕에 검은 선을 두른 조복에 딸린 웃옷 자락을 거듬거듬 걷어 고운 손에 고이 안고 아장거리고 흐늘거리며 대뜰 밑에 가 나붓이 엎드리어,

"예, 등대等待, 미리 준비하고 기다림 나오."

점고를 맡더니만 좌부진퇴左俯進退, 왼쪽으로 나왔다가 절하고 물러남로 물러간다.

"우후동산雨後東山, 비 온 후 동쪽 산에 떠오른 명월明月이."

명월이가 나군羅裙, 얇은 비단 치마 자락을 걸음걸음 걷어다가 가는 허리 가슴에 딱 붙이고 아장아장 이긋거려 가만가만 들어오더니,

"점고 맞고 나오."

"월중선月中仙, 달 가운데 신선 이태백이 채석강 명월야明月夜, 밝은 달밤에 배를 띄워 노닐 적에 만경창파 맑은 물에 은은헐 손 해월海月이."

해월이가 들어오는데 단장을 곱게 허고 홍상紅裳, 다홍치마 자락을 걷어 안고 아장아장 조촘 걸어오더니,

"점고 맞고 나오."

"화씨和氏같이 밝은 달 벽해碧海, 푸른 바다에 들었나니 형산백옥 명옥明玉이."

명옥이가 들어오는데 아장 걸어 가만가만 들어오더니,

"점고 맞고 우부진퇴로 나오."

사또가 이만 허고 보더니,

"여봐라, 남원에 수많은 기생을 이렇게 부르다가는 한 열흘 걸리겠구나. 자주자주 부를 수 없겠느냐?"

"예."

호장이 분부 듣고 넉자 화두로 부르는데,

"광한전 높은 집에 헌도獻桃, 반도蟠桃, 즉 삼천 년마다 한 번씩 열매가 열린다는 선경에 있는 복숭아를 바침하던 고운 선비 반겨 보니 계향이."

"예, 등대하였소."

"송하에 저 동자야. 묻노라 선생 소식. 수첩청산數疊靑山, 겹겹이 쌓인 푸른 산에 운심이."

"예, 등대하였소."

"월궁月宮, 달 속에 있는 궁에 높이 올라 계화계수나무의 꽃를 꺾어 애절이."

"예, 등대하였소."

"진주 명주 다 나온 데 제일 보배 산호주."

"예, 등대하였소."

"축연산 가진 풍류 춤 잘 추는 무선이."

"예, 등대하였소."

"오동 복판 거문고 타고 나니 탄금이."

"예, 등대하였소."

"천연한 그 맵시에 금상첨화 금화."

"예, 등대하였소."

"주홍당사朱紅唐絲, 주홍빛 당나라 실 갖은 매듭 차고 나니 금낭이."

"예, 등대하였소."

"아들 낳을까 바라고 바랐더니만 딸을 낳다고 섭섭이."

"예, 등대하였소."

이때여 사또가 춘향이 나오기만을 기다리다가 재촉을 바짝 하겄다.

"한숨에 열두서넛씩 불러라."

호장이 분부 듣고 말대답할 수는 없고 속으로 복잡하여 한꺼번에 들어오게 하는디 바짝 몰아대며 대갈머리통 점고를 하겄다.

"진홍이, 채홍이, 계홍이, 금옥이, 남옥이, 점옥이, 옥행이, 수행이, 월행이."

기생들이 한꺼번에 우— 하고 들어오니 사또 깜짝 놀래며,

"여봐라. 지금 들어오는 저 기생들은 이름도 못 듣고 얼굴도 모르겠으니 도로 내보내도록 하고 알아들을 만치 또박또박 부르도록 하여라."

이때에 호장이 한 장단에 둘셋씩 부른다.

"양대선, 월중선, 화중선이."

"예, 등대하였소."

"금선이, 금옥이, 금련이."

"예, 등대하였소."

"농옥이, 난옥이, 홍옥이."

"예, 등대하였소."

"바람맞은 낙춘이."

"예, 등대 들어를 가오."

낙춘이가 들어를 오는데 제가 잔뜩 맵시 있게 들어오는 체하고 들어오는데 소면素面, 화장을 하지 않은 얼굴한단 말은 듣고 이마빡에서 시작하여 귀 뒤까지 파 제치고 분성적분으로만 하는 화장한단 말은 들었던가 개분질이 낮은 분 석 냥 일곱 돈어치를 무지금무작정하고 사다가 성城 겉에 회칠하듯 반죽하여 온 낯에다 맥질하고 들어오는데 키는 사근내마을 이름 장승만 한 년이 치맛자락을 훨씬 추켜올려 턱밑에 딱 붙이고 무논의 고니 걸음으로 낄룩 껑충 엉금엉금 섭적 들어오더니,

"점고 맞고 나오."

연연히 고운 기생 그중에 많건마는 사또께옵서는 근본 춘향의 말을 높이 들었는지라 아무리 들으시되 춘향 이름 없는지라 사또, 수노首奴, 관아에 딸린 관노의 우두머리 불러 묻는 말이,

"기생 점고 다 되어도 춘향은 안 부르니 퇴기退妓냐?"

별 기생이 다 있군요. 싸구려 분을 석 냥 일곱 돈어치나 바르면 어떻게 될까요? 음, 일본의 가부끼 배우나 중국의 경극 배우처럼 보이나요?

여기서 한 가지 재미있는 이야기를 듣고 가겠습니다.

위에 '화씨和氏같이 밝은 달'이란 구절이 있습니다. 이때 화씨는 누구를 뜻할까요? 섭씨 대신 화씨? 그때의 화씨는 한자로 화씨華氏입니다. 기온을 뜻하는 화씨는 아니라는 말이죠. 그렇다면?

옛날 중국 전국시대戰國時代, 기원전 403~220 초楚나라에 변화卞和란 사람이 있었습니다. 그가 어느 날 산속에서 뛰어난 옥玉의 원석을 발견하였습니다. 앞서도 말씀드렸듯이 중국인은 옥이라면 사족을 못 쓰지요. 그래서 그는 즉시 이 원석을 왕에게 바쳤습니다. 그런데 이때부터 비극이 시작됩니다. 왕이 전문가에게 그 원석을 보이자 그는 "그냥 돌일 따름입니다" 하고 보고하였습니다. 화가 머리끝까지 치민 초나라 왕은 변화의 오른발 뒤꿈치를 잘라버렸습니다. 중국의 고대 형벌은 무시무시하죠. 변화는 왕에게 귀하디귀한 보물을 바치려다가 오히려 큰 변을 당한 셈이지요. 그 후 왕이 죽고 다음 왕이 즉위하자 다시 원석을 들고 궁으로 향합니다. 그러나 이번에도 같은 평가를 받고 왼발 뒤꿈치를 잘리고 맙니다.

이후 또 다른 왕이 즉위하자 변화는 다시 궁으로 향한 다음 원석을 붙잡고 궁궐 앞에서 며칠 동안 웁니다. 발이 없어서 걸어 들어가지 못했기 때문인지도 모르지요. 이 사실을 알게 된 왕이 그를 불러 사연을 묻자 변화는 지난 이야기를 고했고, 왕은 그 원석을 전문가에게 다시 보입니다. 그러자 그 돌은 세상에서 가장 뛰어난 옥이라는 사실이 밝혀지지요. 그때부터 이 옥은 '화씨벽和氏璧, 화씨의 옥'이라고 불립니다.

이 옥이 얼마나 뛰어난지 이후 화씨벽을 둘러싸고 나라 사이에 싸움이 일어날 정도였답니다. 완벽完璧이란 말은 다 아시죠? 일이나 물건에 흠이 없이 완전무결함을 가리키는 단어 말이죠. 그렇지만 이 완벽이란 단어가 고사성어라는 사실은 잘 모르실 겁니다. 바로 화씨벽을 사이에 두고 조나라와 진나라가 다툴 때 인상이란 인물이 화씨벽을 잘 지켜냈다는 이야기에서 생겨난 말입니다. 그러니까 화씨같이 밝은 달이란 화씨벽처럼 영롱한 달이라는 의미죠. 그런데 그처럼 아름다운 명옥이도 변 사또는 싫다는군요.

여하튼 춘향이를 보지 못해 무척 화가 난 변 사또, 호령을 합니다. 춘향이 불러오라고 말이죠. 그래서 사령들이 즉시 춘향이네 집으로 출동하지요. 그러자 깜짝 놀란 향단이와 춘향이, 어쩔 줄을 모르면서 응대에 나섭니다.

"여보, 아씨."

"왜?"

"문 밖에 사령군뢰사령使令은 각 관아에서 심부름하던 사람, 군뢰軍牢는 군대에서 죄인을 다루는 일을 맡아보던 병졸가 시끌벅적하게 늘어섰소."

"아차, 내가 잊었구나. 오늘이 기생 점고라더니, 무슨 야단이 났나 보다. 내가 전날 장방청長房廳, 각 관아에서 서리가 쓰던 방 사령들에게 인심을 너무 잃었더니 회초리를 내가 받으리라."

머리를 바드득 졸라매고 오동통 사령을 도드러 나오더니,

"허허, 번수네 나오셨소? 내가 전날에 양반을 모셨기로, 이목이 번거하여 자연 배면背面, 얼굴을 돌려 모른 척함한 일을 부디 섭섭이 생각마오."

그러고는 자기 잡으러 온 사령들을 반갑게 맞이합니다.

"뉘 집이라고 아니 들어오고 문 밖에서만 주저하는가. 이리 오소. 내 방으로 들어가세."

사령이 벼르고 갔다 봄바람에 얼음 녹듯 하고, 온몸에 두드러기가 일어나,

"놓아두소. 들어가네."

방 안에 앉힌 후에,

"향단아, 술상 하나 보아 가져오너라."

술상을 갖다 놓고 권커니 작커니 술이 담뿍 취하여놓으니 주정을 하는디,

"여보소, 춘향이. 사또께서 동생을 불러오라 하였지만 나만 믿고 그만두소. 곤장에 자갈 박아 치며, 형장에 바늘 박아 치나? 걱정 마소."

춘향이, 향단이 불러 돈 열 냥 내어주며,

"약소하나 요기나 하소."

사령들이 돈 속은 꿩먹이 속이었다.

"그만두소, 그만두어."

하면서 벌써 허리춤에 찼겄다.

술 취한 사령들 비틀비틀 들어갈 제 삼문간에 당도하여 거기서부터는 갓 벗고 두 놈이 서로 상투 잡고,

"춘향 잡으러 갔던 사령, 잘 다녀왔소."

사또 반가워하며,

"춘향이 불러왔느냐?"

"춘향이가 욱었습니다."

"욱다니?"

"아차, 죽었단 말씀이오."

"엊그제 안 죽은 춘향이가 언제 죽었단 말이냐?"

"모레 죽어 오늘 출상하는데, 성복제成服祭, 초상이 나서 처음으로 상복을 입을 때에 차리는 제사 술잔이나 얻어먹고 왔소."

춘향이가 모레 죽었답니다. 참 예나 이제나 관리는 돈에도 약하고 술에도 약한가 봅니다. 돈 몇 푼에 사또 앞에서 횡설수설 주정을 부리니 말입니다. 그러나 이런 말에 속을 변 사또가 아니죠. 지금 온 정신이 춘향이에게 가 있으니 말입니다. 그리하여 춘향이는 드디어 변 사또 수중에 들어가게 됩니다.

"여봐라, 네가 춘향이냐?"

"춘향이오."

"내가 네 소문을 다 알고 있다. 해 지고 나면 네 집으로 세상 오입쟁이가 모두 출입한다고 하니, 수절한다 핑계하고 네 고을 사또가 불러도 명을 거역하니 그러고 살기를 바라느냐? 단장하고 수청 거행하라."

춘향이 눈을 초리로 뜨고,

"수청이 무엇이오?"

"너 수청 모르느냐? 그만두어라. 네 마다하는 것을 억지로 삶아 타듯 하면 무슨 재미가 있겠느냐? 책방 들라 하여라."

책방 허낭청이 들어오는데, 인물은 인종 가운데 밑바닥 수준이니, 키는 일척이요. 얼굴 넓이는 사방 두 뼘 가웃씩인데, 망건태 앞이마는 뿔 빠진 어레미 쳇바퀴요, 코는 굵은 빈대코라. 그중에 공것을 많이 먹어 이마빡이 훨떡 벗겨져 갓 못 넘어가게 하느라고 망건 윗당줄에다 볼록주머니를 하나 달아 갓을 벽에 건 듯이 쓰고, 어깨가 쪽지게 받친 듯하고, 바깥 살이 바짝 받아 섣달 대목에 마치 신 찬 듯하고, 빈 코를 공연히 훌쩍훌쩍하며 들어와 앉으니, 사또 하는 말,

"여보, 낭청."

"예."

"잘생겼지?"

"잘생겼소이다."

"일색이지?"

"절색이오."

"얼굴이 묘한 꼴로 생겼지?"

"토끼꼴로 생겼소."

"이 사람, 자네 뉘 말로 알고 대답을 그리 하는고?"

"대답은 하였으나 뉘 말인지는 모르겠소이다."

"저기 앉은 춘향 말이로세."

"오, 저게 춘향이요? 잘 생겼소."

"근데 제가 내 수청을 마다하네."

"마다는 것을 낸들 어쩐단 말이오?"

변 사또, 춘향이 안 볼 때 말 좀 잘하여 달라고 눈짓을 실금실금하니,

"도로 내보내라는 말씀이오?"

"어허, 그 사람 무슨 말인가."

"사또께서 내게 눈짓을 하기에 내보내란 말인 줄 알았소."

"여보게, 내 중신 좀 하라는 말일세."

이 대목을 읽다 보면 어디서 본 듯한 표현이 나오죠. 맞습니다. 앞에 이몽룡 부친이 아들 자랑하던 대목과 비슷합니다. 이렇게 판소리에는 비슷한 표현이 다섯 바탕 모두에 자주 나옵니다. 그런 대목은 대부분 무척 재미있습니다. 그래서 여기서도 쓰고 저기서도 쓰는 것이죠.

여하튼 춘향을 아무리 어르고 달래도 수청을 거부하자 변 사또, 참는 데도 한계가 있지요. 남원에 부임한 게 오직 춘향이 때문인데 이렇게 물러나야 하다니! 그래서

변 사또 춘향이가 내세우는 '절개 절箭' 자를 비아냥거리기 시작합니다.

"허허 이런 수절 보소. 기생의 자식이 수절이라니 뉘 아니 요절夭折, 일찍 죽음할고. 대부인께서 들으시면 아주 기절하겠구나. 네만 한 년이 자칭 정절이네 물절이네 분부 거절키는 간부間夫, 샛서방, 남편 있는 여자가 남편 몰래 관계하는 남자 사정 간절하여 별 충절을 다할 것인데 네 죄가 절정가통絕頂可痛, 통분함이 절정에 달함이라. 형장 아래 거절하면 네 청춘이 속절없지."

준절히 호령하니, 춘향이가 절이 나서 죽기를 각오하고 대답한다.

"충신은 불사이군忠臣不事二君, 충신은 두 임금을 섬기지 않음이요, 열녀는 불경이부烈女不更二夫, 열녀는 두 남편을 섬기지 않음임을 사또는 어찌 모르시오. 사또님 대부인 수절이나, 소녀 춘향 수절이나 수절은 일반인디, 수절에도 상하가 있소? 사또도 국운이 불행허여 외적이 집정執政, 정사를 다스림하면 적 아래 무릎을 꿇고 두 임금을 섬기리요? 마오마오 그리 마오, 천비賤婢, 천한 노비 자식이라고 너무 마오."

사또가 두 임금 말에 화가 어찌 났던지, 상툿고가 넘어가고 망건편자 탁 터지고, 목이 꽉 쉬었구나.

"에라, 이년 잡아 내라."

통인들이 우루루 달려들어 춘향의 머리채를 휘휘칭칭 거머잡아 급창及唱, 군아에 속하여 원의 명령을 간접으로 받아 큰 소리로 전달하는 일을 맡아보던 사내종 주며,

"이년 잡아 내려라."

사령이,

"예."

형리 불러,

"춘향 잡아 내려라."

"예, 형방 들어가오."

벌 떼 같은 군뢰사령, 두 줄로 달려들 제 후려쳐 끌어 내려 훨씬 넓은 동헌 뜰에 동댕이쳐 엎지르며,

"춘향 잡아들여 왔소."

화가 머리 끝까지 치민 변 사또, 춘향을 그냥 둘 리 만무합니다. 영화나 드라마에서 자주 보듯 잡혀온 춘향이는 그 자리에서 매를 맞습니다. 그러나 우리 판소리, 그 아픈 상황을 단순히 표현할 리가 없지요. 그래서 등장하는 노래가 〈십장가+杖歌〉입니다. 몽둥이 열 대 맞으면서 부르는 노래란 뜻이죠.

"매우 쳐라."

집장사령 거동 보소. 삼모장날이 세모로 된 몽둥이 둘러메고 한 발 자칫 나섰다가, 큰 눈을 부릅뜨고 주먹에다 힘을 주어 한 발 자칫 달려들며,

"이!"

딱 하는 소리, 기왓골이 울린다. 통인은 붓을 들고 영창 앞에 엎드려서 종이에 그리면서,

"한 낱 맞았소."

춘향의 곧은 마음, 아프단 말 하여서는 열녀가 아니라고, 저렇게 독한 형벌, 아프단 말 아니하고, 제 심중에 먹은 마음 낱낱이 아뢰올 제, 집장가執杖歌, 몽둥이 맞

으면서 부르는 노래가 길어서는 집장하고 치는 매에 어느 틈에 할 수 있나. 한 구로 몽구리되, 안짝은 제 글자요, 바깥짝은 육담이라.

노래가 길면 매 맞는 틈에 부를 수 없을 테니 짧게 한 구로 모아서 부른다는군요. 판소리가 얼마나 사실주의에 입각했는지 보여주는 대목입니다.

첫째 낱 딱 붙이니,
"일정지심─貞之心, 정절을 지키는 한마음 있사오니 이러하면 변하리요."
"매우 쳐라."
"예이."
딱!
"이부二夫 아니 섬긴다고 이 거조擧措, 어떤 일을 꾸미거나 처리하는 방식는 당치 않소."
셋째 낱 딱 붙이니,
"삼강三綱이 중하기로 삼가 본받았소."
넷째 낱 딱 붙이니,
"사지四肢를 찢더라도 사또의 처분이요."
다섯째 낱 딱 붙이니,
"오장五臟을 갈라주면 오죽이나 좋으리까."
여섯째 낱 딱 붙이니,
"육방六房 하인 물어보오. 육시戮屍하면 될 터인가."
일곱째 낱 딱 붙이니,

"칠사七史, 일곱 가지 역사서 중에 없는 공사, 칠대로만 쳐보시오."

여덟째 낱 딱 붙이니,

"팔면八面 부당 못 될 일을, 팔짝팔짝 뛰어보오."

아홉째 낱 딱 붙이니,

"구중분우九重分憂, 구중궁궐에 머무는 임금과 근심을 함께 나눔 관장되어 궂은 짓을 그만하오."

열째 낱 딱 붙이니,

"십벌지목十伐之木 믿지 마오. 씹은 아니 줄 터이오."

십벌지목十伐之木은 '열 번 찍어 안 넘어가는 나무 없다'는 의미의 사자성어입니다. 그러니까 나는 열 번 찍어도 안 넘어갈 것이니, 수청은 기대도 하지 마라, 이런 의미입니다. 그런데 그 거절의 말이 너무 노골적이군요. 역시 춘향이 입, 참 걸기도 합니다.

여하튼 매 서른 대를 맞은 춘향이는 결국 옥에 갇히고 맙니다. 이 부분에 이르면 춘향이가 겪는 고통에 청중은 눈물을 짓지 않을 수 없습니다. 특히 옥에 갇힌 춘향의 기진한 모습을 그린 대목은 우리 시대 마지막 명창이라고 일컬어지는 임방울 명창이 〈쑥대머리〉란 제목으로 따로 불러 너무나 유명해졌는데 최근에도 여러 국악인이 다양한 방식으로 새롭게 되살리고 있더군요.

자, 그럼 그 대목 한번 들어볼까요.

그 유명한
쑥대머리 장면

쑥대머리 귀신형용鬼神形容 적막옥방寂寞獄房 찬 자리에 생각난 것이 임뿐이라.
쑥처럼 흐트러진 머리 귀신 모습 적막한 감옥 찬 자리에 생각나는 건 오직 임뿐이라

보고 지고 보고 지고 한양 낭군 보고 지고

오리정 정별情別 후로 일장 수서手書를 내가 못 봤으니
오리정에서 이별한 후로 편지 한 장 내가 못 받았으니

부모봉양 글공부에 겨를이 없어 이러는가

여인신혼與人新婚 금슬우지琴瑟友之 나를 잊고 이러는가
신혼 맞아 부부의 정 나누느라 나를 잊고 이러는가

계궁항아桂宮姮娥 추월秋月같이 번뜻이 솟아서 비치고저
달 속 궁에 있는 선녀 가을 달처럼 번듯 솟아서 비치고저 하나

막왕막래莫往莫來 막혔으니 앵무서鸚鵡書를 내가 어이 보며
오도가도 못하고 막혔으니 보내신 편지 한 장을 내가 어찌 보며

전전반측輾轉反側 잠 못 이루니 호접몽胡蝶夢을 어이 꿀 수 있나
이리 뒹굴 저리 뒹굴 잠 못 이루니 나비의 꿈을 어찌 꿀 수 있을까

손가락에 피를 내어 사정으로 편지허고

간장의 썩은 눈물로 임의 화상을 그려볼까

이화일지梨花一枝 춘대우春帶雨에 내 눈물을 뿌렸으면
배꽃 한 가지에 매달린 봄비에 내 눈물을 뿌렸으면

야우문령夜雨門零 단장성斷腸聲에 임도 나를 생각할까
문에 고요히 떨어지는 밤비 애끓는 소리에 임도 나를 생각할까

추우오동秋雨梧桐 엽락시葉落時에 잎만 떨어져도 임의 생각
가을비에 오동잎 떨어지면 그때마다 임의 생각

녹수부용綠水芙蓉 채연녀採蓮女와 제롱망채엽提籠忘採葉의 뽕 따는 정부貞婦들도
푸른 물 머금은 연꽃 따는 여인들과 뽕잎 따다 멀리 떠나간 낭군 생각하는 여인들도

낭군 생각은 일반이나 나보다는 좋은 팔자

옥문 밖을 못 나가니 뽕을 따고 연 캐겠나

내가 만일에 임을 못 보고 옥중원혼이 되거드면

무덤 근처 있는 나무는 상사목想思木이 될 것이요

무덤 앞에 섰는 돌은 망부석이 될 것이니

생전사후 이 원한을 알어줄 이가 뉘 있드란 말이냐

퍼버리고 앉어 설리 운다

어떻습니까? 글로 읽기만 해도 참으로 가슴이 찢어지는 감동이 다가옵니다. 그러니 실력 있는 소리꾼의 소리로 들어보면 정말 피를 토하는 듯한 절규가 느껴집니다.

자, 그럼 계속 이어갈까요.

춘향이가 변 사또의 수청 제안을 거부한 채 옥에서 고통을 겪고 있을 무렵 이몽룡은 열심히 공부해서 과거에 장원급제를 합니다. 그리고 출중한 실력에 감탄한 왕이 무슨 벼슬을 원하느냐고 묻자 백성의 고통을 해결해주는 암행어사가 되고 싶다고 이야기하죠. 속도 모르는 왕은 중앙 관직을 마다하고 지방을 전전하는 암행어사를 택한 이몽룡을 다시 한 번 높게 평가합니다. 이몽룡에게는 이야말로 꿩 먹고 알 먹고 아닌가요?

드디어 이몽룡은 허름한 차림을 하고 암행어사가 되어 길을 떠납니다. 가장 먼저 가는 곳이 어디일까요? 삼척동자도 알죠. 바로 전라도 남원 땅입니다.

그곳에서 이몽룡이 한 초립동, 즉 나무하는 총각 아이를 만납니다. 그 아이가 옥중에 갇힌 춘향이를 소재로 노래를 하거든요.

어사또 가만히 들으니, 그놈이 춘향 내력을 아는 모양이라. 한번 물어보리라 하고,

"어따, 이애야."

부르는데, 이 녀석이 남원 장바닥에서 닳아진 놈이었다. 말솜씨 좋고 재치 있고, 사람 골려 먹기는 이상이 없는 놈이었다.

"저 부르셨소?"

"오냐, 네가 춘향의 말로 노래를 부르고 가니 춘향이가 죽었느냐?"

저놈이 어사또 눈치를 보니 아마도 춘향과 무슨 사정이 있는 모양이거든.

"춘향이 죽었지요."

"언제 죽었단 말이냐?"

"며칠 아니 되었소. 엊그제 죽어서 갖다 묻었지요."

"애야, 그럼 춘향이 무덤 좀 가르쳐주라."

"내 나무는 누가 하고요?"

"내 나무 값 주마."

"얼마 주시려오?"

"반 냥 주마."

"내시오."

돈은 땄것다.

"이리 오시오. 저 건너 새 초분草墳, 서남 해안이나 섬에서 송장을 풀이나 짚으로 덮어두는 장례 방식, 3년 내지 10년 동안 그대로 두었다가 살이 다 썩은 뒤에 뼈를 골라 시루에 쪄서 땅에 묻는다하여 놓은 게 춘향이 무덤이오."

아이 돌려보낸 후에, 어사또 거동 보소. 두 주먹을 불끈 쥐고 초분으로 건너갈 제, 울며불며 건너가서 초분을 덥벅 안고 치둥글 내리둥글 목접이질목이 접질리도록 굽히는 짓 덜컥하며,

"애고, 춘향아. 이것이 웬일이냐. 천리 먼 길에 오매불망寤寐不忘, 자나깨나 잊지 못함 우리 춘향이 상봉코자 왔더니 죽었단 말이 웬말이냐. 언제 다시 춘향 볼고. 애고지고 서러운지고. '애고'란 말 당치 않다. 부모상에 '애고' 하지, 춘향 죽은 데 '애고' 하랴. 어이어이. '어이'란 말 당치 않다. 조모상에 '어이' 하지, 춘향 죽은 데 '어이' 하랴."

애고도 못하고 어이도 못하고 악머구리 울음 울듯 입을 떡 벌리고,

"아아아!"

한참 이리 할 즈음에 건넛마을 웅 상주 사형제가 있는데, 막내 상주가 쌍언청이었다. 뜻밖에 저의 모친 초분에서 곡성哭聲이 낭자하거늘, 괴이하여 내다보니, 어떤 폐파립해어지거나 찢어져 못쓰게 된 갓 한 사람이 초분을 다 쥐어뜯어 알송장벌거벗은 송장이 나오게 생겼거늘, 기가 막혀 저의 형님을 불러,

"여보 형님. 어머니 초분에 불한당 들었소."

뭇 상인喪人, 상을 당한 사람 나와 보더니,

"어머니 생전에 앉으시면 눈물지어 하는 말이, 우리 외삼촌 한 분이 남사당에

들어가 집 나간 지 수십 년이로되 소식이 적조積阻, 서로 연락이 끊겨 오래도록 소식이 막힘
하여 주야로 탄식하셨으니, 내 집을 찾아오시다가 어머니 초분으로 바로 가서
누님 잃은 아픔에 우는 모양이니 우리가 모두 나가보자.”

굴건제복屈巾祭服, 상중에 있는 상주가 입는 옷으로, 굴건은 상주가 두건 위에 덧쓰는 건, 제복은 상복을 배
돛 달아놓은 듯이 쓰고 곡을 하며 나갈 적에,

“애고, 애고.”

쌍언청이 상인은,

“해콩 해콩.”

이때에 어사또는 아무런 줄을 모르고,

“애고, 춘향아. 애고, 춘향아.”

언청이놈 그 말 듣고,

“형님. 어머니 이름이 춘향이오?”

“어머니 어릴 적 이름이 춘향인지 혹 알 수 있느냐?”

“애고, 내 사랑아.”

“여보 형님. 동생을 보고 ‘내 사랑아’ 하니 병낫소?”

맏상주가 무색하여,

“가만 있거라. 더 들어보자.”

어사또 우는 말이,

“너와 나와 서로 만나 사랑가로 노닐 적에 네 팔은 내가 베고, 내 팔은 네가 베
고, 네 혀를 내가 물고, 내 혀를 네가 물었으니, 우리 정을 어찌 잊고 죽었느
냐?”

언청이 상인 기가 막혀,

"여보 형님. 어느 제미럴 외삼촌이 동생 팔 베고, 혀 물고, 흐쿵흐쿵할 제 그저 두었겠소. 우리 사형제 중 저 사람 물똥이 더러 섞였나보오. 바깥사람 없으니 하는 말이로되, 우리 어머니가 천하 잡것이요, 생전에 징험徵驗, 어떤 움직임을 경험함 한 일이 있소. 하루 세 번씩 분 바르고, 눈썹을 날마다 뽑아놓은 것이 염죽은 사람의 몸을 씻긴 뒤에 옷을 입히고 염포로 묶는 일하러 들어간 사람이 부황 문둥이라고 놀란 일이 있소. 어머니 죽은 후에 저런 애비 나설 줄 알았소."

이몽룡, 제대로 걸렸군요. 사기꾼 나무꾼에게 당하고, 이번에는 무덤 주인 아들들에게 개망나니로 몰려 흠씬 두들겨 맞습니다. 그건 그런데 언청이라는 아들, 자기

어머니를 평하는 모습을 보니 참 어이가 없어도 한참 없네요. 겨우 빠져나온 어사
또, 춘향이 죽지 않은 걸 알고는 다시 열심히 남원으로 향합니다.

그런데 남원에 가던 길에 편지 한 통을 들고 서울로 가는 아이를 발견합니다. 그
리고 그가 바로 춘향이 편지를 가지고 이몽룡 집을 찾아가던 방자입니다.

한편 방자는 고유명사가 아니라 지방 관아에서 심부름하던 남자 하인을 가리키는
보통명사입니다.

그런데 이 방자가 누구인지가 판본마다 다릅니다. 어떤 판본에 따르면 방자가 바
로 이몽룡을 모시던 방자라 둘이 알아보고 깜짝 놀라기도 하고, 다른 판본을 보면
전혀 다른 방자라 서로 알아보지 못합니다. 또 어떤 판본은 바로 그 방자이지만
너무 변한 이몽룡을 알아보지 못한다고도 합니다. 여하튼 춘향이 편지를 가지고
가는 방자를 이몽룡이 만나는 것은 사실이지요.

사기 쳐서
편지 뜯어 보는
어사 양반

"이리 오너라. 이애야."

이렇듯이 불러놓으니 저놈 힐끗 돌아다보며 대답도 않고 서 있거늘,

"이 자식이, 어른이 부르면 썩 오는 것이 도리지. 가만히 서서 보기는 이놈!"

이놈은 남원읍에서 어긋나기로 유명헌 놈이요, 어른이나 애들이나 지가 모두 다 이겨야만 잘난 줄로 아는 놈인데 어사또를 바라보니 하도 헐게 차려 더 가소로운 것이었다. 어사또 턱밑에 코 다치게 바싹 들어서며,

"바쁘게 가는 사람 왜 부르오?"

"이 자식, 너 어디 사느냐?"

"나 살기는 사람 많이 살다가 다 죽어버리고 나 혼자 사는 데 사요."

"이 자식, 혼자 사는 데가 있단 말이냐?"

"나만 사니까 혼자 사는 데 아니요?"

"아, 이 자식이 남원 산단 말을 나만 산다고 허는 놈이로고나."

"하하하, 맞았소. 맞어. 당신 죽도 안 허고 귀신 먼저 됐소 잉."

"에라 이놈. 그래 너 어디를 가느냐?"

"양반 독차지헌 데 가오."

"양반 독차지한 데라니 한양 간단 말이로군."

"아따 당신 소강절옛날 중국의 유명한 점쟁이 뒷문에 움막 짓고 살았소?"

"허 그놈, 괘씸한 놈이로고. 그래서 한양엔 누구를 찾어가는고?"

"나 한양 묵은 댁에 가요."

"묵은 댁이라. 묵은 댁이라니 너 구관舊官 댁에 간단 말이로구나."

"아따, 당신이 귀신이 아니라 귀신 잡어먹고 도깨비 똥 싸것소."

"에라, 이 자식 같으니. 헌데 구관 댁에는 어찌 허여 가느냐?"

"허허 참. 다름이 아니라 우리 고을 열녀 춘향 편지 가지고 구관 댁에 몽룡 씨를 찾어가요. 당신 뭣헐라고 그리 물어쌌소?"

"글쎄 너 하고 가는 소리를 들으니 매우 가련한 편지를 가지고 가는 듯허여 그 편지 좀 보자고 그런 것이다."

"아따 그놈의 어른 염치없는 놈의 소리 허고 있네. 여보, 남의 남자 편지도 함부로 보지 못헐 텐데 규중 편지 사연을 함부로 보잔단 말이요? 이놈의 어른아."

"이 자식. 네가 무식헌 말이로다. 옛 문장이 이르기를 '부공총총復恐忽忽 설부진 說不盡허여 행인行人 임발우개봉臨發又開封'이라 허였으니 잠깐 보고 다시 봉해주면 좋지 않니?"

이놈 문자 하나 모르는 놈이 그 문자 알아듣는 체하고,

"아따, 이놈의 어른 봐라. 차린 것은 오 푼어치도 못 입었는데 문자는 바로 거 드럭거렸네그려. 그러시오. 편지 줄 일이 아니건마는 당신 문자 쓰는 것이 하 도 신통허여 줄 마음은 있으나 당신 그 문자를 알기나 허고 썼소? 알지도 못하 면서 들은 풍월로 덮어놓고 썼소? 어디 그 문자 설명을 턱 한번 해보면 내가 더 신통허게 알고 대번에 편지를 보여주리다."

"야 이놈아. 그 문자 묻는 네가 참으로 신통허여 내 일러주마. 부공총총 설부 진허야 행인 임발우개봉이란 말은 바쁘게 쓰느라고 속에 있는 말을 다 못 썼 는가 싶어 삯군이 편지 가지고 떠나려 허는디 그 편지 달라 하여 다시 봉을 열 고 읽어본다, 그런 말이니 나도 그런 뜻으로 잠깐 보아도 좋지 않으냐, 이 후레 아들놈아."

이놈이 그 문자 속 몰라 답답허든 참에 어찌 속이 시원했던지 욕먹은 것은 생 각잖고 제 손수 박장대소하며,

"허허허, 영락없이 알고 썼네그려. 당신 참으로 신통허요. 옛소. 얼른 보고 도 로 주시오."

방자와 이몽룡의 기싸움이 대단하지요? 다 아시겠지만 '부공총총 설부진 행인 임 발우개봉'이란 문장이 이몽룡이 하는 행동을 합리화해주는 것은 아니죠. 그럼 이

문장이 나온 시를 한번 볼까요.

秋思   가을 생각

洛陽城裏見秋風   낙양성 안에 가을바람 부는 모습 보니
欲作家書意萬重   고향집에 편지 쓰고자 하는 마음 끝없네
復恐恩恩說不盡   바삐 쓰느라 할 말 미처 못 다했을까 두려워
行人臨發又開封   가는 사람 발길 옮기려 할 제 다시 한 번 뜯어 본다.

그러니까 남의 편지 뜯어 본다는 말이 아니라 자신이 쓴 편지에 혹시나 할 말이
빠졌는지 걱정되어 다시 확인한다는 내용이군요. 그런 말로 글 모르는 방자를 쉽
게 속였습니다그려. 아, 이 시의 작가인 장적張籍은 중국 당나라 때의 시인입니다.
여하튼 방자 녀석을 한마디로 속인 이몽룡, 아니 이 어사께서 편지를 열어 보니
참으로 눈물 없이는 읽을 수 없는 내용이 적혀 있습니다. 요약하면, 이제 춘향이
는 이승을 떠나니 못 이룬 사랑은 저승에서 이루자는 내용이었지요. 그리고 마지
막에는 혈서까지 적혀 있었습니다. 이렇게 되니 이 어사 눈에서도 눈물이 그렁그
렁 맺힐 수밖에요. 그 모습을 유심히 살펴보던 방자가 그제서야 이 어사가 자기가
모시던 상전임을 알아봅니다.
한편 그 무렵 춘향이는 죽음을 눈앞에 두고 있었는데 그러면서도 오직 이 도령 걱
정뿐입니다.

점쟁이 허 봉사,
춘향이 정통을 향하는디

그때에 춘향이는 한 꿈을 얻었으되, 옥창獄窓 앞 앵도화가 어지러이 떨어지고, 단장하던 큰 거울 한복판이 깨어지고, 문 위에 허수아비가 뚜렷이 달려 보이고, 옥담에 까마귀 앉아 까옥까옥 울어 보이니 흉몽인지 길몽인지 마음이 산란하여 눈물짓고 앉았을 제 때마침 서문 밖에 문복問卜, 점쟁이에게 길흉을 물음 잘하는 허 봉사가 성안에 독경 왔다 가는 길에 '문복허라!' 외는 소리가 들리는구나.
점치라는 문수問數, 문복를 외치고 가는데 외는 소리가 서울 봉사와 시골 봉사가 다르겄다. 서울 봉사 같으면 "에리수어 문수여!" 이렇게 외치련마는 이 봉사는 외는 소리가 아주 죽 쥐여 지른 듯이 둑성화를 낸 음성으로 외고 가던 것이었다.
"무꾸리들 하오. 무꾸리들 해."

춘향이 이 소리를 반겨 듣고 사정을 불러 봉사를 청하였다.

봉사 들어와 앉으며 눈으로 보는 듯이 말을 하는 것이었다.

"여, 춘향 각시, 진작 못 와보아 인사가 빠졌구먼. 그간 맞은 자리와 고생이 어떠한가. 어디 상처를 좀 만져보세. 내가 보든 못 허여도 내 손이 약손이라. 내 손으로 만지기만 허면 장독杖毒이 천병만마 진陣 풀리듯 활짝 풀리어 없어지지. 어디 응 보자."

춘향이가 매 맞은 다리를 내어 맡기니 봉사가 더듬더듬 만져 차차 손이 무릎 위로 올라오는 것이 곧 정통을 범할 모양이라. 춘향이가 봉사 뺨을 호랑이 개 뺨치듯 치고 싶으나 점칠 일을 생각허여 자기 손을 자개미다리의 양쪽 오목한 곳 근처에다 딱 세워놓고 꾀로써 허는 말이,

"봉사님 들어보시오. 어머님이 항상 말씀하시기를 서문 밖 허 봉사는 안맹眼盲, 눈이 보이지 않음은 허였으나 근본이 양반인데 행실이 정대正大, 바르고 당당함허여 사람마다 칭찬이요, 네가 채 어렸을 때 매양 보면 덥석 안고 한없이 사랑하며 내 딸이야 내 딸이야 입 맞추며 등 치더라 허시더니 제가 차차 장성허여 자주 뵙지 못하였어도 어제인 듯하옵니다."

봉사 가만히 듣다가 손을 얼른 떼며 열없어 하는 말이,

"그는 참 정말이구만. 원 그년의 자식 정신도 좋다."

그러고는 산통을 흔들며 점을 치더니 한참 후에 점괘를 뽑아들고 하는 말이,

"꿈 좋다. 해몽할 테니 들어보소. 꽃이 떨어지니 곧 열매를 맺을 것이요, 거울이 깨지니 어찌 맑고 맑은 소리가 없을 손가. 문 위에 허수아비 달려 보이기는 일만—萬 사람이 다 자네를 '아비야' 허것네. 가마귀 앉아 가옥가옥 울었으니

'가佳'자는 아름다울 가요, '옥屋'은 집 옥이라, 어허 경사났네. 이 도령이 고초 고추 같은 벼슬을 하여 곧 내려오것네."

춘향이 점괘 푸는 소리를 듣더니,

"그렇게만 된다면 오죽이나 좋으리까마는….."

허 봉사 화를 벌컥 내며,

"뭣이 어째? 아니 자네가 내 점을 어찌 알고 허는 말인가, 응? 내 점은 신점이 여. 내 점괘대로 되는가 안 되는가 고름 맺고 우리 내기허세, 내기해. 간이 확 뒤집어지는 소리를 허고 있어."

"말씀만 들어도 너무 반가워 헌 말이니 노여워하지 마십시오. 정녕히 그럴진 덴 다음날 수고를 후히 갚으오리다. 위선 약소허오나….."

허며 돈 한 냥을 내어주니 봉사 얼른 받아 뺨으로 먼저 뺨어보고 꽁무니에다 일변 돈은 차면서,

"여보소. 내 형편이 저기나 허면 보태어줄 터에 내가 이걸 받것는가마는 내 형 편이 어제 아침밥 못 짓고, 어제 저녁 건너뛰고, 오늘 아침 맨입이요, 오늘 저 녁거리가 형편없어 복채로 받어가니 야속타 생각 말고 내 말대로 되거들랑 근 래에 명색 없는 감투 많으니 거 나를 감투나 하나 씌워주고, 내 말대로 안 되거 들랑 이놈의 먼눈이라도 쑥 빼어버리소. 조금도 염려 말고 수일만 기다리소, 응. 나는 가네."

춘향이가 참으로 예쁘긴 예쁜가 봅니다. 그 와중에도 허 봉사 춘향이에게 다가서 니 말이지요. 아! 봉사니까 춘향이 미모가 아니라 살결에 넘어간 것이군요.

그나저나 허 봉사 몇 끼를 굶은 건가요? 어제 아침밥 못 지었고, 저녁 건너뛰고, 오늘 아침은 맨입이니 말이지요. 게다가 허 봉사 내기를 하는데 정말 손해 볼 일 없는 내기입니다. 자기가 틀리면 보이지도 않는 눈을 빼라 하고, 자기가 맞으면 벼슬 하나 달라니 말이죠.

여하튼 춘향전의 해피엔딩을 암시하는 복선이 여기에 깔려 있군요.

이제 드디어 어사 출또 부분으로 들어갑니다. 그런데 그에 앞서 이 어사 처갓집을 찾아가지요. 그곳에서 처음 본 장면이 무엇이었을까요?

거지 차림 이몽룡,
월매 덕에 장원급제했구나

그때에 춘향 어미는 후원에 단을 묻고 두 손 합장 무릎을 꿇어 하느님 전에 축수를 허는디,

"비나이다 비나이다 천지신명께 비나이다. 임자생임자년 출생 성춘향은 낭군 위하여 수절을 하다가 옥중에서 명재경각命在項刻, 생명이 눈 깜짝할 사이에 달려 있음 되었으니 삼청동 이몽룡 씨 어서 쉬이 급제허여 전라감사나 전라어사나 양단간에 오늘이라도 남원에 내려와서 내 딸 춘향 살려주오."

어사또 밖에서 듣더니 비감을 금치 못하여,

"어 차마 못 보겠다. 내가 어사 된 것이 선영先塋, 조상 무덤 덕인 줄 알았더니, 예와 보니 춘향 모 정성이 반이나 되겠구나. 저러헌 형상에 이 모양으로 들어가

면 저 늙은이 성질에 괴변이 날 테니 잠시 속일 수밖에 없지."

어사또가 춘향 모를 속여 부르는디 꼭 이렇게 부르것다.

"이리 오너라. 이리 오너라. 게 아무도 없느냐?"

춘향 모 울다가 깜짝 놀라,

"향단아, 이것이 뭔 소리다냐?"

"향단이도 어찌 놀랬던지,

"비 올라고 천동헌개비요."

"네 애기씨가 돌아가시게 되니 성조지신成造地神, 성주와 땅의 신이 발동을 하였는가,
어느 놈이 술 담뿍 먹고 와서 오뉴월 장마에 토담 무너지는 소리를 허는지 나
가서 좀 보고 오거라."

향단이도 놀란 마음에 사면을 둘러보며 조심조심 나와 보니 웬 사람이 서 있
는지라. 그제야 마음 놓고,

"누구 찾소?"

"오, 너의 마나님 좀 잠시 나오시라고 여쭈어라."

향단이 들어와,

"마나님, 어떤 사람이 마나님 좀 잠시 나오시라고 여쭈래요."

"야, 이 철없는 년아. 내가 무슨 정황으로 사람을 대할 것이냐. 나 없다고 따
보내라."

향단이 나와,

"우리 마나님이 없다고 따 보내래요."

"그렇게 딸 것 없이 잠깐 나오시라고 여쭈어라."

향단이 들어가,

"마나님, 여기서 허시는 말씀 죄다 듣고 그렇게 딸 것 없이 잠깐 나오시라고
여쭈래요."

"야, 이년아. 따란 말까지 다했는디 그 사람이 갈 것이냐. 그 사람 성질 고약하
다고 못 나가신다고 여쭈어라."

향단이 나와,

"그 사람 성질 고약허다고 못 나가신다고 여쭈래요."

"타고난 천성이라 졸지에 고칠 수 없으니 기어이 나오시라고 여쭈어라."

향단이가 말 전하러 다니는디 발바닥에서 불이 날 지경이라, 말 성음聲音, 목소리
이 수월찮이 성가신 성음이었다.

"타고난 천성이라 졸지에 고칠 수 없으니 기어이 나오시라고 여쭈래요."

"거기서 죽어도 못 나간다고 여쭈어라."

향단이 나와,

"거기서 죽어도 못 나가신다고 여쭈래요."

"죽는 것은 상관없으나 송장 치는 게 적지 않은 일이니 얼른 나오시라고 여쭈어라."

향단이 들어가,

"죽는 것은 상관없으나 송장 치는 게 적지 않은 일이니 얼른 나오시라고 여쭈래요."

"아니 어찌된 사람이길래 정황 없는 나를 기어이 보기로만 드는가 모르것다."

향단이가 거슬렸어라고 마음에 거슬렸다고,

"마나님, 차린 모양을 봉께 동냥 허로 왔는개비라우."

참 재미있지 않습니까? 발바닥에 불나는 향단이 모습도 그러하고, 다 들으면서 들리지 않는 척 티격태격하는 월매와 어사또 모습도 그러하고. 여하튼 이렇게 해서 월매는 금의야행錦衣夜行, 즉 비단옷 입고 밤길 걸어온 사위를 맞이합니다. 그러나 처음부터 어사또인 것은 모르죠. 어사또가 걸인 행색을 하고 있으니까요. 그래서 다음과 같은 장면이 이어집니다.

"장모, 내 얼굴이 많이 변했지. 내가 춘향에게 장가올 때는 얼굴 좋았지. 얼굴 뿐 아니라 형세로 말하더라도 서울서 둘째가라면 섧게 알던 형세요, 또 아버지가 남원 와 계셔 돈 많이 벌어가셨건마는 그 돈이 나발소리 들은 돈이라 그런지 허망하게 달아나버리데. 아, 집안이 그렇게 딱 망허고 보니 내 꼴도 이렇게 되데그려. 헐 수 있나, 아버지께서는 일가댁 사랑에 가 훈장질허시고, 어머니는 외가로 가시고, 나는 친구 사랑으로 이리저리 돌아다니다가, 풍편風便, 바람편에 듣자 허니 춘향이 본관 수청을 들어 아주 잘 되었다기에 돈백이나 얻어 쓰려고 외상으로 상투하고, 불원천리 내려오다 수원을 들리자니 관상인이 있기로 상을 좀 뵈었더니 상은 과연 명상이야. 내가 이렇게 망한 것은 내 팔자소관이요, 내가 이렇게 안 되었으면 삼재팔난三災八難, 세 가지 재난과 여덟 가지 어려움, 즉 온갖 어려움 그 액땜 허느라고 벌써 죽었으리라 허데그려. 그러나 이렇게 얻어먹다가 그냥 마는 게 아니라 내가 여든세 살만 먹고 보면 부귀공명을 내 위에 더할 놈 없으리라니 그때까지만 기다려주게."

춘향 모 어이없어 어사또를 이만허고 보더니만,

"흐흐흐흐, 사람이 저 지경이 되면 배 속 치레부터 해야 헐 일이여. 자네 부귀공명허기 기다리려다가 내 딸 춘향 옥중에서 환갑 진갑까지 다 지내네. 내 딸 춘향 하나 죽어버리면 자네 잘된 것 내게 아무 소용없어."

춘향 모친이 속에 울화 나는 대로 허면 당장 가라고 야단이 나겠으나 그렇게 헐 수는 없고 살살 말로 따서 쫓을 작정이었다.

"이 서방 말씀을 들으니 가이없소마는 내 신세를 생각허면 더 기가 막힐 지경이오. 내가 어느 아들이 또 있을까. 아들 겸 그것 하나만 믿고 사는 터에 지가 저렇게 죽게 되니 낸들 무슨 재미로 세간 두겠소? 나도 이 집 벌써 팔아먹고 세간 등물도 다 팔아먹고 춘향 먹을 양식거리도 없소. 이 서방은 이 고을 구관 사또 자제라 저녁은 물론 잡쉈을 테지만 우선 주무실 데가 없소. 춘향 방 있다

해도 불땔래야 나무도 없고 허니 저 시원한 문루에나 널널한 객사 동대청에나 가 주무시고 내일 아침이나 집에 와 잡숫던지 또 거기 어디서 잡술 데가 있으면 잡숫고 바로 돌아서든지."

여든세 살까지 살기도 힘들 텐데 그때서야 부귀영화를 누릴 것이니 장모님도 그때까지 살아 계시라고 말하는 어사또의 해학이 재미있지요. 물론 어사또 따 보내려고 애쓰는 월매의 모습도 눈에 선하고요.

그렇지만 월매와 향단의 이몽룡 사랑은 끊을 수가 없는 것이었습니다. 월매도 결국 이몽룡을 받아들이고 춘향을 위로해달라는 부탁도 하지요. 이렇게 해서 이몽룡은 옥중의 춘향과 눈물의 해후를 하게 되고 춘향은 죽어도 여한이 없다며 기쁨의 눈물을 흘립니다. 그런데 춘향이 이몽룡을 다시 만나 제일 먼저 한 질문이 무엇인지 아십니까? 여성 독자 여러분은 쉽게 아실 텐데요.

세상에서
가장
재미있는
소리·판

서방님,
장가 들으셨소?

"서방님 장가 들으셨소?"

"장가가 무엇이냐. 나도 너를 이별허고 서울로 올라간 후 네 생각 허느라고 글 공부 못하였으니 과거나 헐 수 있나. 아버지께 쫓겨나서 이리저리 다니다가 네 보고 싶은 마음 간절하여 불원천리 내려온 즉 너는 나보다 더 참혹허게 되었으니 천지가 아득허고 가슴 답답 나 죽겄다."

춘향이가 마지막으로 유언을 허는디,

"서방님."

"왜?"

"내일 본관 사또 생신 잔치 끝에 나를 올려 죽인다니, 나 올리라고 영이 내리거든 칼머리나 들어주고, 나를 죽여 내어놓거든 다른 사람 손대기 전에 서방님이 삯군인 체 달려들어 나를 업고 물러나와 우리 둘이 인연 맺던 부용당에 날 뉘이고 옥중에서 서방님을 그려 간장 썩은 역류수逆流水, 거꾸로 흐른 물, 즉 순리대로 흘러내린 것이 아니라 한이 맺혀 거꾸로 흘렀다는 의미 땀내 묻은 속적삼 벗겨내어 세 번 불러 초혼招魂, 사람이 죽었을 때 그 혼을 소리쳐 부르는 일하고 서방님 속적삼 벗어 나의 가슴을 덮어주오. 수의입관壽衣入棺, 수의를 입혀 관에 넣는 것도 내사 싫소. 서방님이 나를 안고 정결한 곳 찾아가서 은근히 묻어주고 묘 앞에다 표석을 세워 '수절원사守節冤死, 절개를 지키다 원통하게 죽음 춘향지묘春香之墓'라 크게 새겨주옵시면 아무 여한이 없것네다."

어사또 이 말 듣고,

"오 춘향아. 오냐, 춘향아. 우지 마라. 내일 날이 밝거드면 상여를 탈지 가마를 탈지 그 속이야 뉘가 알랴마는 천붕우출天崩牛出, 하늘이 무너져도 그 속에서 소가 탈출함이라 하늘이 무너져도 솟아날 구멍은 있는 법이요, 극성極盛, 성함이 극에 달하면이면 필패必敗, 반드시 깨짐라니 본관이 네게 너무 극성을 피웠으니 무슨 패를 볼지 알것느냐. 오늘 밤만 죽지 말고 내일 날로 상봉하자."

이런 대목에 이르러서도 청중의 눈물샘을 열지 못한다면 진정한 소리꾼이라고 하기는 어렵겠지요. 그냥 읽기만 해도 춘향의 아름다운 사랑이 느껴져 눈시울이 뜨거워지는데요. 사실 죽음을 눈앞에 두고도 자신에게 죽음을 안겨준 사람에게 사랑을 표현하는 것이 쉬운 일은 아니겠지요. 참으로 지고지순한 사랑의 표상입니다. 저는 이런 대목을 임방울이니 김연수니 하는 마지막 소리꾼으로 일컬어지는 명창의 실황으로 못 듣는 것이 얼마나 안타까운지 모릅니다. 물론 김연수 선생님의 소리는 음반으로 전해져 있고, 이후에 이름을 날린 김소희나 박봉술 선생 같은 대가의 소리가 남지 않은 것은 아닙니다. 그런데 제 생각에 우리나라 판소리는 인간문화재 제도가 시행되면서 박제화의 길로 들어섰다고 보거든요. 그전의 판소리가 진정 판에서 방청객과 소리꾼 사이에 정서적 연대감을 통해 이어지며 소리에 활력을 불어넣었다면, 인간문화재 제도는 소리꾼과 방청객 사이에 제도적 간격을 형성해놓는 역할을 하였습니다. 물론 소리꾼 스스로도 인간문화재가 되면 자신이 남들과는 좀 다른 존재라는 인식도 갖게 되고요.

그래서 저는 판소리가 제자리를 찾기 위해서는 인간문화재 제도보다는 어려서부터 우리 음악에 대한 교육을 활성화하는 것이 필요하다고 봅니다. 들으면 들리고 들리면 관심을 갖게 되고 그러면 재미가 저절로 생기거든요. 그런데 지금은 음악 시간에 판소리 한 대목 듣기 힘들죠. 문화재를 집에 하나라도 가지고 있는 사람이 얼마나 됩니까, 대부분 박물관에 가 있지. 그러니 문화재 지정 받은 판소리도 사람들을 떠나 당연히 박물관 속으로 들어가는 겁니다.

각설하고, 드디어 암행어사 출또 날이 당도하였습니다. 우선 어사또 관아 사정을 살피러 거지 차림으로 잔치판에 끼어듭니다. 그런데 이때 변 사또는 자신은 꿈도 꾸지 않았겠지만 사실은 마지막 기회가 주어진 상태였습니다. 왜냐고요. 어사또가 한잔 얻어먹겠다고 나섰거든요. 이때 한 상 잘 차려주었으면 어사또도 인간인데 변 사또에게 그렇게 심하게 하기 힘들었을 겁니다. 그런데 당연히 그러지 않았지요.

금준미주는 천인혈이요

어사또 상을 차렸으되 모 떨어진 개상판개다리 소반에 뜯어 먹던 갈비 한 대, 건져

먹던 콩나물국, 병든 대추, 묵청포초나물에 청포묵을 넣어 만든 음식, 뻑뻑한 막걸리를 어

사또 앞에 놓고,

"어서 먹고 훠어이."

"고연 놈들이로고. 산 사람 앞에 음식을 놓고 훠어이라니."

어사또가 부채를 거꾸로 쥐고 운봉현감 옆구리를 콱 찌르며,

"여보, 운봉영장."

운봉현감이 깜짝 놀래어,

"허허, 이 양반. 왜 이러시오?"

"본관 상에 놓인 갈비 한 대 먹게 해주오."

운봉이 통인을 불러,

"저 상에 갈비 갖다 이 어른께 올려라."

본관은 본관 사또를 가리키니까 당연히 변 사또를 말하지요. 그러니까 변 사또 상에 있는 갈비 한 대 가져오라는 말입니다. 운봉현감은 이전부터 어사또가 거지 차림이지만 범상치 않은 인물임을 한눈에 알아본 사람이지요. 그래서 어사또를 박대하지도 않았고 가능하면 어사또 심기를 거스르지 않으려고 합니다. 그렇지만 변 사또는 다르지요. 좋은 잔칫상에 난데없는 불청객이 들어와서 자기 상의 갈비까지 가져가는 꼴을 보니 심사가 뒤틀렸습니다. 그래서 무식한 거지놈 쫓아낼 요량으로 글짓기 놀이를 제안하지요.

"자, 좌중에 동할 말씀이 있소. 관장네 모인 자리에 글이 없어 무미하니 우리 글 한 수씩 지읍시다. 만일 못 짓는 자가 있으면 곤장 때려 내쫓기로 합시다. 운자韻字는 내가 내리다. 기름 고膏와 높을 고高요."

어사또 이 말 듣더니 운봉에게 넌지시 하는 말이,

"나도 부모님 덕에 천자권千字卷, 천자문 책이나 읽었으니 내 먼저 짓겠소."

어사또 지필연紙筆硯, 종이·붓·먹 받아 일필휘지一筆揮之, 글을 단숨에 죽 내림 씀하여 선뜻 지어 운봉 주며,

"이런 과객의 글이 오죽허겠습니까? 변변치 못하니 운봉 혼자 보시오. 불청객이 오늘 생일잔치 잘 먹고 가니 이 은혜는 꼭 갚아드리리라."

운봉이 글을 받아보니 글씨가 명필이요 글이 또한 문장이라 운봉이 글을 읽다가 벌벌벌 떨며,

"이 글 속에 일 들었구나."

곡성현감이 가만히 손짓허여 뒤 툇마루로 가 글을 읽는디, 그때에 운봉과 곡성은 본관이 들을까 하여 가만가만히 읊었것마는 우리 성악가들이 읊을 적에는 좌상이 들으시게 허자니 글을 좀 크게 읊던 것이었다.

금준미주金樽美酒는 천인혈千人血이요
금잔에 담긴 좋은 술은 천 사람의 피요

옥반가효玉盤佳肴는 만성고萬姓膏라
옥쟁반에 담긴 귀한 안주는 만 백성의 기름이라

촉루락시燭淚落時 민루락民淚落이요
잔칫상 촛농 떨어질 때 백성의 눈물 떨어지고

가성고처歌聲高處 원성고怨聲高라
노랫소리 높은 곳에 백성의 원성 드높아라.

매우 잘 알려진 시입니다. 어사또, 변 사또가 낸 운자인 기름 고와 높을 고를 넣어
딱 맞게 지었지요. 운자韻字란 한시를 지을 때 운율을 맞추기 위해 둘째와 넷째 연
마지막 글자의 소리를 맞추는 것이지요. 같은 고자를 쓰면서도 뜻은 다른 글자를
택하는 것이 운자를 맞추는 것입니다.

여하튼 눈치 빠른 운봉현감과 곡성현감은 이 자리를 무슨 수를 써서라도 피해야
겠다고 생각합니다. 그러고는 허둥대기 시작하는데 그 꼴이 참으로 가관입니다.

여든아홉에
낙태하신 마님

"이 글 속에 벼락 들었소."

"우리 여기 있다가는 초서리처럼 내리는 서리 맞기 쉬울 테니 곧 떠납시다. 여보 본
관장, 잘 노시오. 나는 먼저 떠납니다."

"아니 운봉장. 별안간 이게 웬일이시오."

"대부인이 낙태를 했다고 곧 기별이 왔소."

"노형 대부인 춘추가 얼마신데 낙태를 허세요?"

"금년에 여든아홉이오."

"여든아홉에 무슨 낙태를 허신단 말이오?"

"아니 낙태가 아니라 낙상허였다는 것을 엉겁결에 잘못 헌 말이오."

곡성이 같이 떨며,

"나도 떠나야 허겄소."

"아니 곡성은 또 웬일이오?"

"나는 오늘이 학질 직날학질 증세가 발작하는 날이오."

"아, 그러면 관약방에 보내 약을 가져오라지요."

"아니 약 먹을 학질이 아니오."

이렇게 해서 〈춘향가〉는 클라이맥스를 향해 달려갑니다. 바로 암행어사 출또 장면이지요.

"암행어사 출또야, 출또허옵신다, 출또야."

두세 번 외는 소리 하늘이 답삭 무너지고 땅이 툭 꺼지는 듯 백일벽력白日霹靂, 마른하늘에 날벼락 진동하고 여름날이 불이 붙어 가삼이 다 타는구나. 각 읍 수령이 넋을 잃고 탕건 바람 버선발로 대숲으로 달아나며,

"통인아, 공사궤公事櫃, 관청의 공적인 일을 적은 기록이나 물건을 넣어 두는 궤짝 급장아 탕건 주워라."

큰칼 집어 내던지고 병부 입으로 물고 헌글신근 달아날 제 운봉영장 뒤웅이관아에서 사용하는 도장을 넣어두던 상자 잃고 수박 들고 달아나고 담양부사 갓을 잃고 방석 쓰고 달아나고 순창군수 탕건 잃고 화관 쓰고 달아날 제 임실현감은 창의벼슬아치가 평상시에 입던 옷옷, 소매가 넓고 뒤 솔기가 갈라져 있다 잃고 몽도리기생들이 춤 출 때 입는 춤복, 원삼 입고 달아나고 순천부사는 겁도 나고 술도 취허여 다락으로 도망쳐 올라가 갓

모자에다 오줌을 누니 밑에 있던 하인들이 오줌 벼락을 맞으면서 어푸어푸 겁결에 허는 말이,

"요사이는 하느님이 비를 끓여서 내리나부다."

본관은 넋을 잃고 골방으로 들어가다가 쥐구멍에다 상투를 박고,

"깃 내어라 신고 가자. 신발 내라 쓰고 가자. 말 내어라 입고 가자. 창의 잡어라 타고 가자. 문 들어온다 바람 닫어라. 요강 마렵다 오줌 들여라. 물 마르니 목 좀 다오."

다시 벌떡 일어나서 통인의 목을 부여잡고 벌벌벌 떨며,

"통인아 나 살려라 역졸이 날 찾거든 모른다고 허여라."

세상에서
가장
재미있는
소리·판

변 사또는
어떻게 되었을까요?

자, 이렇게 해서 암행어사는 출또하셨고 이제 춘향이와 어사또가 다시 만나 행복
하게 사는 일만 남았습니다. 그러나 판본에 따라서는 두 사람의 엑스트라격인 한
사람, 바로 월매가 의기양양하게 등장하여 마무리 짓는 것이 있는가 하면 그 뒤로
도 이런저런 이야기가 이어지는 판본도 있습니다. 그 가운데서도 가장 대립적인
두 가지를 소개해드린다면 하나는 누구나 상상할 수 있듯이 변 사또가 죄를 받는
판입니다. 그렇다면 변 사또가 죄를 받지 않는 것도 있다는 말씀? 그렇습니다. 판
본에 따라서는 변 사또를 어사또가 불러서 잘 타이릅니다. 이에 변 사또가 크게
반성하고 새 사람이 되어 남원 고을을 잘 다스렸다는 내용이 있기도 합니다. 음,
우리가 아는 것과는 전혀 다르군요.

그러나 클라이맥스가 지난 다음에 이어지는 이야기는 자칫하면 독자 여러분께 지루함을 드릴 수 있으니 생략하기로 하고….

혹시 눈치 빨라 이몽룡에게 갈비 한 대 갖다 바친 운봉현감은 그 후에 어떻게 되었는지 궁금하신 독자 계신가요. 뭐 그런 데까지 관심 가진 판본이 흔한 것은 아니지만 어떤 판본에 따르면 전라좌수사로 승직했답니다. 그러니까 이순신 장군 후임이 된 셈이군요더질더질.

마지막 한마디. 더질더질은 모든 판소리가 끝날 때 붙이는 후렴구인데 뜻은 분명치 않습니다더질더질.

2장 **중중모리**

눈을 감아도 눈을 떠도
심청가

곽씨 부인,
안 가져본 직업이
없구나

이번에는 〈심청가〉입니다. 〈심청가〉는 판소리 다섯 바탕 가운데서 가장 슬픈 소리라 할 만합니다. 물론 판소리가 맺힌 응어리를 푸는 해학과 비장미로 이루어져 있으므로 전편에 슬픈 소리로만 채워졌거나 또 모두 해학적인 내용만으로 이루어진 소리는 없습니다. 그러나 상대적으로 〈심청가〉는 비장미가 강한 반면, 〈수궁가〉는 해학적인 내용이 주를 이룹니다. 그에 반해 〈춘향가〉는 해학과 비장미가 적절히 조화를 이루고 있다고 할 것입니다.

〈심청가〉는 그 배경이 황주 도화동입니다. 황주는 우리나라 황해도에도 있고 중국에도 있는 지명인데 시대적 배경이 없었다면 당연히 우리나라 황해도라고 여길 것입니다. 그런데 시대적 배경이 '송나라 원풍 말년'이라고 첫머리에 나옵니다. 그러니까 중국 송나라가 배경인 셈이죠. 그래서 혹시 황주가 중국 땅은 아닐까 의문이 생기는 것입니다. 원풍은 송나라 신종이 사용하던 연호年號입니다. 그렇다면 도화동은 어디일까요? 도화동桃花洞은 우리가 잘 아는 이상향 무릉도원武陵桃源에 나오는 복숭아꽃 피는 마을입니다. 도화桃花가 복숭아꽃이니까요. 시작부터가 심상치 않지요. 즉, 〈심청가〉는 현실적인 배경의 이야기라기보다는 신화적이고 허구적인 이야기라는 느낌을 출발부터 확 주고 있는 것입니다.

심학규라고 하는 맹인은 대대로 양반 가문 출신인데 그의 대에 와서 가운家運이 기웁니다. 그럼 심청의 부친인 심학규는 태어날 때부터 맹인이었을까요? 아닙니다. 후천적 맹인입니다. 스무 살 무렵에 맹인이 되었지요.

결국 심씨 가계는 심학규의 부인 곽씨가 이끌어가는데 날품팔이로 연명합니다.

삯바느질 관대冠帶, 옛날 관원들이 입던 옷, 도포, 행의行衣, 선비들의 웃옷, 창의氅衣, 벼슬아치의 평상복, 직령直領, 군복이며 협수夾袖, 군복의 일종, 쾌자快子 옛 전투복, 중치막예전에 벼슬하지 아니한 선비가 소창옷 위에 덧입던 웃옷과 남녀 의복의 잔누비질잘게 누비는 일, 상침질박아서 지은 겹옷이나 보료·방석 따위의 가장자리를 실밥이 겉으로 드러나도록 꿰맴, 갓끔질갓을 손질하는 일, 외올뜨기외올로 뜬 망건이나 탕건, 쾌땀이며 고두누비곱게 누비는 것, 솔오리기, 망건 꾸미개, 갓끈접기, 배자褙子, 추울 때 저고리 위에 덧입는 옷, 토시추위를 막기 위하여 팔뚝에 끼는 것, 버선, 행전行纏, 바지나 고의를 입을 때 정강이에 감아 무릎 아래 매는 물건, 포대布帶, 베로 만든 띠, 허리띠, 댓님, 줌치주머니의 옛말, 쌈지, 약주머니에 붓주머니, 휘항揮項, 머리에 쓰는 방한구, 볼치옛날 겨울에 쓰던 방한구, 볼끼, 복건幞巾, 도복에 갖추어서 머리에 쓰던 건, 풍차風遮, 겨울에 추위를 막기 위해 머리에 쓰던 방한용 두건며 천의비구니가 입는 통치마, 주의周衣, 두루마기, 갖은 금침衾枕, 이부자리와 베개를 아울러 이름, 베갯모에 쌍원앙 수놓기와 족두리부녀자가 예복을 입을 때 머리에 얹던 관의 하나, 원삼圓衫, 부녀용 예복의 한 가지, 잠옷, 문무백관의 빛난 흉배胸背, 관리들이 입는 관복의 가슴과 등에 학이나 범을 수놓아 붙이던 사각형의 표장 외학 · 쌍학 · 범 그리기, 명모瞑帽, 시신의 머리에 씌우는 모자, 악수幄手, 시신의 손을 싸던 헝겊, 제복祭服, 제사용 의복이며, 길쌈을 논허면 궁초宮綃, 엷고 무늬가 둥근 비단의 하나로 흔히 댕기의 감으로 쓴다, 공단貢緞, 두껍고 무늬는 없지만 윤기가 도는 비단, 수주水紬, 품질이 좋은 비단의 한 종류, 선주鮮紬, 빛깔이 고운 비단, 낙릉落綾, 올이 가늘고 결이 고운 비단, 갑사甲紗, 얇고 성긴 고급 비단, 운문토주雲紋吐紬, 구름무늬의 바탕이 두껍고 빛이 누르스름한 명주, 갑주甲紬, 품질이 매우 좋은 비단, 분주盆紬, 평안도와 황해도에서 나는 비단, 표주縹紬, 오색 비단, 명주明紬, 명주실로 무늬 없이 짠 피륙, 생초生綃, 생사生絲로 얇고 성기게 짠 옷감, 통견通絹, 썩 설피고 얇은 비단에 조포粗布, 거칠고 성기게 짠 베, 막베, 북포北布, 함경도에서 나는 올이 가늘고 고운 삼베, 황포黃布, 누런색 베, 춘포春布, 강원도에서 나는 베, 문포門布, 중국 책문 지방에서 나는 베 만드는 것이며, 삼베, 백저白苧, 흰 모시, 극상세목極上細木, 올이 가늘고 고운 가장 뛰어난 무명 삯을 받고 맡아 짜기, 청황적백침향회색靑黃赤白枕香灰色을 각색으로 염색하기, 초상난 집 상복喪服, 제복祭服, 혼대사婚大事 음식 숙증熟蒸, 익히고 찜, 갖은 증편여름에 먹는 떡의 일종, 중계中桂, 유밀과의 하나, 밀가루를 꿀과 기름으로 반죽하여 네모지게 잘라 기름에 지져 만든다, 약과藥果, 백과白果, 은행, 절에 다식茶食, 우리나라 고유 과자의 하나, 녹말 · 송화 · 검은깨 따위의 가루를 꿀이나 조청에 반죽하여 다식판에 박아 만듦, 냉면, 화채, 신선로, 갖가지 찬수饌需, 반찬, 약주藥酒 빚기, 수파련水波蓮, 잔치 때나 굿할 때에 장식으로 쓰는 종이로 만든 연꽃 봉오림과 배상排床, 연회나 의식에 쓰는 상을 차려 놓음하기, 고임질과일이나 과자, 떡 따위의 음식을 그릇에 높이 괴어 담음을 일년 삼백육십 일에 하루 반때 놀지 않고 품 팔아 모일 적에 푼을 모아 돈이 되고, 돈 모아 양兩

을 짓고, 양을 모아서 관 돈 되면 착실한 곳 빚을 주어 일수체계日收遞計, 돈을 꽤 비싼 이자로 빌려준 후 원금과 이자를 동시에 받는 것 장리변長利邊, 봄에 곡식을 빌려주고 가을 추수할 때 빌려준 곡식에 절반 가까운 양을 더해 받는 것으로 실수 없이 받아들여 춘추春秋 시향時享, 조상 무덤에 지내는 제사의 봉제사奉祭祀, 제사를 드림와 앞 못 보는 가장 공경 시종이 여일如一하니 상하촌 사람들이 곽씨 부인 어진 마음 뉘가 아니 칭찬허리.

앞서 판소리의 재미를 한층 더해주는 것이 열거법이라고 말씀드렸죠. 이번에는 우리 전통 사회에서 여인이 할 수 있는 일이 두루 등장하고 있습니다. 온갖 바느질과 관련된 일, 옷감과 관련된 일, 음식과 관련된 일이 다 나오는군요.
한 가지 드릴 말씀. 이렇게 나오는 단어를 모두 이해하려고 하지 마세요. 사실 이건 사설을 쓰는 사람이 온갖 것을 넣어서 듣는 사람에게 즐거움을 주는 한편, 그런 것이 있다는 지식을 전달하고자 하는 의도도 있었겠지요. 그렇지만 시대가 변하면서 과거의 생활 속의 여러 일이 지금은 옛일이 되었습니다. 따라서 전문가가 아니라면 위에 나오는 온갖 것을 이해하기란 쉽지 않습니다. 그러니 너무 부담 갖지 말고 그냥 아, 옛날에는 이런 일, 이런 음식도 있었구나, 나도 한번 먹어보고 싶다, 뭐 이 정도로만 이해하자고요. 이런 것을 다 알아야 한다는 강박관념이야말로 우리 전통문화를 멀리하게 만드는 장애물이란 사실, 잊지 마시길.
그런데 돈을 모은 곽씨 부인 고리대금업도 하셨네요. 그렇지만 그렇게 번 돈으로 조상 제사를 지내고 앞 못 보는 남편 모시니 열녀는 열녀지요.
한편 이 부부 아이가 없어서 아쉬웠나 봅니다. 결국 심 봉사의 청을 받아들인 곽씨 부인이 어렵게 모은 돈을 들여 불공도 드리고 성황당에도 공을 들인 끝에 드디어 임신을 하고 출산을 하니 그 아이가 바로 심청이입니다. 그렇다면 아이를 낳은 엄마가 가장 먼저 묻는 것은? 음, 요즘은 낳기 전에 초음파니 뭐니 해서 미리 알기도 하지만 어쨌든 역시 궁금한 것은 '이거'겠죠.

딸 낳자마자
승천하는 곽씨 부인

"순산은 허였으나 남녀 간에 무엇이오?"

심 봉사 크게 웃으며,

"기가 막힐 일이오. 부인들 욕심이란 저렇닷 말이여. 그렇게 욕을 보고도 그도 그럴 터였다. 그러나 귀덕 어미가 무엇 낳았단 말도 않고 나갔으니 내가 알 수가 있는가. 에라 내 손으로 만져볼밖에 수가 없다."

심 봉사가 갓난아이를 아래턱 밑에서 내리 더듬는디 이런 가관이 없것다.

"가만있어라. 이것은 명뼈명치뼈, 이것은 배꼽, 인제 이 밑에가 일이 있는디. 아차, 아이 샅을 만져보니 손에 아무 걸림새 없이 미끈허고 지나간 것이 아마도 마누라 같은 사람을 낳았나 보오."

곽씨 부인, 딸인지 아들인지가 궁금했나봅니다. 하지만 안타깝게도 딸 낳은 지 고작 일주일이 못 되어 곽씨 부인은 목숨을 잃고 맙니다. 그 까닭은 아이 출산 후 산후 조리할 틈도 없이 온갖 일에 나섰기 때문이지요. 결국 곽씨 부인은 딸 이름을 청淸이라 지어달라는 유언을 남기고 그만 세상을 뜨고 맙니다. 청이라는 이름에는 눈먼 아버지 대신 맑은 눈이 되어달라는 깊은 뜻이 담겨 있습니다. 곽씨 부인이 그렇게 말했거든요.

여하튼 이렇게 태어난 심청이는 우리 모두 알다시피 천하의 효녀죠. 어린 시절에는 아버지가 동네 여인네들을 찾아가 젖동냥으로 키웠는데 고작 예닐곱 살이 되자 자기가 아버지 대신 음식 동냥에 나서겠다고 합니다. 물론 판본에 따라서는 열살 후로 나오는 경우도 있는데 스무 살이 넘어서까지 부모덕으로 살아가는 요즘 젊은이에 비하면 일곱 살이건 열 살이건 대견한 것은 마찬가지입니다.

"여보시오, 부인네님. 불쌍허신 우리 부친 구원할 길 바이없어 밥을 빌려 왔사오니 한술씩 덜 잡수고 십시일반 주옵시면 부친공양 허것습네다."
듣고 보는 부인들이 뉘 아니 슬퍼하리. 그릇밥 김치장을 아끼잖고 후히 주며 혹은 먹고 가라 허니 심청이 여짜오되,
"기허飢虛, 밥을 굶어 속이 빔하신 우리 부친 나 오기만 기다리시니 저 혼자 어이 먹사오리까. 어서 집으로 돌아가서 부친 모시고 먹겠나이다."
이렇듯이 얻은 밥이 한두 집에 족헌지라. 날마다 얻은 밥이 합쳐놓으니 오색이라 흰밥, 콩밥, 팥밥이며 보리, 기장, 수수밥이 갖가지로 다 있으니 심 봉사 집은 항상 정월보름 닥쳤든 것이었다.

늘 온갖 잡곡이 들어간 밥을 얻어 오니 매일 오곡밥 먹는다는 표현이 한편으로는 슬프고 또 한편으로는 재미있지요.

여하튼 동냥밥이라 해도 먹고 자라는 것은 마찬가지여서 심청이도 무럭무럭 자랍니다. 그렇게 해서 열다섯 살 되던 해까지 잘 컸는데, 그 무렵 아버지 때문에 드디어 사단이 납니다. 바로 심청이를 어여삐 여긴 장 승상 댁 부인을 찾아간 사이에 심 봉사가 청이 마중 나갔다가 개천에 빠지는 사건이지요. 그리고 공양미 삼백 석 건네겠다는 약속을 하는 내용은 대부분 다 아시겠지만 그 자세한 내용을 아는 분은 또 흔하지 않으니 그 대목 한번 살펴보겠습니다.

이 대목은 화주승化主僧, 마을로 다니면서 사람들로 하여금 부처님과 인연을 맺게 하고, 시주를 받아 절의 양식을 대는 중이 동네로 들어오는 장면에서 시작합니다.

심 봉사,
기어코 일을 저지르는구나

염불허고 올라갈 제 한곳을 당도하니 어떠한 울음소리가 귀에 얼른 들린다.
저 중이 깜짝 놀라,

"이 울음이 웬 울음, 이 울음이 웬 울음. 마외역중국 당나라 현종이 양귀비를 죽인 곳 저문
날에 하소대로 울고 가던 양태진양귀비의 울음이냐? 이 울음이 웬 울음, 호지설
곡胡地雪谷, 중국 북방 오랑캐가 사는 지역의 눈 덮인 계곡 찬바람에 처량한 자모子母 이별에 소
통국의 울음이냐? 이 울음이 웬 울음, 이 울음이 웬 울음, 이 울음이 웬 울음.
여우가 변화허여 나를 홀리는 울음이고나. 이 울음이 웬 울음. 이리 기웃 저리
기웃, 한곳을 바라보니 어떠한 사람이 개천물에 떨어져,

"어푸, 어푸."

저 중이 급한 마음, 저 중이 급한 마음 굴갓장삼 훨훨 벗어 되는 대로 내던지고 행전대님 풀고 버선을 얼른 벗고 고두누비 바지가래를 따달딸딸 걷어 자개미 겨드랑이나 오금의 오목한 곳 딱 부치고 소매를 훨씬 걷고 무논에 백로격으로 징검징검 징검거리고 들어가 심 봉사 꼬드래 상투늙은이의 작은 상투를 에후루혀 담쑥 쥐고,
"에뚜루미차!"

이렇게 심 봉사를 건져놓고 돌아섰으면 아무런 사단도 나지 않고 〈심청가〉도 이 정도에서 끝나고 말았을 텐데, 화주승이 심 봉사에게 한마디 거들죠. 눈 떠서 더 이상은 개천에 빠지지 않을 좋은 수가 있다고. 당연히 공양미 삼백 석 이야기입 니다.

"우리 절 부처님이 영험이 많으시어 빌면 아니 될 일이 없고 고하면 응하오니 공양미 삼백 석만 불전에 시주하면 삼 년 내로 눈을 뜨시리라."
심 봉사 이 말 듣고 어찌 마음이 기쁘던지 뒷일은 생각지 않고 대번 일을 저지 르는디,
"여보소, 대사 말이 정녕코 그럴진대 공양미 삼백 석을 시주책에 적어 가소."
저 중이 어이없어,
"봉사님 가세家勢를 생각허면 삼백 석은 고사하고 서 홉 곡식 없는지라. 그 어 찌 허실려고 적어 가라 하시니까."
심 봉사 화를 벌컥 내며,
"무엇이 어째 이녀석. 사람을 업수이 여겨도 분수가 있지. 네가 내 속을 어찌

알고 허는 말이냐, 이 녀석. 어떤 시러배 아들놈이 부처님 전 빈말을 헐까. 두
말 말고 썩 못 적겠느냐?"

"예예, 적겠습니다."

"어서 적소."

"이렇게 적었습니다. 자 보시오."

"뭣이 어째? 아, 니가 그런 것을 적었으면 내가 이렇게 적었습니다 허고 일러
주는 게 도리지, 눈도 못 보는 놈이 어찌 안단 말이냐?"

"아참 잘못되었소이다. 잘 들어보시오. 맹인 심학규 대시주 공양미 삼백 석이
라, 이렇게 적었습니다."

"잘 되었네, 잘 되어. 그럼 올라가소."

"여보시오, 봉사님. 박절한 말씀이오나 부처님 전 허언虛言, 빈소리, 즉 거짓말하면

도리어 앉은뱅이가 될 터이니 부디 명심하십시오."

"여보게. 불가오계佛家五戒 중에 거짓말이 제일 큰 죄인 줄 번연히 아는디 일구이언헐까, 염려 말고 불공이나 착실히 허여주게."

불가오계란 부처님이 제자들에게 지키라고 내리신 다섯 가지 계율인데 썩 어렵지 않은 거라고 하는군요. 그럼 지키기 썩 어렵지 않은 다섯 가지 계율은 무엇일까요? 첫 번째는 살생하지 말라. 살아 있는 생명을 죽이지 말라는 것이죠. 그래서 스님은 채식을 하지요. 두 번째는 도둑질하지 마라. 세 번째는 음행을 하지 마라. 네 번째는 거짓말을 하지 마라. 다섯 번째는 술을 마시지 마라입니다. 여기에 거짓말하지 말라는 말씀이 들어 있군요.

그런데 스님 말씀이 틀린 것 하나 없습니다. 밥 한 끼를 빌어먹는 주제에 삼백 석이라니! 삼백 석이 얼마나 되는지 아십니까? 석은 본래 중국의 도량형인데 우리말로는 섬이라고 합니다. 그래서 석과 섬은 같은 양을 나타내는데, 그 양이 얼마인지에 대해서는 시대별로 약간씩 다릅니다. 조선 시대에는 약 120리터, 그러니까한 가마 반 정도를 가리키는데 후대에 오면서 90리터 정도로 줄어들었다는군요. 요즘은 곡식을 킬로그램으로 표시하기 때문에 잘 모르시겠지만 예전, 그러니까약 2, 30년 전만 해도 가마·말·되로 표시했습니다. 열 말이 한 가마였는데 요즘으로 보면 80킬로그램 정도였지요. 여하튼 삼백 석은 적게 잡아도 3만 킬로그램정도니까 엄청난 양입니다.

그런데 심 봉사는 집에 돌아온 심청이 앞에서 자기 행동을 후회하는 듯한 모습을보이는데 자세히 보면 투정 부리는 것 같습니다.

"내가 너 오기를 기다리다 마음이 하도 답답하여 너를 찾아 나가다가 이 앞에 개천물에 떨어져 거의 죽게 되었더니 몽운사 화주승이 지나다가 나를 건져 살려놓고,"

"아이 고마워라."

"고맙다니, 글쎄 들어보아라. 오, 지가 나를 살려주고 그냥 갔음사 고맙제. 고마울 것인디, 아 이놈이 나 듣는디 공양미 삼백 석만 불전에 시주허면 정녕 눈을 뜬다는구나. 그래 눈 뜬다는 말만 반겨 듣고 쌀 삼백 석을 시주책에다 적어 보냈으니 이런 미친놈의 아비가 어디 있느냐."

"아버지, 후회하시면 신심信心이 못 된다 하옵니다. 아버지의 어두우신 눈이 다시 밝아지신다면 공양미 삼백 석을 아무쪼록 주선하여 몽운사로 올리오리다."

심 봉사 그 말 듣더니,

"허허 글쎄. 네가 이럴까 무서워 진작 말을 못한 것이여. 네 효성 네 인정은 그렇다 헐지언정 아무리 생각해도 무슨 도리가 있겠느냐. 네가 그런 소리를 헐 테면 내가 지금 절에 올라가서 미안탄 말을 허고 적어간 것 이렇게 에워버리라고 말허고 올란다."

심청이 깜짝 놀라,

"아이고 이 밤중에 어디를 가신다고 그러세요."

"아니다. 내가 이 말을 허고 와야 잠이 오겠다."

"정녕 그러시다면 가시더라도 내일 밝은 날에 가세요."

"아따, 나는 낮에 가나 밤에 가나 매일반이다."

그러니까 눈 뜨는 것을 포기하겠다는 건지 심청이에게 무슨 수를 찾아보라는 건지 저는 잘 모르겠습니다.

그렇게 옥신각신하는 상황에서 여러분도 아시다시피 남경 장사 뱃사람들이 처녀를 사러 옵니다.

"우리는 남경 선인船人이더니 인당수라 허는 데는 사람 제물을 받는 고로, 십오 세나 십육 세 먹은 처자가 있으면 비싼 값 주고 살 것이니 있으면 있다고 대답을 허시오."

이때 귀덕 어미가 나오며,

"당신들 뭐라고 외치고 다녔소?"

"예, 우리는 남경장사 뱃사람들이오. 인당수라는 물이 있어 오는 물결 가는 물결, 물결이 험하여 십오 세나 십육 세 되는 처녀 있으면 값은 얼마든 주고 삽니다."

"아, 이런 오살 당창에 쎄빠질 놈들 보소. 아, 장사할 게 없어서 사람 장사를 해쳐먹어? 예끼 천하에 산벼락이나 딱 맞아 죽어라."

이때 얼핏 상인들 말을 들은 심청이가 나와 귀덕 어미를 달랜 후 자신을 사라고 하지요.

그런데 이와 전혀 다른 이야기도 있습니다. 바로 신재효 선생님이 정리하신 판본인데요. 이에 따르면 아버지를 물에서 구해준 스님이 고마워 동냥해 온 밥을 대접하다가 우연히 공양미 삼백 석을 시주하면 아버지 눈을 뜨게 할 수 있다는 말을 듣습니다. 그러자 효녀 심청이 공양미 삼백 석을 바치겠다고 약속하고 나선 것입니다. 그러니까 초기에는 심청이야말로 효녀이고 아버지인 심 봉사는 딸을 극구 만류하고 나서는 훌륭한 아버지였던 셈이네요. 그런데 언제부터인가 심청이는 얼떨결에 효녀가 되고 심 봉사는 속 보이는 아버지가 되고 만 셈이군요.

여하튼 결과는 마찬가지인데, 심청이는 결국 자신의 몸을 남경 가는 뱃사람들에게 팔기로 합니다. 물론 그 대가는 공양미 삼백 석입니다. 그 뒤 이야기는 다 아시는 바와 같이 심청이는 장 승상 댁에 수양딸로 가기로 하고 삼백 석을 받기로 했다고 심 봉사에게 거짓말을 하는데, 결국 배를 타러 가는 날 아침에 이실직고를 하지요. 그렇게 해서 심 봉사의 눈물을 뒤로 하고 심청이는 배를 타러 갑니다.

한편 가는 날 아침 떠나는 심 봉사는 심청이를 잃는 슬픔에 몸을 가누지 못할 정도가 됩니다. 이 안타까운 모습을 본 뱃사람들은 심청이의 효성에 감동하여 약속한 공양미 삼백 석 외에 심 봉사를 위해 백미 이십 석, 돈 백 냥, 그리고 상당한 옷감을 동네 사람들에게 전해주며 그 이자로 심 봉사를 보살펴줄 것을 부탁합니다.

심 봉사 할 수 없이 심청의 손을 놓고, 치궁굴 내리궁굴, 마른 땅에 새우 뛰듯, 아주 자반뒤집기를 하는구나.

선인들이 비감하여 쌀 스무 석, 돈 일백 냥, 정가 외에 내어주어, 심 봉사 가긍 정세可矜情勢, 불쌍하고 가여운 심정, 의식 밑천 하게 하니, 촌중 부로父老들과 여러 아씨 전에, 심청이 비는 말이,

"심청 팔자 무상하여 병신 아비 내버리고 수중고혼 되러 가니, 괘씸히 알지 말고 저 전곡을 식리殖利, 돈놀이를 하여 이자를 받음하여 가긍한 병신 아비, 의지식지衣之食

之, 입고 먹음하게 하면 결초보은結草報恩, 죽은 뒤에라도 은혜를 잊지 않고 갚음을 이르는 말, 중국 고사에서 나온 말 하오리다."

그럼 이 돈이 어떻게 쓰였느냐? 그건 다음에 알아보기로 하고요. 우선은 심청이가 가는 길을 살펴보기로 하죠.

일반적으로 판소리가 어렵게 느껴지는 것은 사설 가운데 한자어가 너무 많다는 것입니다. 제가 봐도 그렇습니다. 게다가 그게 단순한 한자어가 아니라 중국 고사니 역사, 문학을 알아야 이해할 수 있는 게 대부분입니다. 그러니 사람들이 그걸 어떻게 알겠습니까? 그래서 판소리 하는 분 중에서도 대사가 무슨 내용인지 모르고 부르는 소리꾼이 많은 게 사실입니다. 특히 판소리 배우는 어린 친구들은 정말 모르죠. 스승도 모르고 제자도 모르고. 이게 현실입니다. 물론 과거 소리꾼 가운데는 제대로 공부를 해서 내용을 아는 분도 많았지만 말이죠.

그래서 저는 이 책에서 가능하면 그런 내용은 제외했습니다. 공연히 머리만 아파지거든요. 그런데 다음 대목은 한번 음미해볼 만합니다. 〈범피중류〉라는 소제목으로 잘 알려져 있는 대목인데요. 심청이를 태운 배가 지나가는 바다 모습을 그린 명장면입니다. 조금 어려워도 잘 음미해보시면 "아하, 어렵다고 느꼈던 판소리가 이런 깊이를 가진 멋진 내용이구나" 하는 생각이 들 겁니다.

세상에서
가장
재미있는
소리·판

'범피중류' 한가운데로
두둥실 떠나간다

범피중류泛彼中流 둥덩둥덩 떠나간다
저 가득한 물 가운데를 흘러 두둥실 떠나간다

망망한 창해滄海며 탕탕蕩蕩한 물결이라
끝없는 푸른 바다며 넓고도 넓은 물결이라

백빈주白瀕洲 갈매기는 홍료안紅蓼岸으로 날아들고
물가 흰 모래밭 갈매기는 붉은 여뀌 핀 해안가로 날아들고

삼강三江의 기러기는 한수漢水로 돌아든다
세 강 노니는 기러기는 한수로 돌아든다

요량嘹喨한 남은 소리 어적漁笛인가 여겼더니
맑고도 맑은 소리 어부의 피리인가 여겼더니

곡종인불견曲終人不見에 수봉數峰만 푸르렀네
곡이 끝난 후 사람 하나 보이지 않고 산봉우리만 푸르구나

애내성중만고심欸乃聲中萬古心은 날로 두고 이름인가
배 젓는 소리에 한없는 근심 담겼으니 나를 두고 이르는 것인가

장사長沙를 지나가니 가의태부賈誼太傅 간 곳 없고
장사 지방을 지나가나 가의태부는 간 곳 없고

멱라수汨羅水를 바라보니 굴삼여屈三閭 어복충혼魚腹忠魂 무양無恙도 하시던가
멱라수를 바라보니 굴원의 깊은 충성 별고 없으신지

황학루黃鶴樓를 당도하니 일모향관日暮鄕關 하처시何處是 연파강상煙波江上 사인수使人

愁는 최호崔灝의 유적遺蹟인가
황학루를 당도하니 날은 저무는데 고향 입구는 어디 있는지 '안개 피어오르는 강 위에 시름만 깊어지는구
나' 하는 글귀는 최호가 남긴 자취인가

봉황대를 돌아드니 삼산三山 반락청천외半落靑天外 이수중분二水中分 백로주白鷺洲는

이태백이 노던 데요
봉황대를 돌아드니 삼산은 푸른 하늘 아래 반쯤 저물었고 두 물은 나뉘어 이백이 놀던 백로주 사이로 흐르는
구나

심양강潯陽江을 돌아드니 백낙천白樂天 일거후一去後에 비파성琵琶聲도 끊어졌다
심양강을 돌아드니 백낙천 사라진 후에 비파 소리마저 끊어졌구나

적벽강赤壁江을 그저 가랴 소동파 노던 풍월 의구依舊히 있다마는
적벽강을 그저 지나치랴 소동파 놀던 풍월 예와 같이 있다마는

조맹덕 일세지웅一世之雄 이금而今에 안재재安在哉요
한 세대를 풍미한 영웅 조조는 오늘날 어디 머무는지

월락오제月落烏啼 깊은 밤에 고소성姑蘇城에 배를 매니
달 지고 까마귀 우는 깊은 밤에 고소성에 배를 매니

한산사寒山寺 쇠북 소리는 객선客船에 뎅뎅 이르는구나
한산사 종소리는 나그네 탄 배까지 그 소리 울리는구나

진회수秦淮水를 건너가니 격강隔江의 상녀商女들은 망국한亡國恨을 모르고서
진회수 건너가니 강 너머 술파는 여인네들은 나라 잃은 한을 모른 채

연롱한수煙籠寒水 월롱사月籠沙한데 후정화後庭花만 부르더라
찬 강물 위로 안개 가득하고 달빛은 모래톱에 가득한데 후정화 노래만 부르는구나

소상강瀟湘江을 들어가니 악양루岳陽樓 높은 집은 호상湖上에 솟아난 듯
소상강에 들어가니 악양루 높은 누각은 호수 가운데 솟아난 듯

동남을 바라보니 오산吳山은 천첩千疊 초수는 만중萬重이라
동남쪽 바라보니 오산은 첩첩하고 초수는 겹겹이 흐르는구나

반죽班竹에 젖은 눈물 이비한二妣恨을 띠어 있고
대나무에 젖은 눈물 순임금 비 여영의 한을 띠우고

무산巫山의 돋는 달은 동정호洞庭湖로 비쳤으니
무산에 돋는 달은 동정호를 비추었으니

상하천광上下天光이 거울 속에 푸르렀네
온통 가득한 하늘빛이 거울 속에 푸르구나

창오산蒼梧山에 저문 연기는 황릉묘黃陵廟에 잠겼어라
창오산에 저문 연기는 여영 묘에 잠겼어라

삼협三峽의 잔나비는 자식 찾는 슬픈 소리 천객소인遷客騷人의 눈물을 몇몇이나
빚었든고
삼협의 원숭이 자식 찾는 슬픈 소리, 귀양 떠나는 시인의 눈물 얼마나 빚었는가

세상에서
가장
재미있는
소리 · 판

위 대목에는 수많은 중국 고사와 한시 구절이 등장하는데요. 우선 '곡종인불견曲
終人不見'은 당나라 시인 전기錢起, 722~780?가 지은 〈상령고슬湘靈鼓瑟〉 속에 등장하는
구절로 "곡종불견인曲終不見人 강상수봉청江上數峰靑"에서 따온 것입니다. 그러니까
곡종인불견 뒤에 오는 '산봉우리만 푸르구나'는 본래 시구를 풀어놓은 것이네요.
가의태부는 한나라 시인 가의를 가리킵니다. 가의는 조정에서 모함을 받아 장사
지방으로 좌천되었는데, 그때 뒤에 나오는 초나라의 충신이자 시인인 굴원을 위
로하는 시를 지은 것으로 유명합니다.

굴원은 전국시대 초나라의 충신으로 조정에서 모함을 받아 귀양을 가게 되자 멱
라수汨羅水에 몸을 던져 목숨을 버렸습니다. 삼려란 굴원이 삼려대부란 벼슬을 지
냈기 때문에 그렇게 불렀고, '어복충혼魚腹忠魂' 즉 물고기 배 속의 충성스러운 넋
이란 자신의 충심이 버림받음을 안타까이 여긴 굴원이 강에 몸을 던져 물고기 밥

이 된 것을 비유적으로 표현한 것입니다.

'일모향관日暮鄕關 하처시何處是 연파강상煙波江上 사인수使人愁'는 당나라 때의 시인 최호의 〈황학루黃鶴樓〉라는 시에 나오는 한 구절입니다. 그 시 한번 감상해볼까요.

昔人已乘黃鶴去　옛 사람 황학 타고 이미 떠났으니
此地空餘黃鶴樓　텅 빈 이곳엔 황학루만 남았구나
黃鶴一去不不返　한번 떠난 황학 다시 오지 아니하고
白雲千載空悠悠　흰 구름 천년 동안 유유히 떠 있네
晴川歷歷漢陽樹　맑은 강물엔 역력히 비치는 한양의 나무들
芳艸萋萋鸚鵡洲　방초는 앵무섬에 가득한데
日暮鄕關何處是　날은 저무는데 고향 입구는 어디인가
煙波江上使人愁　안개 피어오르는 강 위에 시름만 깊어지는구나

그러니까 앞에 나오는 황학루와 이 시가 연관이 있는 거군요.

다음은 '삼산三山 반락청천외半落靑天外 이수중분二水中分 백로주白鷺洲'인데 이 또한 〈등금릉봉황대登金陵鳳凰臺〉란 시에 나오는 한 구절입니다. 이 시 또한 감상해보지 않을 수 없습니다.

鳳凰臺上鳳凰遊　봉황대 위에 봉황이 노닐었다더니
鳳去臺空江自流　봉황은 가고 누각 또한 빈 채 강물만 흐르는구나
吳宮花草埋幽徑　오나라 궁궐 속 화초는 어두운 오솔길마저 뒤덮고

晉代衣冠成古丘　진나라 의관은 버려져 언덕을 이루었구나

三山半落靑天外　삼산은 푸른 하늘 아래 반쯤 저물었고

二水中分白露州　두 물은 나뉘어 백로주를 사이로 흐르는구나

總爲浮雲能蔽日　온갖 것이 뜬구름이 되어 해를 가렸으니

長安不見使人愁　장안은 보이지 않고 수심만 가득케 하는구나

백낙천은 당나라, 소동파는 중국 송나라 시인인데 백낙천은 심양강에서 〈비파행琵琶行〉이란 시를 지었고 소동파는 적벽강에서 〈적벽부赤壁賦〉를 지었습니다. 그래서 이 대목에 등장하였는데 그 시들은 너무 길어서 여기서 감상하기는 어렵겠습니다.

다음에 나오는 '월락오제月落烏啼'란 구절은 당나라 때의 시인 장계張繼, ?~779의 〈풍교야박楓橋夜泊, 풍교 다리 아래서 하룻밤을 묵는다〉이란 시의 한 구절입니다.

月落烏啼霜滿天　달 지고 까마귀 울어대고 찬 서리 하늘에 가득하니

江楓漁火對愁眠　강가 단풍과 어부의 불빛은 시름에 겨워 조는구나

姑蘇城外寒山寺　고소성 밖 한산사에서

夜半鐘聲到客船　한밤의 종소리 나그네 탄 배까지 울리는구나

장계는 과거에 두 번이나 낙방하고 고향으로 돌아가면서 이 시를 지었다는군요. 참으로 착잡한 마음이 잘 드러난 시라고 하겠습니다.

'연롱한수煙籠寒水 월롱사月籠沙한데 후정화後庭花만 부르더라'는 당나라 시인 두목杜牧의 시 〈박진회泊秦淮, 진회 강가에서 머물다〉란 시의 한 구절인데 이 시는 반드시 감상해야 합니다. 왜냐하면 앞뒤 문장이 모두 연관되어 있거든요.

煙籠寒水月籠沙　찬 강물 위로 안개 가득하고 달빛은 모래톱에 가득한데
夜泊秦淮近酒家　밤이 되자 진회 강가 한 주막에 자리를 잡는다
商女不知亡國恨　술 파는 아낙네 나라 잃은 설움 알지 못하고
隔江猶唱後庭花　강 너머에서는 〈후정화〉 노랫소리 아직도 부르네

〈후정화〉란 노래는 중국 남북조시대의 진陳나라 왕이 만들어 즐기던 노래로 가무음곡에 빠져 살던 이 왕은 결국 나라를 멸망으로 이끌었다는군요. 그래서 이런 노래가 탄생한 것입니다.

마지막으로 삼협의 잔나비, 즉 원숭이가 왜 등장했는지 살펴보겠습니다. 옛날 삼협 지방에서 한 사람이 원숭이 한 마리를 잡아먹었는데 그 어미 원숭이가 이 때문에 슬피 울다 죽었습니다. 사람들이 그 원숭이의 배를 갈라보니 창자가 다 끊어져 있었다는군요. 이로부터 자식 사랑하는 마음을 '애간장을 다 끊는다'고 표현했답니다.

이렇게 살펴보니 판소리 사설 만드는 분들의 지적 수준이 장난이 아님을 알 수 있지요. 그뿐인가요? 판소리를 즐길 때 단순히 들어보고 "무슨 소린지 모르겠는데" 하고 팽개치면 이 놀라운 지적 성과물을 즐길 기회는 영영 사라지는 것입니다.

그래서 판소리를 한번 들어 보고 조금이라도 관심이 가면 즉시 이런저런 판소리

음반도 들어보고, 음반 속에 포함된 사설 해설집도 읽어보면서 그 깊이 있는 재미에 빠져보시기를 권하는 것입니다.

여하튼 〈범피중류〉 대목은 참으로 슬픈 노래가 아닐 수 없습니다. 그래서 〈심청가〉 가운데서도 이 대목을 장중하고 슬픈 대목으로 너나없이 꼽습니다. 한번 들어보시지요.

심청이,
이산가족 상봉하고
혼인도 하는구나

한편 이렇게 해서 바다로 나아간 심청이는 드디어 인당수에 풍덩, 하고 몸을 던집니다. 그런데 놀라운 일은 다음에 일어났지요. 심청이가 눈을 떠 보니 저승이 아니고 용왕이 사는 용궁인 것입니다. 게다가 더욱 놀라운 것은 그곳에서 심청이가 본 적도 없는 한 부인을 만나는데 누구겠습니까? 당연히 그의 어머니 곽씨 부인입니다. 옥황상제께서 심청이의 효성을 어여삐 여기사 하늘에 있는 곽씨 부인을 내려 보내 심청이와 상봉하게 만들어주신 것이죠.

자, 그럼 다음에는 어떤 장면이 이어질까요? 심청이가 인간으로 환생하는 것입니다. 어떻게? 옥황상제께서 용왕에게 명령을 내리지요. "심 소저의 나이가 들어가니 어서 인간으로 환생시켜 좋은 배필을 정하여 주어라"라고 말이죠. 이에 용왕은 꽃봉오리 하나를 만들어 그 안에 심청을 앉힌 후 인간세계로 돌려보냅니다. 심청이가 용궁 사람들과 작별한 후 돌아서니 앗! 여기가 어디인가? 바로 자기가 빠졌던 인당수였습니다. 심청이가 깜짝 놀라 그곳에 머무를 틈도 없이 또 사건이 발생하는데, 바로 자기를 바다에 바친 후 무사히 항해를 마치고 돌아오던 남경 상인들이 심청이가 감추어진 꽃봉오리를 발견하는 겁니다. 이에 선원들이 그 꽃을 건진 후 귀국길에 오르고, 귀국한 후 선원들은 이번 항해에서 벌어들인 재물을 나누기 시작합니다.

선인들이 재산을 나눌 적에, 도사공은 무슨 마음으로 재산을 마다허고 꽃봉오리만 차지하여 제 집 후원 정淨한 곳에 단을 뭇고 두었다가 송宋 천자 전에 봉하니 이때에 송 천자가 꽃을 보고 "이 꽃은 보통 꽃이 아니니 강선화降仙花라고 짓자" 하고 온갖 화초로 뜰 안에 여기저기 심어놓고 강선화를 한가운데 심어놓고, 송 천자께서 꽃을 사랑하여 주야로 구경할 제, 화초도 많고 만다.

팔월 부용芙蓉의 군자용君子容
팔월 연꽃이 풍기는 군자의 모습

만당추수滿塘秋水의 홍련화紅蓮花
가을 물 가득한 연못 속 붉은 연꽃

암향부동월황혼暗香浮動月黃昏의 소식 전튼 한매화寒梅花
은은한 향기 황혼빛 달빛 아래 떠도는 소식 전하던 겨울 매화
(송나라 임포의 〈산원소매시〉의 한 구절)

진시유랑거후재盡是劉郞去後栽라 붉어 있는 홍도화紅桃花
유랑이 간 후 심은 것이니라, 붉어 있는 복숭아꽃 (당나라 시인 유우석이 모함을 받아 쫓겨났다가 10년 후 장
안에 돌아와서 복사꽃이 핀 것을 보고 쓴 시 〈자랑주지경희증간화제군자〉의 한 구절)

칠십 제자 강론을 허니 행단춘풍杏亶春風에 살구꽃
공자가 칠십 제자 앞에서 강론하던 봄바람 살구나무 살구꽃

이화만지불개문梨花滿地不開門허니 장신문전長信門前 배꽃이요
배꽃이 가득한 땅을 차마 밟을까 두려워 문을 못 여니 장신문 앞 배꽃이요
(당나라 유방평의 시 〈춘원〉의 한 구절)

구월 구 일의 용산음龍山飮 소축신笑逐臣 국화꽃
구월 구 일 용산에 오르니 웃으며 신하를 내쫓는구나, 국화꽃 (이백의 시 〈구일용산음〉에서 따온 구절)

월중천향단계자月中天香丹桂子의 향문십리香聞十里 계화桂花꽃
달 속에서 가득한 단계자의 향은 십 리 밖에까지 퍼지는구나, 계수나무꽃

요염섬섬옥지갑妖艶纖纖玉指甲의 금분야용金粉冶容 봉선화
요염하면서도 가녀린 손톱에 금칠하는 봉선화

천태산 들어가니 양변개兩邊開 작약이요
천태산에 들어가니 양쪽으로 활짝 핀 작약이요

촉국한蜀國恨을 못 이기어 제혈啼血하든 두견화
촉나라 한을 못 이겨 피 흘리는 두견화 (촉나라 두우가 나라 잃은 한을 이기지 못해 피를 토하며 죽음, 두견화
는 두우의 눈물자국이라고 합니다)

원정부지이별怨征夫之離別허니 옥창오견玉窓五見의 앵도화
멀리 떠난 지아비 원망 품고 이별하니 창밖으로 다섯 번 보는 앵두꽃
(다섯 번 본다는 뜻은 다섯 해가 지났다는 뜻)

요화, 노화, 계관화, 이화, 국화, 사계화, 홍국, 백국, 시월 단풍 교화, 난화, 설중
화, 해당화, 장미화, 홍수화, 백일홍, 영산홍, 자산홍, 왜철죽, 진달화며 난초,
반초, 강진화며 송이추편의 수선화, 비파양금 호도, 은행, 오미자, 치자, 대추,
벌나비 새짐승들이 꽃을 보고서 좋아라고 이리 가고 저리 가며 지지 울어서
논다.

이번에는 온갖 꽃이 나열되어 있는데 참으로 많기도 많습니다그려.
그런데 우리 심청이는 어디로 갔을까요?

하루는 황제께서 심신이 산란하시고 잠을 이룰 길이 없어 꽃계단을 배회하더
니 밝은 달은 뜰에 가득하고 바람 한 점 없는데 강선화 꽃봉오리가 완연히 흔
들리며 사람 소리가 두런두런. 천자님이 괴이 여겨 동정을 살펴보시니 뚜렷한
선인옥녀仙人玉女 꽃봉오리를 반만 열고 얼굴을 들어 엿보다가 인적 있음을 짐
작하고 경각에 몸을 움쳐 꽃봉오리를 닫더니마는 다시는 동정이 없는지라. 황
제 보시고 심신이 황홀허여 무한히 주저하시다 가까이 들어가서 꽃봉오리를
열고 보시니 한 소저와 두 명의 시녀라.
"너희가 귀신이다, 사람이다?"
시녀 등이 내려와 엎드려 여짜오되,

"남해 용궁 시녀로서 낭자를 모시옵고 해상에 나왔다가 황극전에 범했사오니 극히 황송하오이다."

천자님 마음속에 옥황상제께서 좋은 인연을 보내심이라. 시녀 등을 명하사 내 궐에 옮겨두고 모든 궁녀로 시위허되,

"만일 꽃봉오리를 열고 보면 죽기를 면치 못하리라."

날이 밝아 다시 보시니 낭자 부끄러워 아미를 숙이고 앉았거늘 보고 다시 살펴보시니 만고에 처음 보는 짝이 없는 인물이라. 황제 더욱 기뻐하사 조회를 파하신 후 여러 신하에게 의논한즉, 여러 신하 엎드려 말하길,

"국모國母 없으심을 상제께서 아시고 좋은 인연 보냈사오니 종사宗社의 주부主婦시요, 조정의 모후母后시라. 하늘의 뜻에 응하고 백성에게 순응하사 가례嘉禮를 행케 하옵소서."

이렇게 해서 심청이는 중국 송나라 황제와 혼인을 맺게 됩니다. 그렇지만 천하의 효녀 심청이 왕비가 되었다고 과거를 잊겠습니까? 단 하루도 아버지를 잊지 않고 눈물로 지새우니 황제가 이를 알고 그 연유를 묻습니다. 결국 심청이는 자신의 과거를 고하고 황제는 황후 심청을 위해 맹인 잔치를 열게 되지요.

그렇다면 심 봉사는?

심 봉사,
그 새를 참지 못하고
여자를 얻었으니

이때여 심 봉사는 동네 사람들이, 맡긴 전곡錢穀, 돈과 곡식 식리하여 의식을 이어
주니, 심 봉사 세간 풍족히 되었구나. 자고로 색계色界상에 영웅 열사 없었거
든, 심 봉사가 견디겠나.

동네 과부 있는 집을 공연히 찾아다녀, 선웃음 풋장담을 무한히 하는구나.

"허, 퍼. 돈이라 하는 것을 땅에 묻지 못할 거고. 맹인 혼자 사는 집에 돈 두기
가 미안키에 후원 땅을 파고 돈 천이나 묻었더니, 이번에 구멍 뚫고 가만히 만
져보니 꿰미는 썩어지고 삼노삼껍질로 만든 노끈에 돈이 붙어, 한 덩이를 만져보면
천연한 말좆이지.

쌀 묵으니 우습더만. 벌레가 집을 지어 한 되씩이 엉기었지. 올 어장이 어찌 된고. 갯가 사람 빚 준 돈이 그렁저렁 천여 냥, 고기를 잘 잡아야 수세가 탈 없을 새, 원원이 좋은 약은 동삼童參, 어린아이처럼 생긴 산삼 위에 없을래라. 공교히 젊었을 제 두 뿌리 먹었더니 지금도 초저녁에 그것이 일어나면 물동이꾼 당기도록 그저 뻣뻣하거든.

심 봉사 말솜씨도 여간이 아닙니다. 아니, 말솜씨만이 아니라 밝히는 것이 눈 뜬 사람 저리 가라네요. 과부 있는 집집마다 다니며 자기 돈 있네, 물건 좋네, 자랑하고 나서니 이게 딸 잃은 사람 태도인지 모르겠습니다. 여하튼 그렇게 소문을 내놓으니 누가 걸려도 한 사람은 걸리겠지요. 그런데 제대로 된 사람이 걸릴 가능성은? 없습니다.

심 봉사가 딸 덕에 전곡간이나 있다는 소문을 듣고 그 동네 뺑덕어멈라 하는 과부가 있었는데, 이 여자가 자원 출가를 했던 모양이제. 이 여자 행실을 볼짝시면 어찌나 입 주전부리가 사납던지 먹는 것으로 심 봉사 살림을 탕진허는디 똑 요렇게 망해 먹겄다.
밤이면 마을 돌고 낮이면 낮잠 자기, 양식 주고 떡 사 먹고, 쌀 퍼주고 고기 사 먹고, 벼 퍼주고 엿 사 먹기, 의복 잡혀 술 먹기와, 빈 담뱃대 손에 들고 이리저리 다니면서 보는 대로 담배 청키, 통인 잡고 욕 잘허고, 나무꾼들과 싸움 허기, 한밤중에 울음 울고, 여자 보면 내외 허고 사내 보면 뺑긋 웃기, 젊은 중놈 보면 웃고 머슴 잡고 어린양하기, 코 큰 총각 술 사주고, 남이 혼인헐 량으로 단단히 믿었는디 해담解談을 잘 허기와, 신부 신랑 잠자는 데 가만가만 들어가서 봉창에 입을 대고 불이야, 술집에 가 술을 먹고 활딱 벗고 잠 자기와 밤이면 잠을 자다 이 갈고 코 골고 발 떨기와, 이리 가라면 저리 가고 저리 가라면 이리 가고, 삐쭉 허면 빼쭉 허고 빼쭉 허면 삐쭉 허고, 삐쭉빼쭉 허는 모양 빡빡얽은 뺑덕이네가 심 봉사 살림을 호박 버러지 파먹듯 그저 팍팍 파먹는디, 아이 잡것이 이래 놓으니 삼강을 아느냐 모르느냐 삼강도 모르고 오륜도 모르더라.

이 댁의 행실이 이러하여도 심 봉사는 어찌 미쳐났던지 나무칼로 귀를 싹 오려가도 모르게 되었든가보더라.

2장
눈을 감아도
눈을 떠도
〈심청가〉

뺑덕이네란 여자 참 생김새도 징그럽고 하는 행실도 징그런 사람인 모양인데 그래도 심 봉사는 좋다고 나무칼로 귀를 오려 가도 모를 정도랍니다. 그런데 뺑덕이네가 어떻게 생겼는지 궁금하지 않으신가요? 다른 판본에 의하면 이런 내용이 있습니다.

"이놈 팔자 기박하여 삼십에 눈이 멀고 사십에 상처하고 근근이 외딸 하나를 동냥으로 살렸다가 딸 잃고 환장하여 차라리 죽으리라 쌀도 싫고 돈도 싫고 눈 뜨기도 내사 싫다 나를 어서 다려가거라."

이렇듯이 섧게 울 제 좋은 노래도 너무 많이 들으면 듣기 싫듯이 심 봉사가 꼭 새벽이면 날마다 울어놓으니 동네 사람들이 잠을 잘 수가 없는지라. 동네에서 의논하고 좋은 과수댁이 있으면 심 봉사 장가를 들여주라 할 제 재 너머 사는 뺑덕어멈이라는 여편네가 하나 있는디 심 봉사가 딸을 팔아 돈이 많고 재산이 있단 말을 어찌 듣고 알았던지 '옳다 내가 이 작자에게 시집을 가면 한때 떡 살구는 실컷 퍼 먹겠다', 요렇듯 생각하고 아무도 모르게 심 봉사와 내외간이 되었겠다.

그런디 뺑덕이네 생긴 뽄이 천고의 일색인가 만고의 박색인가 몰라도 꼭 요렇게 생겼겄다.

말총 같은 머리털은 하늘을 가리키고, 됫박 이마 횟눈썹에 우멍눈 주먹코요, 메주 볼 송곳 턱에 써렛니 드문드문, 입은 큰 궤 문 열어놓은 듯하고, 혀는 짚신짝 같고, 양 어깨는 딱 벌어져 키를 거꾸로 세워놓은 듯, 손등 생긴 조를 보면 솥뚜껑을 엎어놓은 듯, 허리는 짚동 같고 배는 페문 북통 같고 엉덩이는 부잣집에 떡 치는 안반이요, 속옷을 입었으니 다른 곳은 못 보아도 입을 보면 짐작하고, 수종다리_{수중다리, 병 때문에 퉁퉁 부은 다리} 흑각물소의 검은 뿔 발톱 발맵시는 어찌됐든 신발은 침척針尺, 바느질 자으로 자 가웃이 넉넉하여 겨우 신게 되었구나. 이 뽄으로 생겨놓으니 눈 뜬 사람 하나 처다보는 사람 없고 꼭 봉사만 다섯 명 판을 내고 서방 못 얻어 있다가 심 봉사가 걸려들었는디, 뺑덕이네 몹쓸 년이 그 불쌍한 심 봉사 재물을 털어먹기 시작하는디 오뉴월 까마귀가 끓는 수박 파먹듯 파먹는다.

그러니까 심 봉사가 어쩌나 새벽부터 울어댔는지 동네 사람들이 잠을 못 이룰 정도였군요. 그 양반, 딸을 잃었는데도 아랫도리 힘은 넘쳐났는가 봅니다. 어떻게 해야 그렇게 되지?

여하튼 괴로웠던 동네 사람들이 모두 나서 심 봉사 장가보내기에 나섰는데, 그 소문을 들은 뺑덕어멈이 자천해서 심 봉사와 살림을 합쳤는데, 심 봉사는 행운을 얻은 게 아니라 불운 속으로 빠져 들어갔고, 그 또한 첫 희생자가 아니라 여섯 번째 희생자군요. 그건 그렇고 뺑덕어멈 생김새를 보면 무엇이든 큼직큼직했던 모양입니다. 코도 크고 입도 크고 이마도 넓고 어깨는 씨름 선수 저리 가라 할 정도에 엉덩이도 큰데 속옷 속에 있는 '다른 곳'이란 어디를 말하는지 저는 모르겠습니다 그려.

여하튼 그런 뺑덕어멈이지만 보이지 않는 심 봉사에게는 천하의 미인으로 보였나 봅니다. 그래서 밤낮으로 알콩달콩 살 적에 황성에서 맹인 잔치가 열린다는 소식이 이 마을까지 전해집니다. 게다가 참가하지 않는 맹인은 큰 벌을 면치 못한다며

관가에서 참여를 독려하기까지 합니다. 그래서 심 봉사도 관가에 불려가 잔치에 참여하라는 말을 듣고 귀가합니다. 그런데 집에선 무슨 일이 벌어지고 있을까요? 뺑덕어멈이 어떤 사람인지 앞서 보셨지요?

심 봉사 문안에 들어서며, 뺑덕어멈을 불러,
"여보소, 뺑덕이네."
이년이 그새를 못 참고, 뒷집 머슴 후려다가 낮거리를 시작하였구나. 그렁저렁 수쇄收灑, 청소하고 정리함할 제, 어느새 심 봉사가 방문 앞에 와 섰구나. 간사한 뺑덕어멈, 낌새 챌까 혀 짧은 말소리로 심 봉사를 돌라,
"낯이 저리 붉은 것이 읍내 색주가에서 호강 많이 했구면."

대낮부터 뒷집 머슴 불러 낮거리를 하던 뺑덕어멈, 오히려 심 봉사에게 큰소리를 칩니다. 속없는 심 봉사는 이런저런 말을 늘어놓으며 관리가 자신에게 잘 보이려고 술 사주고 여자 사주었지만 다 뿌리치고 술 몇 잔 마셨을 뿐이라고 큰소리까지 칩니다.
이에 뺑덕어멈, 다시 심 봉사를 가지고 놀지요.

뺑덕어멈, 경각간에 흉측凶測, 몹시 흉악한 데가 있음을 썩 피는데, 머슴놈 먹이려고 씨암탉 잡아 뜯어 토정土鼎, 흙솥에 불 모으고 일 시작하였다가, 심 봉사 오는 탓에 못 먹여 보내고서 솥에 그저 있었구나.
"봉사님 보낸 후에 마음을 못 놓아서 방에 들어간 일 없고 점심도 아니 먹고,

사립문에 비껴 서서 오기만 기다리다, 오후가 지나도록 소식이 없기로 속마음에 생각하니, 늙고 병든 가장 처음으로 출입하여 행보에 수고하면 생병이 날 것이니, 잡술 것 하였다가 오시면 곧 드리자 닭 잡아 솥에 안쳐 장작불 모였기로 불 보러 갔삽더니 그새에 들어와서 맞이하지 아니한다, 전처만 자랑하니, 나는 그 꼴 보기 싫어 전처 없는 총각 서방 기어이 얻을 터요."

정말 뺑덕어멈의 후안무치는 대단합니다. 그렇게 총각 서방을 얻고 싶으면 얻으면 될 텐데. 그게 불가능하다는 것쯤은 자기도 알겠지요?
이 무렵 뺑덕어멈 덕에 남경 상인이 남겨준 재산 다 털어 먹은 심 봉사는 안 그래도 마을에서 살기가 힘들게 되었기에 잘되었다 싶어 맹인 잔치에 참가하기로 마음먹습니다. 그런데 뺑덕어멈이 같이 가지 않겠다고 하지 뭡니까? 당연하지요. 이제 재산도 한 푼 남지 않은 심 봉사를 따라 그 먼 길을 갈 까닭이 없지요. 이에 심 봉사는 크게 화를 내는데, 뺑덕어멈 머리 하나는 빨리 돌아가네요.

살구값, 석류값, 앵두값, 모과값,
잘도 쳐먹었다

"아이고 영감, 내가 영감 속 볼라고 그랬더니 그다지 화를 내시오. 어찌 그리
속이 얇소. 내 영감 모시고 따라갈 테니 걱정 마시오."

"아니 정말이여? 아 정말 내 속 볼라고 그랬어? 아 요것이 어찌 이뻤다 미웠다
헐까."

"이뻤다 미웠다 헌 디가 미美가 있다요."

"뭐 예뻤다 미웠다 하는 데가 미가 있어. 아 요것이 문자까지 쓰네그려. 그러
면 올라가세. 그런디 저 재 너머 김 서방네 집에 가서 돈 열 냥 맡겨놨으니까
받어 오소."

"아 그 돈이 지금까지 있간디요. 그 돈 진작 받어다가 안 밴 애기 쓴다고 살구

값으로 다 썼어요."

"아니 그 돈이 무슨 돈이라고 살구값으로 다 써. 그러면 그 옆에 박 서방네 집 돈 열닷 냥 맡겨놨으니 그 돈이나 찾어오소."

"아이고 영감도. 아 그 돈이 지금까지 있간디요. 그 돈 진작 받어다가 살구값, 석류값, 앵두값, 모과값으로 다 썼어요."

"뭐, 그 돈 받어다가 그 신 것만 사먹었어? 그 애기 잘 안 낳았다. 만약 그 애기 낳더라면 식근둥이 낳을 것이다. 워라워라 여자 먹는 건 쥐 먹은 거라고, 그냥 올라가세."

"그런디 영감, 우리 둘이만 갈 것이오?"

"그럼 우리 둘이만 가지 또 누가 있단 말인가?" "저 재 너머 황 봉사 데리고 갑시다."

"안 되지. 그놈이 약간 의뭉한 놈이간디."

"아, 의뭉했으면 저 의뭉했지 나 의뭉했다요?"

"그렇지. 우리 뺑덕어멈는 백 번 찍어서도 안 넘어갈 거여."

"아이고 천 번을 찍어보쇼. 내가 넘어가는가."

"내 그러면 다녀올 테니 그렇게 아소."

"아이고 눈 어둔 영감이 언제 갔다 온단 말이요. 내가 얼른 갔다 얼른 오리다."

"그러소. 거길 가서 황 봉사 황 봉사 불러가지고 나오면 우리 심 생원이 얼른 오랍디다 허고 와야제. 그놈 손을 잡혀가지고 담배나 한 대 피고 가라고 했사코 허면 자네는 버린 사람여."

"걱정도 마소."

뺑덕이네 얼른 다녀와서,

"아이고 심 생원 다녀왔습니다."

"거 있든가?"

"여그 옵니다."

황 봉사 들어서며,

"아, 심 생원 저 불렀소?"

"어 황성서 맹인 잔치가 있다 혀서 나 혼자 가기가 심심허고 그러니까 자네랑 같이 갈라고 불러왔네."

"그럼 같이 올라갑시다."

심 봉사 참 답답한 인물입니다. 딸 팔아 눈 뜨겠다고 할 때부터 속없는 사람인 줄은 알았지만 뺑덕어멈에게 이렇게 당하는 모습을 보면 답답하기 그지없습니다. 아시는 분은 아시겠지만 뺑덕어멈은 객주집에서 결국 심 봉사를 버리고 황 봉사와 함께 도망치고 말지요. 그런데도 심 봉사 하는 요량을 보면 정말 짜증이 날 지경입니다.

혼자 남은 심 봉사 앉았다가 등을 득득 긁으며,

"어제저녁 그놈의 방에 분명 빈대 있지. 밤새도록 섬섬하여 잠 한 숨 못 잤거든. 자네는 잘도 자네. 여기 보소. 껄껄허니 분명 빈대로세."

사람이 떠났으니 대답을 누가 하리. 심 봉사 또 물어,

"아니, 또 자는가?"

옆을 연이어 더듬으며,

"아니, 똥 누러 갔는가?"

아무리 불러봐도 대답이 아주 없네. 사면을 만져보니 봇짐조차 없었구나. 코 씻으며 한 번 웃고,

"장난하자 이러는가. 주막방 깊은 잠에 무슨 장난 못 하여서 대로변에서 웬 짓 인고. 늦어가네 어서 가세."

이 모습을 길 가던 행인이 서서 보고 탄식하여,

"어허 불쌍하다. 근본이 맹인으로 또 실성하였구나."

심 봉사 이 말 듣고 깜짝 반겨 묻는 말이,

"여보시오. 이 근방에 봇짐 가진 여인 없소?"

"여인은 고사하고 암캐도 없구만."

"가시다 도중에 인물은 일색이요, 말소리 혀 짧고 조그마한 봇짐 가진 여인네 를 만나거든, 봉사가 기다리고 길에 그저 앉았더라, 그 말 좀 전해주오."

"보면 그리 하리다."

그 행인을 보낸 후에 심 봉사 발광한다. 섰다 앉았다, 목 내어 불러보니,

"뺑덕이네, 뺑덕이네. 덕이네, 덕이네. 요 천하에 무정한 사람, 눈 뜬 가장 배 반키도 사람 치고는 못할 텐데 눈 어둔 날 버리고 네가 무엇이 잘될 소냐. 샛 서방 따라서 잘 가거라."

바람만 우르르 불어도 뺑덕이넨가 의심을 하고 새만 푸르르 날아가도 뺑덕이 넨가 의심을 하네.

옷은 기본이요,
담뱃대에 돈까지

그렇게 앉으나 서나 뺑덕이네 생각을 하다 삼복더위에 너무 더워 길가 개울에서
목욕을 합니다. 물론 옷을 다 벗어놓고 말이죠. 그런데 그 시절 도둑은 눈도 없는
지 심 봉사 벗어놓은 옷을 가지고 도망갑니다. 목욕을 마치고 나온 심 봉사, 옷을
도둑맞은 줄 알아채고 한바탕 울기 시작합니다. 우는 데는 이골이 난 심 봉사니
까요.

"아이고 내 신세야. 백수풍진白首風塵, 늘그막에 세상의 어지러운 일이나 온갖 곤란을 겪게 됨 늙
은 몸이 의복을 잃었으니 황성 천리를 어이 가리."
위 아래를 훨씬 벗고 더듬더듬 올라갈 적에 체면 있는 양반이라 두 손으로 앞

가리고,

"내 앞에 부인네 오거든 돌아서 가시오. 나 훨씬 벗었소."

그때에 무릉태수가 황성 갔다 오는 길인데 벽저옆으로 부는 관악기의 일종 소리 나는지라 월라쉬하고 내려오니 심 봉사 반겨듣고 옳지 이제 살았다. 저 관장에게 억지나 한번 써보리라 하고 한 손으로 부샅두 다리 사이을 거머쥐고 뿔뿔 기어가니 태수 행차 머무르고 교보가마의 일종 문을 열고 보며,

"그 봉사는 어디 사는 봉사며 어찌하여 옷을 벗었느냐 자세히 아뢰어라."

"예. 소맹이 아뢰리다. 소맹은 다른 봉사가 아니옵고 황성을 올라가는 봉사로서 간밤에 주막에서 뺑덕어멈란 계집을 잃고 오늘 이곳을 당도하여 날씨가 더웁기에 이 물에서 목욕을 하다 옷을 모두 잃었나이다. 명찰하신 성주님은 찾아서 주시던지 의복 한 벌을 주시던지 처분대로 하옵소서. 옛말을 못 들었소? 적선지가積善之家 필유여경必有餘慶이요, 적악지가積惡之家 필유여앙必有餘殃, 선을 베푸는 집에는 반드시 경사가 있고, 악을 행하는 집에는 반드시 재앙이 있음이라 살려주오 살려주오. 명찰하신 관차官差, 관아에서 파견하던 아전님은 불쌍한 봉사를 살려주오."

태수 듣고,

"허, 그 봉사 불쌍한 봉사로고."

궤 문 열고 한산 세모시 깨끼바지안팎 솔기를 발이 얇고 성긴 깁을 써서 곱솔로 박아 지은 바지 저고리 두루마기 버선을 내어주며 급창군아에 속하여 원의 명령을 간접으로 받아 큰 소리로 전달하는 일을 맡아보던 사내종을 부르더니,

"너는 수건 쓰고 갓망건 벗어 봉사께 주어라."

의관 의복 한 벌을 얻어 입은 심 봉사가 가만히 생각하니 자기 잃어버린 옷보

다 훨씬 나은지라. 무슨 꼬투래기를 잡아서 때를 좀 써봐야겠는디 생각다 못
해서 옷을 위에서부터 밑에까지 사르르 더듬어 내려가더니
"옷은 감은 좋소마는 조금 짧으오. 거 담뱃대마저 나 주고 가시오."
태수가 기가 막혀 담뱃대와 돈 한 냥을 주었겠다.
심 봉사 백배 사례 하직하고 더듬더듬 황성으로 올라가는디, 한곳을 당도하여
큰 정자 밑에서 쉬노라니 그 근처 부인네들이 디딜방아를 찌면서 심 봉사를
보더니 농을 하겠다.

"아따 요새 봉사들 한 시기 만났더라. 봉사가 꼭 도야지 새끼 엮듯 엮어가지고 쭈욱 황성으로 올라가는디 남녀 봉사들을 데려다 뭐한다고."

심 봉사 가만히 듣더니,

"아 저런 싸가지 없는 여편네 말하는 것 보소. 그놈의 여편네 어떤 놈의 여편 넨지 몰라도 서방놈 속 육시하게 썩여주겠다."

저 부인 듣고 성을 발끈 내며,

"아니 저놈의 봉사가 누구 보고 그놈의 여편네 저놈의 여편네 해."

"아니 그러면 그쪽에서 말 잘했소?"

"그럼 봉사 보고 봉사라고 하지 눈구멍 멀었다고 할까."

"뭣이 어째? 눈구멍 멀었다고. 봉사 보고 봉사라고 해도, 무어 도야지 새끼 엮 어가지고 가? 에이 여보시오."

저 부인 깔깔 웃고,

"그 봉사 알아들었는가? 내 말을 좀 실수했구만. 그러지 말고 이리 와서 방아 나 좀 찧어주소."

"허, 방아 찧어달라는 것이 아랫목에 앉은 제 서방놈 보고 방아 찧어달라듯 하 네요. 방아 찧어주면 뭐 줄라남."

"아따, 그놈의 봉사 눈구멍은 멀었어도 의뭉하기는 육시하게 의뭉하네. 주기 는 무엇 주어. 밥 주고 돈 주고 옷 주고 술 주고 고기 주제."

심 봉사 가만히 듣더니,

"허, 실없이 여러 가지 것 준다. 뭐라 한 끼 배불리 먹는 것도 재수란다."

심 봉사 얼굴도 꽤나 두껍고 밝히기는 무진 밝힙니다. 그 와중에도 낯모르는 여인네들과 주고받는 대화가 이 정도이니 역시 여자 없이 살기는 힘든 사람이지요.

여하튼 우여곡절을 겪은 끝에 심 봉사 드디어 맹인 잔치에 참가하는데 그곳에서 심청이 만나는 것은 세상 사람 다 아는 사실이고 눈 뜨는 것 또한 삼척동자도 아는 사실이죠.

그렇다면 심 봉사만 눈을 뜰까요? 아니죠.

눈 뜨는 심 봉사 덕분에
세상 봉사 다 눈 뜬단다

183

2장
눈을 감아도
눈을 떠도
〈심청가〉

심 봉사 눈 뜬 김에 여러 봉사도 눈을 뜨는디,

만좌滿座, 좌석을 가득 매움 맹인이 눈을 뜬다. 어떻게 눈을 뜨는가 하면, 전라도 순창

담양 새 갈모비가 올 때 갓 위에 덮어 쓰던 고깔과 비슷하게 생긴 물건, 비에 젖지 않도록 기름종이로 만들었

다 떼는 소리로 쫙쫙 하더니만 모두 눈을 떠버리는구나. 석 달 동안 큰 잔치에

먼저 나와 참여하고 내려간 맹인도 저희 집에서 눈을 뜨고, 미처 당도 못한 맹

인 중로도중에서 눈을 뜨고, 보다가 뜨고 앉아서 뜨고, 실없이 뜨고, 어이없이

뜨고, 화내다 뜨고, 울다 뜨고, 웃다 뜨고, 떠보느라고 뜨고, 시원히 뜨고, 놀다

뜨고, 자다 뜨고, 깨다 뜨고, 졸다 뜨고, 심지어 날짐승 들짐승까지 일시에 눈

을 떠서 광명천지가 되었구나.

새 갈모 떼는 소리는 갈모 만들기 위해 대나무 쪼개는 소리입니다. 순창과 담양이 대나무로 유명하잖아요. 그래서 이런 표현이 나왔습니다. 이런 표현을 즐기는 것이 바로 판소리의 즐거움 가운데 하나이기도 하지요.

각설하고 이렇게 해서 〈심청가〉도 해피엔딩으로 막을 내리게 됩니다. 그렇다면 등장인물들은 어떻게 되었을까요?

심 봉사 학규 씨는 부원군府院君, 왕비의 친아버지에게 주던 작호에 봉해집니다. 황후의 아버지니까 당연하지요. 또 몽은사 화주승은 심 봉사 눈 뜨게 해준 덕에 당상관堂上官, 조선 시대에 둔, 정삼품 이상의 품계에 해당하는 벼슬을 통틀어 이르는 말에 임명됩니다. 스님에게 벼슬을 내린다는 이야기가 좀 어색하기는 하군요. 졸지에 부귀영화를 누리게 된 사람들은 심청이 어렸을 적에 젖동냥 해준 귀덕 어미를 비롯한 동네 아낙들인데, 이들에게는 각각 천 금 상이 내려졌습니다. 게다가 심청이랑 같은 동네에 산 덕에 도화동 백성 또한 세금과 부역이 면제되었다는군요. 역시 이웃을 잘 두어야 하나 봅니다그려, 더질더질.

184
세상에서
가장
재미있는
소리·판

3창 자진모리

간도 빼줄 듯이 굴더니
수궁가

토끼 간 아니면
염라대왕 삼촌도 아니되겠습니다

〈수궁가〉는 〈별주부전〉이나 〈토끼전〉 같은 다른 이름으로도 널리 알려진 것으로 판소리 다섯 바탕 가운데서도 가장 해학적인 작품이라 할 수 있습니다. 저는 〈수궁가〉를 가장 좋아하지요. 왜냐하면 제가 가장 좋아하는 임방울 선생이 완판으로, 그러니까 전곡을 남겨놓은 음반이 바로 〈수궁가〉거든요. 물론 내용이 워낙 재미있어서 심란할 때 이 곡을 들으면 시간 가는 줄 모를 정도니까요. 여러분도 한번 즐겨보세요. 특히 판소리가 어렵다고 느끼는 분은 〈수궁가〉부터 시작하면 좋을 듯합니다.

〈수궁가〉 줄거리도 대부분 알고 있을 겁니다. 용왕이 병에 걸렸는데 토끼 간을 먹어야 낫는다고 해서 별주부가 토끼를 속여 용궁으로 데려오는데, 토끼 계략에 속은 용왕이 토끼를 풀어주어 결국 토끼는 무사히 육지로 나오고, 별주부는 다른 곳에서 명약을 구해서 용왕을 구한다는 이야기죠. 그런데 〈수궁가〉의 단순한 줄거리와는 달리 판본에 따라서 매우 다양한 내용이 담겨 있습니다. 그래서 앞으로 살펴볼 〈수궁가〉 내용은 여러분이 안다고 생각했던 것과는 꽤나 다를 수도 있습니다. 그러니 너무 우습게 보지 말고 찬찬히 즐기시길.

〈수궁가〉에 등장하는 용왕은 남해 광리왕廣利王입니다. 광리廣利란 널리 이롭게 한다는 뜻이니까 광리왕은 정말 훌륭한 지도자겠군요. 그런 광리왕이 영덕전을 새로 짓고 크게 잔치를 벌였는데 잔치 때 너무 즐겼는지 갑자기 병이 들지요. 깜짝 놀란 신하들이 해구신, 붕장어, 붕어 등 닥치는 대로 바치지만 병은 호전되지 않습니다. 그때 갑자기 하늘에서 신선이 내려와 맥을 짚어봅니다.

남해 광리왕이 영덕전 새로 짓고 큰 잔치를 배설排設, 연회나 의식에 쓰는 물건을 차려놓음하니, 삼위로三危露 구전단九轉丹, 도교에서 쇠와 돌을 녹여서 아홉 번 불려 약처럼 만든 것, 이것을 먹으면 신선이 된다고 한다을 싫도록 서로 먹고, 이삼 일이 지나도록 질끈 놀아주었더니, 잔치 중에 좋은 잔치는 없으니, 잔치를 파한 후에 용왕이 병이 나서 어탑御榻, 임금이 사용하는 탑상, 탑상은 깔고 앉기도 하고 눕기도 하는 가구에 높이 누워, 여러 날 신음하여 용성용의 소리으로 우는구나.

수중 온갖 종족이 정성 들여 구병救病, 간병할 제, 수중에서 난 것들을 연해 올리니, 술병 나서 그러한가, 물메기 드려보고, 양기가 부족한가 해구신도 권해보고, 노점癆漸, 몸이 점점 수척해지고 쇠약해짐을 초잡는지 풍천 장어 대령하고, 비위를 붙잡기로 붕어를 써보아도 백약이 무효하여 병세 점점 심하구나.

그때 도사 한 분이 하늘에서 구름을 타고 내려옵니다. 용궁에 하늘이 있는지는 잘 모르겠지만 말이지요. 그리고서는 하시는 말씀, 우리 모두가 아는 대로입니다.

"신농씨神農氏가 상백초嘗百草, 백 가지 약초를 맛봄 시유의약始有醫藥, 의약을 처음 시작하였으며 황제소문黃帝素問, 중국의 유명한 의학서인 황제내경을 가리킴 의학 입문 동의보감東醫寶鑑 있다 해도 대왕에게 당한 약은 그중에 없사온대, 환후患候를 자세히 살피옵고 이치를 생각한즉 진세산간塵世山間에 천 년된 토간이 아니오면 염라대왕이 동성同姓 삼촌이요, 동방삭이가 조상이 되어도 누루 황黃, 새암 천泉, 돌아갈 귀歸 하겠나이다."

신농씨는 중국 신화 속 인물로 농사짓는 법을 처음 전해주었고 100가지 약초의 맛을 보아 의약의 기틀을 마련하였다고 전해오지요. 상백초는 백초의 맛을 본다는 뜻이고 시유의약은 의약을 처음 시작했다는 뜻입니다. 《동의보감》 모르는 분은 없을 테니 설명은 생략하겠습니다. 마지막 말 황천귀는 황천으로 돌아간다, 즉 죽는다는 말이죠.
결국 토끼 간을 구해야만 살 수 있다는 말을 들은 용왕, 즉시 영을 내립니다.

팔월 대목장
생선전 도물두 되었구나

용왕이 수부水府 조정 만조백관을 일시에 영을 내려놓으니 세상 같으면 일품 재상님네가 들어올 터로되 수국水國이라 물고기 등물들이 벼슬 이름만 달고 모두 들어오는디 이런 가관이 없겄다.

동편에는 문관이요, 서편에는 무관인데 상하를 분별하여 차례로 들어올 제 좌승상 거북, 우승상 잉어, 이부상서 농어, 호부상서 방어, 예부상서 문어, 병부상서 숭어, 형부상서 준어, 공부상서 민어, 한림학사 깔다구, 대사헌 도루묵, 간의대부 모치, 태사관 풍어, 백의재상 쏘가리, 금자광록대부 금치, 은청광록대부 은어, 대원수 고래, 대사마 곤어, 용양장군 이무기요, 호위장군 죽상어라. 표기장군 뻘덕게, 유격장군 새우, 합장군 조개, 언참군 물메기, 수문장 대구,

주천태수 홍어, 주부 자라, 서주자사 서대, 연주자사 연어, 감옥관 수달, 유수
광어, 병사 청어, 군수 해구, 현감 견어, 청백리 자손 어사 뱅어, 탐관오리 자손
주서 오징어, 금군별장 도미, 능성어, 좌우 순령수 조기, 수피, 범치, 수염 긴 대
하로다. 병어, 전어, 명태, 복쟁이, 눈치, 멸치, 삼치, 꽁치, 갈치, 좀뱅어, 미끈덕
뱀장어, 군로사령 바가사리, 돌 밑에 꺽지, 산내물에는 중고기요, 깊은 물에는
금잉어라, 삼천궁녀에 빛 좋은 리리 망뚱이, 짱뚱이, 승퉁이, 구멍 없는 전복,
배부른 올챙이, 개구리, 송사리, 눈쟁이까지 영을 듣고, 그저 빠각빠각빠각 어
전에 복지伏地, 땅에 엎드림하야 대왕에게 절을 그저 꾸벅꾸벅허니,

조관朝官, 조정에서 벼슬살이를 하고 있는 신하들이 들어오면 의관신야어로향衣冠身惹御爐香, 의관을 제대로 갖춘 몸이 궁에서 나는 화로의 향기에 취함에 향내가 날 터인데, 속 뒤집히는 비린내가 파시평波市坪, 갯벌에서 열리는 생선 시장 존장자기보다 지위나 나이가 많은 사람 치게 용왕의 비위를 어떻게 상케 해놓았든지 병든 용왕이 이만허고 보더니,

"야들아, 내가 이제 보니까 남해 수궁 용왕이 아니라 한참 팔월 대목 장날 바쁜 생선전 도물주가 되었구나."

여기서도 열거법이 사용되었지요. 여하튼 〈수궁가〉 사설을 만든 분이 누군지는 모르겠지만 그분이 아는 생선은 모두 등장한 것 같습니다. 그 가운데서도 특히 재미있는 게 바로 청백리 자손 뱅어와 탐관오리 자손 오징어죠. 오징어는 먹물을 품고 있으니까 속이 검다고 해서 탐관오리라고 했죠. 그렇다면 뱅어는? 뱅어 보신 분이 있는지 모르겠는데요, 뱅어는 투명합니다. 그러니까 속이 깨끗하다고 해서 청백리라고 부르는군요. 그런데 청백리 자손을 벼슬아치에 임명한 것은 이해가 되는데, 탐관오리 자손을 주서라는 관직에 임명한 까닭은 잘 모르겠군요.

여하튼 용왕이 비린내 가득한 한가위 대목 어물전 주인이 된 것 같다는 표현은 참 재미있죠.

그런데 문무백관이 다 모인 자리에서 용왕님 보시기에 영 안 좋은 모습이 연출됩니다. 어떤 모습일까요? 바로 문관과 무관 사이에 알력이 노출된 것입니다. 그 알력이 서로 가겠다고 하는 충성 경쟁이면 또 모르겠거니와 서로 안 가겠다는 것이니 용왕님 심정은 "에이, 이런 것들을 신하라고 월급 주고 있으니, 그냥 죽어버려?" 할지도 모르겠네요.

용왕 왈, "짐의 병이 위중하여, 신선 하는 말이 토끼 간을 못 먹으면 죽을밖에 수 없다니, 어떤 신하가 토끼 잡아 짐의 병을 구하리오?"

공부상서 여짜오되,

"토끼라 하는 것을 얼굴은 모르오나,《사기》에 볼진대, 산중山中 소산이라. 몽염중국 진시황을 도와 천하통일에 큰 역할을 했던 유명한 장수 하듯이 에워싸고 잡는 수니, 정병 삼천 내어주어 대장 고래 보내소서."

고래가 분을 내어 앞으로 나서 여짜오되,

"수륙水陸이 달랐으니 수중에 있던 군사, 육전陸戰을 어찌 할지, 저런 소견 가지고도 문관을 깔고 앉아 좋은 벼슬하여 먹고, 조금 위태한 일이면, 호반에게 밀려 하니, 배 속에 있는 것이 부레풀뿐이기로 변통 없이 하는 말이 교주고슬膠柱鼓瑟, 아교풀로 비파나 거문고의 기러기발을 붙여놓으면 음조를 바꿀 수 없다는 뜻으로, 고지식하여 조금도 융통성이 없음을 이르는 말 같사이다."

한림학사 깔따구 여짜오되,

"토끼라 하는 것이 조그마한 짐승이라, 병환에 좋을 테면 대왕의 위덕威德, 위엄과 덕망으로 그까짓 것 구하기가 무슨 염려 있으리오. 토끼 몇 수 바치라고 산군산에서 활동하는 포수에게 조서를 즉금卽今, 이 자리에서 곧 하여 올리리다."

용왕이 묻기를,

"조서는 한다 하고, 누가 갖다 산군 줄까?"

간의대부 모치 여짜오되,

"표기장군 벌덕게가 의갑衣甲, 갑옷이 군사온대, 열 발을 갖추어서 진퇴를 다하옵고 제 고향이 육지오니 조서 주어 보내소서."

게가 분이 잔뜩 나니, 미처 말을 못 하여서 입에 거품을 일면서 열 발을 엉금엉금 기어나와 발명發明, 죄나 잘못이 없음을 말하며 발뺌하려 함한다.

"수궁의 벼슬들이 인간과 같잖아서 세도로도 못 하옵고, 청으로도 못 하옵고, 풍신드러나 보이는 사람의 겉모양과 덕망으로 별택別擇, 특별히 가려 뽑음하여 하옵기로 한림학사 깔따구는 이부상서 농어의 자식이요, 간의대부 모치는 병부상서 수어 자식이라, 저의 집 세력으로 구상유취口尙乳臭, 입에서 젖비린내가 날 만큼 어리고 유치함한 것들이 청요청환淸宦과 요직要職을 아울러 이르던 말, 즉 이런저런 관직한 벼슬하여 아무 사체사리와 체면 모르고서 방안 장담 저리 하나, 수류이 달랐으니 용왕의 한 조서를 산군이 들을 테요, 저희들이 조서하고 저희들이 가라시오."

정말 치사하군요. "나는 조서만 쓸 테니 그걸 가지고 육지로 나아갈 자는 다시 뽑으시오"라니, "지들이 썼으니 지들보고 가서 전하라고 하시오" 하는 녀석이라니, 이런 자들을 신하로 거느리고 나라를 다스리는 용왕도 참 안됐습니다그려.

그런 상황에서 무관 가운데서도 늘 멸시만 받던 주부主簿 자라가 스스로 나서자 모두들 깜짝 놀라지요. 그러면서 별주부는 자신이 토끼 모습을 모르니 토끼 모습을 그린 그림이나 한 장 달라고 청합니다. 용왕은 "충신 중에 충신이다" 하며 화가인 상어를 불러들여 토끼 초상화를 그리도록 합니다. 그림이 완성되자 별주부는 그림을 받아 등 껍데기 사이에 넣고 출장 인사를 하기 위해 집으로 향합니다.

노랑내 나는
남생이를 조심허게

195

3장
간도
빼줄 듯이
굴더니
〈수궁가〉

별주부 본가로 돌아오니 그때에 별주부 모친이 금년에 나이가 일백구십다섯 살인가 여섯 살인가 되는디 여러 백년을 묵어서 양 꽁지라미가 쏵 부서지고 아막만 남었는디 별주부 세상 간단 말을 듣고 집안 난리가 났나보더라. 아 물색 모르는 별주부가 들어가니 별주부 모친이 울음을 우는디,

"여봐라 주부야. 여보아라 별주부야. 니가 세상을 간다 허니 세상에를 왜 가느냐. 삼대독자가 너 아니냐. 세상이라 허는 디는 인심 소박허여 수궁 인간이 얼씬하면 잡기로만 위주한다. 가지 마라, 가지 마라. 제발 덕분 가지를 마라. 불쌍하구나. 너희 부친 세상 구경을 가시더니 모래 속에 가 숨었다가 어부 쇠꼬챙이에 등이 찔려 돌아가셨다.

이렇게 말리던 별주부 모친도 별주부가 임금의 약을 구하러 간다는 말을 듣고 흔쾌히 보내줍니다. 아니 보내주는 정도가 아니라 임금의 약을 구하러 떠나서 못 구하고 돌아오면 충신 가문에 누가 된다고, 약을 구하지 못하면 아예 돌아오지 말라고 합니다. 모친의 허락을 받은 별주부가 이번에는 부인을 보러 가지요.

별주부 마누라 나온다. 주부 마누라가 나오는디 자라 생긴 맵시를 보면 어여쁜 데는 없지마는 걸음 하나는 일색이라. 아장아장 나오더니 "여보 나리, 여보 나리, 세상 간단 말이 웬 말이오? 위수중국에 있는 강 이름 파광波光, 물결이 번쩍이는 빛 맑은 물에 양주兩主, 바깥주인과 안주인이라는 뜻으로 부부夫婦를 이르는 말 마주 떠서 맛 좋은 흥미를 보았더니 이제는 다 버리고 만리 청산 간다 허니 인제 가면 언제 와요?"
"가기는 가되 못 잊고 가는 게 있네."
"무엇을 그다지 못 잊어요?"

나는 비린내가 나고 남생이는 노린내가 나니 부디 조심하시오!

걱정 말고 다녀오시오.

남생 씨~ 남편 갔어.

"내 가기는 가되 꼭 못 잊고 가는 게 하나 있네."

"아, 무엇을 그다지 못 잊어요? 당상의 백발 모친 병환이 날까 못 잊고 가요,
이팔청춘 젊은 내가 독수공방 하는 걸 못 잊고 가요."

"바로 고것이다. 거 남들이 들으면 흉볼 말이지만 내가 가만히 보니까 자네가
요새 요 등성이 넘어 남생이란 놈하고 가끔 놀아나는 것 같은데 그놈이 달밤
에 보면 꼭 나 뿐나게 생겼단 말이여. 그런디 의뭉허기가 한정이 없는 놈여.
그놈이 내 여기 없는 새에 문 열고 들어올 것이여. 그놈 몸에서는 노랑내가 나
고 내 몸에서는 비린내가 나니 냄새로 짐작하고 부디 조심하오."

"걱정 말고 다녀오시오."

인간이나 동물이나 남녀 간의 문제는 비슷한가 봅니다. 별주부도 그 먼 길을 떠나
면서 부인 바람 피울까 걱정이 가장 크니 말입니다. 여하튼 비린내 나는 부인과
이백 살 가까이 먹은 모친을 남겨두고 별주부는 인간 세상으로 올라가려 하는데
이번에는 온갖 친척이 모여 작별 인사를 합니다.

"아저씨, 안녕히 다녀오시오."

"형님, 평안히 다녀오시오."

"조카, 잘 다녀오게."

"소상강中國에 있는 강 이름 손쉬이 다녀오너라."

이종사촌 고동, 내종사촌 소라, 진외척 우렁, 육지 사돈 달팽이까지 연해 하직
을 허는디 천만 뜻밖에 해구란 놈이 옆에 와서 앉았거늘 주부가 해구 불러,

"너는 어찌 예 왔느냐?"

"척질戚姪, 성이 다른 일가 가운데 조카뻘 되는 사람이 먼 데 간다기에 하직차로 찾아왔네."

주부 듣고 분을 내어,

"우리 집 내외척이 모두 내력이 있느니라. 고동, 소라, 우렁이 내 목과 같아서 들락날락하는 고로 촌수가 있거니와 네깐 놈이 어찌하여 척분이 있단 말이냐?"

해구가 히히 웃으며,

"내 자지도 네 목과 같아 서면 들어가고 앉으면 나오기로 주부에게 친척 되지."

고동, 소라, 우렁, 달팽이, 모두 껍질을 쓰고 있지요. 그래서 자라 친척이 되는데 해구는? 19세 이상만 보아야 할 내용입니다.

여하튼 하직 인사를 끝낸 별주부는 먼 바다를 지나 육지에 오른 후, 모친이 그렇게 조심하라 일렀는데도 자기 아버지처럼 모래 속에 숨어서 살펴봅니다.

날짐승, 길짐승
누가 누가 잘하나

그때에 별주부는 모래 속에 잠신潛身, 몸을 감춤하여 사방산천을 살피는데 그 산중에 짐승들이 대화를 만났으니 관에서 포수를 수백 명 동원하여 산중에 있는 짐승들을 쫙 잡아들이기로 작정했는디, 다람쥐란 놈이 그 소식을 듣고 사발통문을 돌려놓으니 날짐승과 길짐승이 모여드는 것이었다.

날짐승이 먼저 모여들어 상좌윗자리 다툼을 하는디 이런 가관이 없든 것이었다.

앵무새 나앉으며,

"오늘은 내가 상좌를 할란다."

봉황새 꾸짖으며,

"워라 이 괘씸한 놈 어디를 상좌한다고 나서느냐?"

앵무새 하는 말이,

"나는 능히 말을 하여 이 세상 사람들과 언사가 상통허니말과 글이 서로 통함 상좌
감이 되지마는 당신은 무슨 연유로 상좌에를 앉는단 말이오?"

봉황새가 이르는 말이,

"내 말을 들어봐라. 순 임금중국 신화시대의 명군 남훈전에 오현금五絃琴, 순 임금이 만들었
다고 전해지는 악기 가지시고 소소구성簫韶九成, 소소는 악곡 이름, 구성은 아홉 번 노래함 노래할
제 기산 높은 봉 아침 햇빛 내가 앉어 울음을 울어 팔백 년 문물 우울하여 주周,
중국의 주나라를 가리킴 문무文武, 주나라 태조인 무왕과 무왕의 아버지인 문왕을 가리킴 나계시고 만고
대성萬古大聖, 아주 오랜 세월 동안의 큰 성인 공자님도 내 앞에서 탄생을 하시고 천 길이
나 높이 날아 기불탁속飢不啄粟, 배가 고파도 곡식을 쪼아대지 아니함 하여 있고 영주산 높은
오동나무 기엄기엄 기어올라 소상 반죽대나무의 일종 좋은 열매 내 양식을 삼았으
니 내가 어른이 그 아니냐?"

까마귀 나앉으며,

"그다음은 내 차례다."

부엉이가 꾸짖으며,

"에라 이놈 물렀거라. 전신에 흰빛 없고 발톱 주둥이 눈구멍까지 시커먼 놈의
자식이 어디를 상좌를 하드란 말이냐, 이 괘씸한 놈 같으니라고."

까마귀 기가 막혀,

"대가리 크고 털 넓적넓적하고 눈구멍 쑥 들어가고 발톱 길면 니가 어른이냐?
잔소리 말고 내 근본 들어봐라. 내 근본 들어라. 이내 근본 들어봐라. 이 주둥
이 길기는 월왕구천중국 춘추시대 월나라의 왕 구천을 가리킴이 방불허고 이 몸이 검기는

산음 땅을 지나다가 왕희지중국의 명필 세련 못에 풍덩 빠져 먹물 들어 이 몸이 검어 있고, 은하수 생긴 후에 그물에 다리를 놓아 견우직녀를 건네주고 오는 길에 적벽강 배 타고 노닐 제 남비南飛 둥둥 떠 삼국흥망을 의논적벽대전을 앞둔 조조가 읊은 시 '달 밝아 별 귀하고 까치 남으로 날아 어스름 새벽 숲을 세 번 돌아드나 머물 가지 없구나'라는 표현에서 인용한 구절하고 천하의 반포은反哺恩, 까마귀 새끼가 큰 다음에 어미에게 먹이를 물어다 주는 데서 유래한 고사을 나 혼자 안 것이니 비금조수飛禽鳥獸, 날짐승과 길짐승을 통틀어 가리키는 표현 효자는 나뿐이라. 아하 아이고 설운지고 허허 설운지고."

부엉이 허허 웃고,

"니 암만 그런데도 니 소리 괴이하여 열두 가지 울음을 울어 과부집 나무에 앉아 울음을 울 제 까옥까옥 또락또락 괴이한 울음으로 수절과부 유인하고, 니 소리 꽉꽉 나면 세상 인간이 미워라 돌을 들어 날릴 제 너 날자 배 떨어지니 세상의 미운 놈이 너밖에 또 있느냐. 빈터나 찾아가지 이 좌석은 불길하다."

까마귀 나앉으며,

"아무리 내 죄상이 그렇다 하기로서니 여럿이 모인 총중에 남의 망신을 시킨단 말이오. 예이 여보시오."

새들이 모여서 상좌, 즉 어른을 차지하려고 모두들 나서는데 결국 봉황이 상좌를 차지한 모양입니다. 그다음 자리는 부엉이가 차지한 듯하지요? 앵무새는 사람과 말이 통하는 자신이야말로 상좌에 앉아야 한다고 주장하는데, 그러고 보면 앵무새를 길러서 사람 말을 시킨 역사가 꽤 오래 되었나봅니다.

한참 이리 분주할 제 털 좋은 길짐승들이 모두 들어 모이는데, 상좌 다툼을 하는디 이런 가관이 없겠다.

공부자공자 작춘추춘추 짓던 시절에 절필絶筆하든 기린《춘추》는 노나라 애공이 기린을 잡는다는 내용에서 끝이 난다, 이로부터 공자가 절필하였다고 표현한 것이며 삼군삼영군대의 삼군과 훈련도감, 금위영, 어영청의 세 가지 영 거동 시에 천자옥련天子玉輦, 천자가 타던 수레 코끼리며 옥경선관玉京仙官, 하늘에 사는 신선 벼슬아치 타던 풍채 좋은 사자로구나. 용맹 있는 표범이며 서백주나라 문왕이 위수 사냥할 제 비웅비표非熊非豹, 상나라 제후였던 서백이 어느 날 점을 치자 곰도 아니고 표범도 아닌 것을 얻는다는 점괘가 나왔다, 그 후 위수 강가에서 낚시질을 하고 있던 강태공을 얻게 되었고 강태공은 이후 서백의 아들 무왕을 도와 상나라를 멸망시키고 주나라 건국에 앞장서게 된다 곰이로다. 창해 박랑사에 저격 시황진나라가 천하를 통일한 후 멸망한 한韓나라의 장량이란 충신이 박랑사에서 진시황을 저격하려다 실패하였다 저 다람쥐, 강수동류원야성江水東流猿夜聲, '강은 동쪽으로 흐르고 원숭이는 밤에 우는구나' 이백의 시에 나오는 구절에 슬피 우는 저 잔나비, 꾀 많은 여우, 날랜 토끼, 털 좋은 너구리, 꼬리 좋은 족제비, 살가지 오소리, 날담비, 길담비, 산쥐, 밭쥐, 들쥐, 집쥐, 멧돼지, 승냥이, 고슴도치, 이따위 동물들이 앙금 살짝 모여들어 상좌 다툼을 하는구나.

너구리 나앉으며 하는 말이,

"우리가 연년매년이 노는 이 좋은 좌석에 상좌가 없으니까 문란해서 못 쓰겠더라. 금년부터는 상좌에 어른 한 분을 모셔놓고 그 어른 지시를 받아 노는 것이 어떠냐?"

아 그 말이 떨어지자 여우란 놈이 싹 나앉으며,

"대체 그 말 잘났소. 우리가 연년이 이 좋은 좌석을 정해 노는디 술잔이나 먹

고 시조나 부르고 시나 짓고 점잖게 노는 것이 아니라 아 이놈들이 술 취해가
지고 저녁때가 되면 쌈투성이 피투성이가 돼가지고 작년에도 멧돼지 큰아들
놈이 안 죽을 만치 두들겨 맞아서 업혀 가고 생이별을 하니 이것이 모두 어른
이 없는 탓이란 말이여. 그러니까 상좌를 정해놓고 그 어른 지시를 받아 노는
것이 좋지."

그러자 사슴이 주장하여 기린으로 상좌를 허라 하니 기린이 사양하되,

"나는 세상에 아니 있고 성인만 따라다녀공자는 기린을 상서로운 동물로 여겼다 잠시 왔다
돌아가니 동방예의 군자지국에 여러분 모인 상좌에 손님이 어찌 앉으리오."

하며 여러 번 사양하였다.

이에 너구리가 나서,

"그러면 저기 앉은 장또감은 언제 낳소?"

노루란 놈이 나앉으며 하는 말이,

"내 나이를 생각하면 기경상천騎鯨上天, 고래를 타고 하늘로 올라감 이태백이 나와 둘이
동접同接, 함께 공부함하여 강산십리 글을 짓다 태백은 인재人材되어 옥경玉京, 옥황상제
가 산다고 하는 가상적인 서울으로 올라가고 나는 미물둔재로서 미천하게 되었으나 이
태백이 연갑동년배이니 내가 상좌를 하여보자."

너구리 썩 나앉으며,

"저만큼 가시오. 나는 장또감이 나앉길래 나잇살이나 퍽 먹은 줄 알았으니 내
나이만 할라면 내 고손자뻘도 안 되오."

노루란 놈 기가 막혀,

"그러면 달파총 너구리 당신은 언제 낳소?"

너구리 하는 말이,

"내 나이를 가만히 생각하면 삼국 시절이 분분할 제 위왕 조조는 사해四海를 거의 쓸다시피 하고 동작대를 지을 적에 좌편은 금봉루요, 우편은 봉황대라. 이교二喬, 손책의 아내와 주유의 첩, 두 여인을 가리키는 말로 조조가 두 여인을 좋아했다에 뜻을 두고 조자건조조의 둘째아들 조식을 가리킨다. 조식은 글이 매우 뛰어났다의 글씨를 빌어 동작대부 운韻, 〈동작대부〉는 시의 제목이고, 운은 시를 읊는다는 뜻하던 조맹덕조조의 연갑이니 내가 상좌를 하여 보자."

멧돼지란 놈 나앉는다, 멧돼지란 놈 나앉는다. 꺼적눈을 끔적끔적 나발 같은 주둥이를 이리저리 내두르며,

"자네들 내 나이를 들어보소. 자네들 내 나이를 들어봐. 한 광무기원전 4~기원후 57, 후한 초대 황제 시절에 간의대부를 마다하고 부운浮雲으로 차일遮日 삼고벼슬아치는 햇빛 가리개를 사용했으나 벼슬아치가 아니기 때문에 흘러가는 구름으로 햇빛을 가렸다는 뜻 동강의 칠리탄에 낚시줄 던져놓고 고기 낚기 힘을 쓰든 엄자릉광무제와 함께 공부했던 인물로, 광무제가 황제에 오른 후 간의대부 벼슬을 내렸으나 사양하고 낚시로 소일하였다의 시조하고 나와 한 가지 연갑이니 내가 상좌를 못하겠나."

토끼란 놈 나앉으며,

"이놈 저놈 다 들거라. 나는 한나라 사람으로 흉노국고대 중국을 끊임없이 괴롭히던 북방 이민족으로 만리장성도 흉노족의 침략을 막기 위해 세운 것이다. 후에 한나라는 흉노와 한편으로는 싸우고 다른 한편으로는 화해 정책을 펼쳤다에 사신을 갔다 십구 년 충절 지켜 수발이 진백머리가 온통 하얗게 변함되어 고국산천 험한 길로 허유허유 올라오든 소중랑?~기원전 60과 연갑이니 내가 상좌를 하여보자."

세상이나 짐승이나 경우가 있는 것인디 토끼란 놈이 워낙 높게 말을 하니 여러 짐승들이 입 딱 벌리고,

"아, 채신세상을 살아가는 데 가져야 할 몸가짐이나 행동은 쬐깐헌디 언제 나이를 퍽 먹었소. 그러면 퇴생원 상좌에 앉으시오."

토끼란 놈 상좌에 앉더니만 코를 벌름벌름 귀를 쫑긋쫑긋 눈을 깜짝깜짝 꼬리를 탈탈 털며 양산도 개성 난봉가 시조를 부르고 방정을 떨며,

"네 이놈들 오늘부터는 내가 하라는 대로 하렸다."

이번에는 길짐승들 차례입니다. 그런데 놀랍게도 토끼가 상좌에 앉게 되었습니다그려. 토끼 이 녀석 말솜씨가 정말 대단합니다. 이 정도 되니까 수궁에 들어가서도 살아나올 수 있었겠죠.

앞서 기린 이야기가 나왔죠. 기린을 상좌에 앉힌다면 어떤 동물도 이의를 달지 않았을 겁니다. 그만큼 동양에서 기린은 상서로운 동물로 여겨졌으니까요. 그런데 사실 동양에서 상서로운 동물로 간주하던 기린은 우리가 요즘 보는 목이 긴 기린이 아닙니다.

기린은 성인聖人이 출현하기 전에 나타난다고 하는 상상 속의 동물로 사슴의 몸에 소의 꼬리, 이리의 이마, 말굽을 가지고 있고, 머리에는 살로 이루어진 외뿔이 있습니다. 또 오색의 털을 가지고 있는데 배의 털만은 황색이라고 합니다. 그런데 이 기린 정말 멋지지요. 자신은 공자만 따라다니다가 동방예의지국에 손님으로 왔으니 상좌에 앉을 수 없다고 하는군요. 판소리 사설을 만든 분도 기린이 우리나라에서 나지 않는다는 사실은 알고 있었나 봅니다.

한 놈 먹을라고 왔으니 살찐 놈부터 나오거라

한참 이리 노닐 적에 저 산모퉁이에서 호랑이 한 마리가 여러 날 굶어서 배때기가 등짝에 딱 붙었는디 눈구녕에다 불을 벌겋게 켜가지고 꼬리를 척 늘어뜨리고 슬슬 당기며,

"지금 짐승을 잡아먹으려 하는디 아무리 보아도 쏵 숨어버리고 한 놈도 없구나. 아, 이놈들이 한 놈이래도 있을 것인디 어디로 모두 숨었는고."

한참 찾는 판인데, 가만히 있었으면 괜찮을 것을 이 방정맞을 여우란 놈이 좋아서 청춘가경기민요의 하나를 하느라고 소리를 뺙 질러놓은 것이 호랑이란 놈이 솔무더기 너머로 가만히 보니까, 아 오목한 데에 쏵 모였는디 참 좋게 되었는가 보더라.

"아, 이놈들이 여기 와 있는 것을 그렇게 찾았네. 네 이놈들 건디어봐라."

비호라더니 혹 뛰어서 가운데 가 살짝 앉으며 와르르 하여놓으니 좌우 짐승들이 넋 놓고 있다가 놀라기도 호랑이를 봐놓은 것이 어찌 무섭던지 똥오줌을 질질질 싸며,

"아이고 장군님. 어디 갔다 오십니까요."

"나 이렇게 지내다가 너희 놈들 노는 걸 보고 한 놈 먹을라고 왔다."

하고 딱 쪼그리고 앉는디 한 놈뿐만 아니라 여러 놈 상하게 생겼구나.

"어떤 놈이 살찐 놈이냐? 살찐 놈부터 이리 나오너라."

좌우 짐승들이 서로 바라보며 어떤 놈이 살이 많이 쪘는가 눈치를 살피는디,
오소리, 노루, 너구리, 멧돼지, 이 네 놈이 걱정허기를,

"아이고, 이 급살 맞을 잔치 공연히 시작하여, 우리 네 놈 가운데서 한 놈은 저 놈 배 속에 안장하게 되었으니 이를 어쩔거나."

하는데, 멧돼지란 놈이 꺼적눈을 끔쩍끔쩍하며 '그 가운데 살찐 놈은 나니 죽을 놈은 나로구나' 생각하며,

"여 장군님 누구부터 잡술랍니까?"

"오 멧돼지냐. 내가 너부터 먹어야겠다. 이리 오너라."

멧돼지가 호랑이 앞으로 안 갈 수도 없고 죽으러 가는디, 거적눈윗눈시울이 축 처진 눈에서 눈물이 그렁그렁 떨어지며 유언을 하는구나.

"야 이놈들아. 내가 오늘 죽는다. 나 죽거들랑 우리 큰아들놈 보고 제사는 알아서 모시라고 하고 내년부터는 잔치 참여하지 말고 부조만 닷 냥씩 하라고 해라."

어슬렁어슬렁 들어간다. 호랑이가 멧돼지를 발랑 제쳐놓고 발톱으로 돼지 배

를 쫙 갈라서 간, 콩팥, 지라, 염통, 이하 상으로 먹으려고 하는디, 토끼란 놈이

싹 나앉으며,

"장군님, 언제 나오셨소?"

호랑이가 기가 막혀,

"너희들 여기서 뭐하고 놀았냐?"

"예, 연년이 모여서 상좌 다툼하고 잔치하고 놀았소."

"금년 잔치는 너희 잔치가 아니라 내 잔치다."

"대체 장군님 몇 살이나 자셨소?"

호랑이 듣고,

"너희들이 내 나이를 물으니 내가 말을 할밖에 수가 없지. 내 나이를 생각하면 하늘과 땅이 생겨날 제 하늘이 먼저 나서 지구를 마련하고 사해와 산천을 마련 후에, 길짐승도 삼천이요 날짐승도 삼천이라. 하늘을 바라본즉 한편이 뚫어져서 한없는 허공이라. 넓은 돌작을 다듬어서 그 하늘을 때우시든 여와씨중국 신화에 나오는 여신으로, 반역자 공공共工이 파괴한 하늘의 기둥과 땅의 갈라진 틈을 거북의 다리와 오색 돌로 메웠다고 한다의 연갑이 되었으니 내가 상좌가 그 아니냐."

토끼 나이가 어쩌고저쩌고 하더니 호랑이 나이는 상상을 초월하는군요. 여와씨는 중국 신화 속의 존재니까 한나라 때 활동했던 동물들과는 수천 년 차이가 납니다그려. 그러니 힘으로 보나 나이로 보나 호랑이가 백수의 왕이네요. 그나저나 멧돼지의 유언이 기억에 남습니다. 이렇게 허망하게 죽는 게 다 모임에 나왔기 때문이다, 그러니 내년부터는 돈만 보내고 참가하지 말라고 해라. 참 현실적인 유언이네요.

6

"거기 호생원 아니오?"

좌우에 짐승들이 정신을 차리지 못하고 한쪽 구석에 가 몰려 있을 때, 그때에 별주부는 모래 속에서 모가지를 쑥 빼서 사방 산천을 살피는디, 한곳을 바라본즉 여러 짐승들이 모였는디 검고 희고 노랗고 각양각색이라. 그 한가운데 호랑이란 놈이 덜렁 쭈그리고 앉았으니 아, 이 별주부가 호랑이를 토끼로 보았던 것이었다. 화상畵像, 얼굴을 그림으로 그린 형상을 내어 보았으면 그럴 리 없을 테지만 화상도 안 보고 제 손수 생각하기를 '토끼라고 하기에 주먹덩이만 한 줄 알았더니 그놈 참 엄하게 생겼다. 저 큰 눈 하며 꼬리 발톱 주둥이가 벌건 게 그놈 참말로 무섭게 생겼는디. 토끼가 저렇게 무서운 줄 알았으면 내가 무단히 나왔구나. 내가 저를 보려고 나왔는디 저를 안 보고 갈 수 없지' 하고,

"저기 앉은 게 토생원 아니오?"

하고 부른다는 것이 자라가 먼 바다 삼만 리를 아래턱으로 파도를 밀고 오느라고 턱이 얼어붙어서 '토'짜를 살짝 늦추어놓은 것이 '호'자가 되었던 것이었다.

"저… 거기 여러 짐승 중에 몸 얼쑹덜쑹하고 꼬리 묘똑하고, 입술이 빨그렇고, 주둥이 벌겋고, 눈구녕 큰 것이 퇴, 퇴, 퇴, 토, 토, 호생원 아니오?"

하고 불러놓으니 호랑이란 놈이 생원 말 듣기는 처음이라 돼야지고 토깽이토끼고 여시여우고 쫙 집어 내버리고 내려오는디, 범 내려온다, 범 내려온다, 송림 깊은 골로 한 짐승 내려와 누에머리를 흔들며, 양 귀 찢어지고, 몸은 얼쑹덜쑹, 꼬리는 잔뜩 한 발이나 넘고, 동개활과 화실을 넣어 등에 메는 기구 같은 뒷다리, 전동화실통 같은 앞다리, 새 낫 같은 발톱으로 잔디 뿌리 왕모래 엄동설한 흰 눈처럼 좌르르르르 흐틀며, 주홍 입 떡 벌리고 훙행앵앵 하는 소리, 산천이 뒤넘고 땅이 툭 꺼지는 듯, 호랑이가 어떻게 요란하게 내려오던지 자라가 겁이 나서 모래 속으로 쏙 들어가놓은 것이 딱 죽 떠먹은 자리가 되었구나. 호랑이가 내려오더니 사방을 둘레둘레 봐도 아무것도 없지.

"허허 금방 여기서 호생원 아니오? 하고 불렀는디 무엇이 나를 불렀는고?"

둘레둘레 보다가 아 산골짜기를 쳐다보니 돼야지고 여시고 토깽이고 쫙 다 달아나고 없구나. 호랭이가 기가 막혀,

"허허 내 시장기가 들라니까 별 잡상스런 일이 다 있구나. 금방 여기서 호생원 아니오? 하고 불렀는디 귀신이 곡할 노릇이다. 도로 올라갈밖에 수가 없구나."

하고서 올라가는 판인디 별주부란 놈도 재수가 없어 그랬던지 호랑이란 놈 앞발 디디는 데 엎드렸다가 호랑이가 발자국을 뚝 떼는 바람에 장기 궁짝 나자

빠지듯이 발랑 나자빠져서 바리작바리작하는구나. 호랑이가 바라보고,

"아, 요것이 나를 불렀나 보지. 괴물짐승이로고. 여 소똥이 말랐으면 요참 소나기에 비 맞은 자국이 있을 것이고, 소두방 뚜껑 같으면 자루가 없고, 대체 이것이 무엇인고? 이리 보아도 둥글둥글 저리 보아도 둥글둥글 니가 무엇이냐, 둥글넙적 검은 편편이냐, 부쳐놓은 밀부께미인가?"

그래도 말이 없지. 호랑이가 생각다 못하여 제 손수 파악을 하는디,

"하하, 이것이 하느님 똥이로구나. 여 하느님 똥을 먹으면 명 길고 잔병 없다더라. 내 부아 나고 시장하니까 이놈을 통으로 삼키리라."

자라를 반짝 들어 호랑이 입에다 놓고 꽉 깨물라고 하는 판인디, 별주부 생각하니 먼바다 삼만 리를 나와 가지고 말 한마디도 못해 보고 이놈의 배 속에 가 똥 될 일을 생각하니 어안이 벙벙하구나.

'아따 내가 죽더라도 요놈의 짐승이 무엇인가 이름이나 알고 죽으리라' 하고 목을 조금 빼가지고,

"여보, 우리 통성명합시다."

해놓은 것이 호랑이란 놈이 먹을라다가 목구멍에서 무슨 삑삑 소리가 나니 깜짝 놀라 탁 뱉어 확 집어 내버리며,

"니가 무엇이냐?"

자라 뚝 떨어지며,

"당신은 무엇이오?"

"오 나는 이 산중에 어른 호생원 호랑이다."

별주부가 호랑이 호랑이 말만 들었지 호랑이를 처음 만나놓으니 어찌 겁이 나

고 무섭던지 하나도 속이지 못하고 바른말을 하는디,

"에, 나는 수국 별주부 자라 새끼요."

해놓으니 호랑이가 춤을 춘다. 호랑이가 춤을 춘다.

"얼씨구나 절씨구. 내 평생 원하기를 왕배탕이 원일러니만 멋진 진미를 먹어
보자."

별주부 기가 막혀,

"아이고 나 자라 아니오."

"그러면 니가 무엇이냐?"

"내가 남생이요."

"남생이 같으면 더욱 좋다. 남생이라고 하는 것은 습개濕疥, 피부병의 일종에 좋다
더라. 이 약을 먹어보자."

별주부가 기가 막혀,

"아이고, 나 남생이도 아니오."

"그러면 니가 무엇이냐?"

"내가 두꺼비요."

"두꺼비 같으면 더욱 좋다. 너를 산 채로 잡아다가 빳빳이 말려 죽여 불에다
바싹 살라 멧돌에다 달달 갈아 술에다 타서 먹으면 만병회춘 명약이라. 이 약
을 먹어보자."

"아이고, 두꺼비도 아니오."

"그러면 네가 무엇이냐?"

"먹고 죽는 비상덩어리요."

"비상이라도 삼킬란다."

별주부가 기가 막혀,

"아이고 이 급살을 맞어 죽을 놈이 동의보감을 얼마나 달통하였는지 모르는 약이 없네그려."

한참 울다가 '워라, 내가 죽더라도 저놈 어디 한군데를 물어뜯고 죽으리라 하고 모가지를 조금 빼서,

"니가 진정 호랑이냐? 니가 진정 호랑이면 내 모가지 나간다."

하고서 모가지를 쑥 빼 밀어놓으니 호랑이가 바라본즉 아까 없던 대가리가 강 담 틈에 구렁이 대가리 나오듯 스르르 나와놓으니 호랑이가 바라보고 어찌 징 그럽고 무섭던지,

"아, 그만 나오너라. 아, 여보 그렇게 나오다가는 하루 수만 발 나오게 생겼어. 대체 니가 무엇이냐?"

"나는 수국 전옥 공신 사대손 별주부 별나리노라."

호랑이란 놈 무식하여 자라 '별' 자를 모르고서,

"별나리, 별나리 같으면 뭐할라고 세상을 왔으며, 어찌 저리 모가지가 들어갔다 나왔다 두움치기를 잘하느냐?"

"오 내 이력 들어봐라. 내 내력 들어봐라. 우리 수국水國 지은 지가 일만 팔천오백육십사 년인디 우리 수국 퇴락頹落, 낡아서 무너지고 떨어짐하여 내 손으로 중수重修, 건축물 따위의 낡고 헌 것을 손질하여 고침할 제, 천여 칸 기왓장을 내 손으로 옮길 적에 기 왓장 등에 지고 처마 끝에 발을 붙여 이리저리 다닐 적에 한발 실족 뚝 떨어져 목이 자끈 부러져서 우멍거지포경가 되었기로 도사께 문의하여 호랑이 쓸개를

열 보만 먹으면 내 병이 낫는다 하기로 수궁 도리장 귀신 잡아 타고 호랑이 사
냥을 나올 적에, 백두산을 들어가서 다섯 놈 잡아먹고 금강산을 들어가 세 놈
을 잡아먹고 삼각산에 들어가 한 마리를 잡아먹고 지리산 당도하여 내가 네
놈을 만났구나. 네가 진정 호랑이면 나한테 죽어봐라. 수궁 도리장 귀신 게 있
느냐? 호랑이 예 있으니 비수검ᄂ匕首劍, 비수처럼 잘 드는 칼 드는 칼로 호랑이 배를 쫙
가르고 뜨거운 김에 쓸개 먹자."

도르랑, 도르랑 하고 달려들어 홀짝 뛰어 호랑이 넓적다리를 아드득 물고 뺑
뺑뺑 돌아놓으니 호랑이란 놈이 넓적다리 된 살을 물려놓으니 정신이 없는디
자라 이빨은 쇠젓가락도 지끈지끈 부러지는지라. 호랑이 넓적다리 심줄을 꽉
물어놓으니 호랑이가 눈에서 불이 확 났지. 호랑이가 자라를 털어버리려고 뛰
는디 자갈밭, 덜장밭, 새태백이를 갈고 쓸고 다녀도 떨어지기는 고사하고 피
만 질질 나는구나. 호랑이가 홀홀 뛰는 바람에 심줄이 탁 끊어져서 도망을 하
는디 어찌 많이 내뺐던지, 전라도 해남 관머리서 도망을 간 놈이 대번에 의주
압록강 강변에 쉬어 앉아 막 숨을 돌리는디 강둑 돌짜기 밑에서 남생이란 놈
이 뽀조롬하고 기어나오니 호랑이 깜짝 놀라,

"워따 이놈 그새 여기까지 따라왔구나."

거기서 훅 뛴 것이 함경도 세수령 고개 척 올라 앉아 귀를 털털 털며,

"아따 그놈 무서운 놈이다. 내 용맹이나 되니 여기까지 살아왔지 좀옛놈 같으
면 영락없이 그놈한테 죽을 뻔했네. 그런디 내가 산중에 수십 년 살아도 무서
운 짐승이라고는 없었는디 그놈이 참말로 무서운 놈이시."

하고서 생각한즉 아랫도리가 욱신욱신 쑤시는지라 호랑이가 바라보고,

"워메, 피나네여."

얼마나 재미있습니까? 이렇게 〈수궁가〉는 시간 가는 줄 모르고 즐길 만하다니까요. 요즘 텔레비전에 나오는 개그 프로그램이나 오락 프로그램은 이에 비하면 토끼 눈물에 지나지 않습니다. 여하튼 지상에 올라온 별주부, 호랑이를 만나 거의 죽다가 이왕 죽을 것 한마디 하자, 한 것이 오히려 호랑이를 물리치게 되었군요. 그럼 다음에는 어떤 장면이 펼쳐질까요? 당연히 별주부와 토끼가 만나는 장면이 겠지요.

"여보, 내 문자통 글러가오"

건넛산 바위틈에 묘한 짐승이 앉았다. 두 귀는 쫑긋, 두 눈 도리도리, 허리는
늘씬, 꽁지는 묘똑, 좌편 청산 우편 녹수라. 녹수청산의 해굽은 장송 휘늘어진
양류 속 들락날락, 오락가락, 엉거주춤 기는 짐승 분명한 토끼라.

자라는 호랑이에게 놀란 김이라 목을 꽉 움츠리고 넙죽 엎드렸으니 토끼 내려
와 가만히 보더니만,

"야, 이것 두루리 방석 같다. 한번 앉아보자."

왈칵 뛰어 앉아놓으니 자라라 하는 것은 등을 누르면 목이 나오는 것이라 목
이 살그머니 나왔것다. 토끼 깜짝 놀라,

"아따, 이것 봐라. 어떤 놈이 배암을 넣어놓았구나."

자라 못 견디어 궁둥이를 들썩 하니 토끼 빨딱 자빠지며, 후다닥 하다가 자라

와 토끼가 서로 마주쳤것다.

"아이고 코야!"

"아이고 이마빡이야. 여보 초면에 방정맞게 남의 이마는 이리 들이받나?"

"당신 이마보다 복스럽게 생긴 내 코도 다쳤소."

"그것 나무접시 같은 것이 등힘 대단하다. 여보, 당신 명색이 무엇이오?"

별주부 하는 말이,

"나는 수국 전옥공신典獄功臣, 감옥을 담당하던 공신 사대손 별주부 별나리요."

토끼 듣고 대답하되,

"예, 나는 이음양순사시理陰陽順四時, 음양의 이치로 사계절을 순조롭게 만듦하든 예부상서 월퇴달나라 토끼더니 도약주약초로 만든 술 대취大醉하여 장생약 그릇 찧고 적하산중謫下山中, 산속으로 귀양 옴 하오니 별호를 퇴생원이라고 부르오."

자라가 토끼란 말 듣더니 문자를 쓰는디,

"하상견지何相見之 만만무고萬萬無故 불측不測, 이렇게 만나게 되리라고는 전혀 예측하지 못함 비개미똥 방둥이 아들놈의 자식이오."

토끼가 가만히 들어본즉 쬐깐한 것이 문자를 쓰는디 이런 가관이 없지. '내 문자 한마디라도 잘못 썼다가는 나로 하여금 천하 문장들이 멸시를 당할 것이라. 내가 전후좌우 문자 배운 것을 베풀밖에 수가 없지.'

"여보, 내 문자통 굴러가오. 우리가 이리 만나기는 출가외인出嫁外人이요, 여필종부女必從夫요, 이불가독식利不可獨食, 이익은 혼자 차지하지 못함이요, 당구삼년堂狗三年, 서당개 삼년이요, 우이독경牛耳讀經이요, 어동육서魚東肉西, 생선은 동쪽 고기는 서쪽에 놓음, 제사상 차리는 원칙, 좌포우회左脯右膾, 왼쪽에는 포, 오른쪽에는 잘게 저민 회를 놓음, 역시 제사상 차리는 원칙, 분

향재배焚香再拜, 향을 피우고 두 번 절함요, 홍동백서紅東白西, 붉은 과일은 동쪽, 흰 과일은 서쪽에 놓음, 역시 제사상 차리는 원칙, 오류칠五六七 두루 승승이요, 일삼오一三五 대감이요도박판에서 오류칠은 여덟끝이므로 두루 이길 만하고 일삼오는 아홉 끝 갑오이므로 최고라는 뜻, 명기위적明其爲敵, 그 도적질한 것을 분명히 밝힘은 전라감영에, 일구이언一口二言글은 백부지자百父之子, 한입으로 두 말 하는 놈은 아버지가 백 명, 즉 심한 욕임로고."

이놈이 문자를 이리 썼다 저리 썼다 생방정을 떨 적에, 별주부는 토끼를 꾀어 데리고 갈 마음으로 토끼를 추켜대는디,

"잘났다 잘났다 퇴생원 잘났다. 얼굴이 남중 호걸이요, 발맵시가 오입쟁이라. 세상이 몰라서 그렇지 우리 수궁 들어가면 훈련대장은 꼭 되겠다. 잘났다, 잘났다."

달나라에서 장생불사 약그릇을 깨고 쫓겨난 토끼라 그런지 문자가 여간 아닙니다. 온갖 한자어는 다 갖다 붙이는데 제사상 차리는 법부터 도박판 숫자 맞추기까지 안 나오는 것이 없네요. 그런데 도적질한 것을 밝힌다는 말에 전라감영을 붙이는 것은 또 웬일일까요? 아하! 감영에서 도적질 밝힐 때 사용하던 글귀라 갖다 붙였군요. 마지막에는 한입으로 두말하면 아버지가 백 명이랍니다. 그럼 어머니께서 백 명 남자와 붙었다는 이야기니까 무슨 말인지 아시겠지요?

자, 다음에 별주부 할 일이 무엇일까요? 당연히 토끼 속여 용궁으로 데리고 들어가는 거지요. 그래서 이제 별주부의 현란한 말솜씨가 시작됩니다.

8

별주부,
토끼 관상까지 봐두는구나

토끼 제 모양에 감지덕지한 말이나 제 소견도 있는지라,

"어떻기에 내 형용이 곰보다 더 나으며 표범보다 나을 거요?"

별주부가 대답하되,

"곰의 몸이 비록 크나 눈이 적고 털이 덮여 태양정기 부족키로 미련허여 못 쓸 테요. 범이 비록 용맹하나 코 짧고 줄기 없고 납작코라 단명허여 못 쓸 것이나, 선생의 기상을 살펴보니 치세의 능신能臣이요, 난세의 간웅奸雄이라. 눈이 밝고 총명하여 천문지리 다 알 것이며, 몸이 작고 발이 빨라 산도 넘고 물도 뛰어 따라갈 이 없을 테니 첩첩한 저 말솜씨가 소진의 합종중국 춘추전국시대에 합종책을 주장한 인물인지, 가끔가끔 조는 것은 공명제갈공명의 봄잠인지, 생긴 것이 모두 정

신貞臣, 지조가 곧고 바른 신하, 볼수록 모두 구성九城, 모족毛族, 털 난 짐승 중 제일이니 우리 수궁 같으면 장군 같은 저 관상 따라갈 이 뉘 있을까. 그러나 얼마 가지 않아 화망살禍亡煞, 화를 당해 망하거나 죽을 운명이 비쳐 세상에 있고 보면 죽을 지경을 여덟 번 당하겠소."

"어, 그분 초면에 방정맞은 소리를 허시오. 내 모양이 어째서 그렇게 생겼단 말이오?"

"일개 토끼 그대 신세 삼년 가을 다 지내고 대한大寒 추위 설한풍 만학萬壑, 첩첩 쌓인 산골짜기에 눈 쌓이고 천봉千峰, 수많은 산봉우리에 바람이 추워 초목과실 없어질 제 어둑한 바위 밑에 고픈 배 틀어쥐고 발바닥만 할짝할짝 던진 듯이 앉은 거동 초회왕중국 초나라의 마지막 왕으로 훗날 항우에게 죽임을 당한다의 원혼이요, 거의 주려 죽은 토끼 새우등 구부리고 석 달 겨울 겨우 지내 춘삼월에 주린 배 속 채우려고 깊은 계곡 찾고 찾아 이리저리 지낼 적에 골골이 묻힌 건 목달개 음찰기모가지 잡는 덫요, 봉봉이 섰는 건 매 사냥꾼이로다. 목달게 거치게 되면 목졸려 대롱대롱 제사상 고기가 될 것이요, 청천에 떴는 건 토끼 대가리 덮치려고 우그리고 드는 것은 기슭으로 휘어들어 몰이꾼 사냥개 음산골로 기어올라 퍼굿퍼굿 뛰어갈 제 토끼 놀라 호드득 호드득, 짧은 꽁지 샅에 끼고, 큰 구멍에 단내 펄펄, 불변천지 도망할 제, 천만 의외 독수리가 중천에 높이 떴다 날아 내려 앞 막으니 목숨이 아니 죽고 간신히 도망타가, 사오뉴월 여름 되면 당신 신세 더 어떤고. 수풀 짓고 날이 더워 진드기 왕개미 온몸을 참질하니 잡자 해도 손이 없고 두르재도휘두르려 해도 꽁지 없어 볶이다 못 견디어 산 밑으로 내려오니, 사냥꾼 매 놓아라. 해동청 보라매, 북두루미, 빼지공작이, 끈꾸리 방울을 떨쳐 주먹을 박

차고 펄펄 수루루 달려들어 그대 귓전 양발로 당그렇게 조여들어 고부레한 주
둥이로 양미간 골치 대목을 꽉꽉."

"허, 그 양반 방정맞은 소리 말래도 점점 더하네. 그러면 누가 거기 있겠대요?
산 가운데로 들어가지."

"소나무 숨은 포수 오는 토끼 놓치랴. 왜놈조총 화약 덥사슬을 얼른 얹어 반달
같은 방아쇠 고추 같은 불을 얹어 한눈 찡그리고 반만 일어서서 꾸르르르 탕."

"허, 그분 방정맞은 소리 말래도 점점 더 하는군. 그러면 누가 거기 있겠대요.
환한 들로 내리지."

"들로 내리면 나무꾼 목동 아이들이 몽둥이 들어메고 없는 개 부리며 워리 도
둑 쫓는 모양은 선술 먹은 나무꾼이요, 거의 주려 죽을 토끼 층암절벽 석간石間,

동과 돌 사이 틈으로 기운 없이 올라갈 제 짧은 꼬리를 샅에 껴 요리 깡총 조리 깡
총 깡총 접동 뛰놀 제 콧구멍에 쏜내 나고 밑구멍에 조총 놓으니 그 아니 팔난

八難, 여덟 가지 어려움인가?"

토끼가 가만히 듣더니,

"대체 별주부 관상은 잘 보시오?"

"그렇소."

"그럼 이 세상은 그렇다 하거니와 수궁은 어떻소?"

"우리 수궁 홍미야 좋지요. 수궁 풍경 반겨 듣고 가자 하면 마다할 수 없고 가
자 한들 갈 수 없으니 애당초 듣지도 마시오."

"내가 듣고 가자 하면 쇠아들놈이오. 어서 한번 들어봅시다."

이 정도 되면 토끼는 다 넘어온 셈이지요. 별주부는 마지막으로 있는 얘기 없는 얘기 다 붙여서 토끼를 완전히 홀려놓습니다. 완전히 넋을 잃은 토끼, 마지막으로 몇 가지 질문을 늘어놓지요.

속 못 차린 토끼란 놈 가만히 듣고 생각헌 즉, 제 생김새는 무던헌 모양이나 속에 글이 없었으니 수궁에 글 유무有無, 있고 없음를 알리라 하고,
"수국 조신朝臣 중에 문장이 몇이나 되시오?"
"문장 조관 있었으면 영덕전 지을 적에 상량문上樑文, 집을 지을 때 날짜와 좌향, 축원문 등을 적은 글을 못 지어서 지상까지 멀리 나와 여선문을 청했겠소?"
"그럼 수궁에 훌쩍 키 큰 조관은 몇이나 되오?"
"영덕전 상량 할 제 키 큰 조관 뽑는데 내가 상량하였지요."
"아니 그리 큰 수궁에서 나만 한 키도 없단 말이오?"
"토 선생이 들어가면 방풍防風씨바람을 막는 키 큰 나무 들어왔다고 모두 깜짝 놀랄 것이오."

별주부 허풍도 이만저만이 아닌데요. 기둥 위에 상량문을 얹는데 자기가 했다는군요. 그러니 용궁에서는 자기 키가 가장 크다는 말인데, 이 허풍을 들은 토끼, 자기 키에 의기양양합니다. 이렇게 해서 한껏 허파에 바람 들어간 토끼 드디어 수궁에 들어가기로 결심합니다. 그런데 토끼 끌고 가기가 그리 용이한 일은 아니지요. 잘되어가는 일에 갑자기 훼방꾼이 나타나거든요.

여우란 놈,
다 된 밥에 코 빠뜨리려고
하네그려

"여보 별주부. 그러면 내 산중 친구들에게 작별이나 하고 오리다."

주부 힐끗 돌아보며,

"대사는 불모어중不謀於衆, 큰일은 많은 사람과 도모하지 않음이라. 큰일은 여기저기 묻는 법이 아니오. 소견이 각기 달라 가지 말라는 이도 있을 테요. 그 일 장히 좋다 허고 가라는 이도 있으리니 길가에 집짓기란 삼년에도 못 이룬단 말이 있습니다."

"그러면 내 잠깐 아내에게나 말하고 오리다."

"허허. 큰일을 아내와 꾀하다가는 망하는 법이거늘. 아, 수궁 가서 귀하게 된

연후에 쌍가마 보내 모셔 가면 그 얼마나 좋을 일이오.”

“그러면 그냥 갑시다.”

자라는 앞에서 엉금엉금, 토끼는 뒤에서 깡충깡충 먼 길 물가를 내려갈 제 건넛산 바위틈에 여우란 놈이 나앉으며,

“여봐라, 토끼야.”

“왜야.”

“너 어디 가느냐?”

“나 수궁에 벼슬하러 간다.”

“허허. 자식 실없는 놈. 불쌍하구나. 저 퇴공아, 녹녹한 네놈 말을 말려 무엇 허랴마는 옛사람 이르기를 토사호비兎死狐悲, 토끼가 죽으면 여우가 슬퍼함라 하였고 너와 나와 이 산중에 암혈巖穴, 바위에 뚫린 굴에 깃들이고, 숲과 개울에 같이 늙어 비오고 안개 낀 날 발자취 서로 찾어 일시 이별 말잣더니 저 지경이 웬일이냐. 옛일을 모르느냐. 자고로 타국에 벼슬 구하러 갔다 못되면 굶어죽고 잘되면 벼슬하노니 위나라 명장 오기吳起, 중국 전국시대의 명장으로 위魏나라가 전국 칠웅으로 성장하는 데 크게 기여하였다. 그러나 후에 간신배의 모함을 받아 죽임을 당하였다라 허는 사람 초나라에 들어가서 정승이 되었다가 귀척대신이 쳐 죽였고 이사李斯, 진시황을 도와 진나라의 천하통일을 이룬 재상인데 진시황 사후 환관 조고에게 무고를 당해 결국 거리에서 아들과 함께 허리를 잘려 죽었다라 허는 사람 초나라 명필로서 진나라 들어갔다 승상까지 되었더니 함양 땅 가운데서 허리 잘려 죽었더라. 수궁길을 가지 마라.”

토끼가 이 말을 듣더니 뒤로 발딱 자드라지는디,

“자, 별주부. 평안히 가시오. 벼슬허면 죽는다니 객사하러 갈 수야 있소? 내 오

늘 우리 여우 사촌 아니었더면 큰일 날 뻔했소."

별주부 기가 막혀,

"예, 퇴공. 갈라면 잘 가시오. 좋은 친구 두었으니 둘이 가서 잘 지내시오."

돌아서며 혼잣말로,

"호호. 지 복이 아닌 것을 권한다고 될 일인가."

앙금앙금 내려가니 토끼가,

"여보. 복이 없다니 무슨 말이오?"

주부 힐그시 돌아보며,

"여우 저 녀석이 우리 수궁 들어왔을 적에 우리 용왕님께서 타국 짐승이라고 귀히 알았더니, 호조 돈 삼만 냥을 내서 노름판에서 다 잃고 우리 수궁에서 쫓겨난 놈이오. 퇴생원이 우리 수궁 들어가면 제 행실이 드러날까 부득불 말린 것이니 여우 저 녀석 따라가지 마시오. 저 자식이 의뭉하기가 한정 없고, 심술이 보통 놈이 아니오. 저 녀석 따라갔다가는 먹을 데는 제가 가고, 짐포수 목길목 잡고 있는 데는 퇴생원을 보낼 터이니 꾸루루루 탕 하면 퇴생원 영락없이 그 자리서 죽을 테니 부디 조심허시오."

토끼란 놈, 탕 소리에 깜짝 놀라며,

"여보, 거 탕 소리 좀 빼고 말하시오. 탕 소리만 나면 내 새끼발가락이 간질간질해서 못 살것소."

"아, 여보시오. 수궁은 총 없소."

"별주부. 말이 났으니 말이지. 저놈의 심술이 영락없이 그렇소. 내 여우 저 녀석 따라다니다가 죽을 지경 여러 번 당했소. 열 놈이 백 말을 해도 난 따라가

3장
간도
빼줄 듯이
굴더니
〈수궁가〉

겠소."

이렇게 해서 여우의 훼방까지 극복해낸 별주부, 드디어 토끼를 끌고 용궁으로 향하게 됩니다. 그런데 마지막 난관이 남아 있으니 바닷물을 본 토끼가 무서워서 못 들어가겠다고 버티는 겁니다.

자연 비데 하고 나니 개운하구나

물가를 당도한즉 물결이 우루루 출렁하여 노니 토끼가 바라보고,

"저게 모두 물이오?"

"그렇지요."

"저 속에서 사시오?"

"그렇지요."

"콧구멍에 물 들어가 숨이나 쉴 수 있소?"

"그러기에 내 콧구멍은 조그만큼 뚫렸지요."

"내 코는 구멍 크니 어쩐단 말이오?"

"쑥잎 뜯어 막으시오."

"깊기는 얼마나 하오?"

"우리 발목 묻히지요."

"저런 거짓말이 어디 있소. 만일 거기 빠졌거든 한 달을 내려가도 땅에 발이 안 닿것소.

아이고 물 무서워 못가겠다. 저 물이 짜기도 하다는디 한 모금만 마셔놓으면 창자가 녹을 판이라. 수국 들어가서 훈련대장은 고사하고 날더러 용왕 노릇을 하라고 해도 못가겠다."

이놈이 따뜻한 양지쪽에를 찾아가서 그 잘난 얼굴 좋은 반찬 토막 되작거리듯 되작되작하고 귀를 떨고 앉았으니 별주부 기가 막혀,

"야, 이놈아. 벼슬 살러 가자는데 깃발 뒷줄 당기듯 버티며 아니꼬운 꼴 도저히 못 보겠다. 올 테면 오고 말 테면 말아라. 요까진 물이 뭐가 무섭다고.

여보 토생원, 이 물이 모가지밖에 안 차요. 토생원이 들어와봐서 모가지까지 물이 넘으면 산으로 올라가시오."

토끼 그 말 듣고,

"그러면 내가 뒷발을 물에다 넣어봐서 모가지까지 물이 넘으면 산으로 올라 갈라요."

토끼란 놈이 가느다란 회초리를 잡고 뒷발을 물에다 넣고 할랑할랑 물장구를 치니 자라가 생각한즉 이때를 놓쳐서는 토끼를 다시 볼 수 없는지라.

별주부가 비호같이 달려들어 토끼 뒷다리를 앞니로 오도독 물고 뒷발로 헤엄치며 울렁울렁 울렁 깊은 곳으로 들어간다. 토끼가 기가 막혀,

"아이고 별주부야. 나 답답하여 나 죽겠다. 나 똥 좀 누고 오마."

별주부 그 말 듣고,

"이놈아, 그냥 싸거라."

"아이고."

"이놈아, 그냥 싸거라."

"아이고."

"이놈아 물에다 똥 누면 벼락 맞는다."

"밑은 뭘로 닦고?"

"가만히 있으면 물이 찰랑찰랑하여 뒷물까지 곱게 하느니라. 네 이놈 잔말 말 어라. 짠물이 아가리로 들어가면 벙어리가 되느니라. 잔말 말고 내 등에 앉아 서 소상팔경瀟湘八景, 중국 호남성 동정호洞庭湖 남쪽 소수瀟水와 상수湘水가 합류하는 소상瀟湘의 여덟 가 지 아름다운 풍경이나 구경해라."

"여보 나리, 여기 어디 주막 없소?"

"주막은 무엇하게?"

"송곳이나 끌이나 연장 하나 얻어다가 나리 등에 말뚝 박아 손잡이 하옵시다."

"오래 타면 이력이 날 것이다."

그렇저렁 가노라니, 토끼가 이력 나서 무서운 기 하나 없다.

드디어 토끼 자연 비데까지 하면서 용궁으로 향합니다. 한편 용궁으로 향하는 풍 경이 안 나올 리 없지요. 그런데 이 풍경을 그린 부분은 앞서 〈심청가〉에서 본 적 이 있는 〈범피중류〉와 거의 흡사합니다. 이처럼 판소리에서는 이 바탕에 나온 사 설이 다른 바탕에서 다시 쓰이는 경우가 있습니다. 그러니까 판소리는 탄생한 후 바탕 간에 내용을 서로 주고받으면서 점차 더욱 풍요로워졌다고도 볼 수 있지요. 물론 판소리를 부르는 소리꾼이 이 곡에서 배운 부분을 다른 곡에서 어울리는 부분에 반복해서 쓸 수도 있고요. 그리고 바로 그런 판본 사이의 차이가 판소리의 즐거움을 더욱 크게 해주기도 합니다.

각설하고 드디어 별주부와 토끼는 용궁에 도착합니다. 그런데 이때부터 살기 위한 토끼의 놀라운 지혜가 발휘되기 시작하지요. 물론 호랑이에게 물려가도 정신만 차리면 산다는 말처럼 토끼가 죽음을 눈앞에 두고도 포기하지 않고 끝까지 살려고 노력했기 때문일 겁니다.

자, 그럼 용궁에 도착한 토끼 모습을 볼까요.

"아이고 나 토끼 아니오"

한곳을 당도하니 동굴이 있는지라 별주부가 하는 말이,

"여보 토공. 수궁으로 들어갑니다. 눈 감고 귀 막고 입 다물고 코 막으시오."

수르르 들어가니 일색이 명랑하다. 백옥현판에다가 황금대자로 새겼으되 남해수국 영덕전 문이라 뚜렷이 새겼거늘 토끼가 보고 좋아를 한다.

"대체로 좋으오 좋아. 어서 들어가서 하관말직下官末職, 매우 낮은 벼슬아치이라도 시켜주시오."

자라 듣고 하는 말이,

"토생원 여기 계시다가 혹 토끼 잡아들여라 하더라도 놀라지 마시오."

토끼 듣고 깜짝 놀라,

"거 무슨 말씀을 하시오?"

"예, 수궁은 세상과 달라서 세상 같으면 훈련대장 입시하라는 분부시오."

토끼 듣고 고개를 짜우뚱 하더니,

"그렇다니 그런 줄로 알 것이건마는 법인즉 더러운 법이오. 내가 만일 훈련대장만 되면 고놈의 말버르장머리는 쏵 뜯어고치겠소. 어서 들어가시오."

승교군 방석 걸음, 대고 들고 내려와서 수정문 밖 당도하니, 어두귀면魚頭鬼面, 물고기 머리에 귀신 낯짝이라는 뜻으로, 몹시 흉한 얼굴을 이르는 말 여러 군사, 주부 보고 절을 하며,

"평안히 행차하고 토끼 잡아오시나이까?"

주부가 대답하되,

"오, 저것이 토끼니 착실히 맡아두어라."

토끼가 들어본즉, 정녕 탈이 났거든. 군사들과 수작하여,

"당신네는 수궁에서 무슨 벼슬을 해 잡수는가?"

"문 지키는 군사지요."

"수궁에서 무엇 하러 토끼를 잡아왔소?"

"우리 대왕님이 병세가 위중하셔 토끼 간을 잡수어야 회춘을 하시리라, 선관仙官이 지시키로 별주부를 내보내어 잡아오라 하였는데, 당신 속 모르것소. 죽기가 무엇 좋아 고향을 내버리고 예까지 따라왔소?"

토끼가 들어보니 두 수 없이 죽었구나.

그사이 자라가 앙금앙금 기어 들어가서,

"만리 세상에 나갔던 별주부 현신이오."

용왕이 병중에 반겨듣고,

"오, 너 만리 세상을 무사히 갔다 왔으며 우선 토끼는 어찌 되었느냐?"

"예, 신이 천신만고로 토끼 한 놈을 생검生檢, 산 채로 검거하여 궐문 밖에 대령하였나이다."

"오, 충신 충신 거푸 충신이로고. 그러면 바삐 잡어 대령하라."

"예이."

좌우 나졸 금군 영을 듣고 청사홍사 오랏줄을 허리 아래 빗겨 차고 와르르르 내달아 토끼를 둘러쌀 제 진시황 만리장성 쌓듯 산양 싸움 마초 싸듯마초는 삼국

지에 등장하는 인물로 아버지 마등이 조조에게 죽임을 당하자 그 원수를 갚기 위해 장안성을 포위하여 항복을 받아

냈다 겹겹이 둘러싸고 토끼 귀를 꽉 잡으며,

"아이고 이놈이 토끼란다."

토끼, 기가 막혀 사지육신을 벌벌 떨며,

"아이고 나는 토끼 아니오."

"그러면 네가 무엇이냐?"

"내가 개요."

"개 같으면 더욱 좋다. 삼복 달음삼복 더위에 너를 잡아 약개장약으로 먹는 개고기탕도

좋거니와 니 간을 떼어 꼭두탕 데려 먹고 니 가죽 벗겨내어 잘잘모에 깔고 자

면 어혈냉중 혈담에는 만병회춘 명약이라. 이 강아지를 몰아가자."

"아이고 나 개 아니오."

"그러면 니가 무엇이냐?"

"내가 무엇이냐, 내가 송아지요."

"소 같으면 더욱 좋다. 도탄塗炭, 진흙과 숯불에 너를 잡아 두피頭皮, 족足 살찐 다리

양, 회간, 천엽, 콩팥 차이 없이 나눠 먹고 니 뿔 빼어 활도 메고 니 가죽 벗겨

내서 북도 메고 신도 짓고, 네 속에 든 우황 값 중한 약이 되고, 똥오줌은 거름

한다. 버릴 것이 없느니라. 이 송아지를 몰아가자."

"어따 제길헐. 언제 내가 송아지라 하였소? 나 소도 아니오."

"그럼 니가 무엇이냐?"

"가, 가만 있으시오. 생각해갖고 가르쳐줄 테니 좀 놓으시오. 나 망아지 새끼

요."

"말 같으면 더욱 좋다. 선간목先看目 후간족後看足이라먼저 눈을 보고 후에 다리를 봄, 좋은 말을 고르는 방법 요단항장腰短項長, 허리는 짧고 목이 긴 천리마로다. 연인燕人도 오백금에 네 뼈를 사갔는디옛날 중국 연燕나라에서 왕 한 사람이 천리마를 구하려고 애를 쓰고 있었다. 그러자 한 신하가 자신이 천리마를 구해 오겠다며 천 금을 가지고 나갔다. 얼마 후 그 신하는 오백 금을 주고 산 말뼈를 가지고 돌아왔다. 이에 화가 난 왕이 그를 질책하자 그는 "죽은 말뼈를 오백 금을 주고 구했다는 소문이 나면 전국에서 천리마 가진 자들이 더 많은 돈을 받을 거라 여겨 모여들 것입니다" 라고 말했다. 과연 얼마 후 천하의 명마들이 궁으로 모여들었다는 고사성어의 유래 너를 산 채로 잡아다가 대왕전에 바치면 천금 상을 아니 주랴. 들어라."

우 별안간 달려들어 토끼를 결박 지어 빨간한 주장朱杖, 빨간색 몽둥이대로 꼭 찔러 들어 메니 토끼 하릴없이 가운데 대롱대롱 매달리어,

"아이고 별주부야."

"왜야."

"나 탄 것이 무엇이냐?"

"거 수궁 남여藍輿, 위를 덮지 않은 작은 가마라는 것이다."

"어따, 이 제길헐 남여 두 번만 타거드면 옹두리뼈짐승의 정강이에 튀어나온 뼈가 부러지겠구나."

"자, 내 배 얼른 따 보시오"

"영덕전 너른 뜰에 토끼 잡어 대령이오."

용왕이 보시더니,

"야, 그놈 눈구녕 보니 약 되게 생겼다. 여봐라, 토끼 배를 쫙 가르고 간을 끄집어내어 더운 짐에 소금 찍어 두어 점 올려봐라."

분부를 했거든 썩 토끼 배 따고 간 내어 먹었으면 아무 폐단이 없었을 텐데, 일이 그릇되느라고, 타국 짐승이라 귀히 여겨서 말을 한번 시켜보것다.

"토끼 너 듣거라. 짐이 우연히 병이 들어 백약이 무효더니 선의仙衣 도사 문병 후에 니 간이 으뜸이라 하기로 어진 충신 별주부를 보내서 너를 잡아왔으니 너 죽노라 한을 마라. 너 죽은 후에 나무비라도 해 세울 것이고, 네 육신은 안장하여 정월 초하루, 한식, 단오, 추석 제사를 착실히 지내줄 것이니 조금도 죽는 거 한을 말고, 할 말이 있걸랑은 말이나 하고 그냥 죽어라."

토끼란 놈 그제야 죽을 데 들어온 줄 알았구나.

'아뿔싸, 이거 큰일났구나.'

눈을 깜작깜작하더니 한 꾀를 얼른 내어 배를 훨씬 내밀며,

"자, 두말할 것도 없이 내 배 따보시오."

배를 훔씬 내밀며 그저 용왕 앞으로 뿌적뿌적 오면서 배를 따보라고 하니 용
왕이 의심이 나지. 저놈이 배를 떼이지 않으려고 무수히 잔말이 심할 터인데
저리 의심 없이 배를 내민 것이 필유곡절이라.

"무슨 연유인지 말이나 하고 죽어라."

"말할 것도 없고, 소퇴의 배만 착 따보시오."

"어따 이놈아. 말을 해라."

"말하여도 곧이듣지 않을 것이니 어서 따보란 말이오."

"어따 이놈아, 어서 말을 하여라."

용궁에 도착한 토끼가 죽을 곳에 들어온 것을 깨닫고 꾀를 내는 대목인데요. 꾀
를 내는 토끼보다 이렇게 재미있는 이야기를 꾸며낸 작가가 더 대단하게 여겨집
니다.

여하튼 토끼는 이 대목에서 우리가 잘 아는 대로 자기 간이 너무 약효가 뛰어나
세상 병든 사람들이 시시때때로 구하는 탓에 할 수 없이 간을 꺼내어 계수나무 끝
가지에 매달아놓았다고 우기지요.

"이놈 네 말이 당찮은 말이로다. 사람이나 짐승이나 일신의 내장은 다를 바가 없는디, 출입하지 못하는 간을 어찌 내고 들이고 임의로 출입한단 말이냐?"

하고 용왕이 야단을 치지만 토끼 또한 만만치 않습니다.

"대왕이 하나는 알고 둘은 모르는 바이로소이다. 대왕은 어찌하여 꼬리가 저리 기다랗고 소퇴는 어찌하여 꼬리가 요리 묘똑하옵고, 대왕의 몸뚱이는 비늘이 번쩍번쩍허고, 소퇴의 몸뚱이는 털이 요리 송살송살하겠습니까? 까마귀만 봐도 오전 까마귀 쓸개 있고 오후 까마귀 쓸개 없사온데, 만물 날짐승 길짐승이 한가지라고 빽빽 우기니 답답지 아니허오이까?"

정말 까마귀가 오전에는 쓸개가 있고 오후에는 없어지나요? 저는 잘 모르겠는데 토끼 말을 듣고 있으면 그럴듯해집니다.
어찌나 토끼가 그럴듯하게 속여놓았던지 결국에는 용왕도 넘어가고 맙니다.

토끼 녀석,
슬킴에 못하는 말이 없구나

용왕이 생각한즉 저놈을 죽여서는 간을 구해 먹을 수가 없구나.

"네 여봐라. 토생원 하박묶은 걸 풀어줌시켜라."

토끼를 상좌에 앉히더니만,

"여보, 토 선생. 아까 내가 윽박지르고 결박한 것은 토 선생이 훈련대장으로 계시는 동안 만일 전쟁이 일어나면 사생을 회피할까 그 담력을 보느라고 그리 하였으니 용서하시오."

토끼가 속으로는 용왕의 배를 따고 싶지마는,

"예, 그럴 일이오."

토끼를 위하여 술상을 들였는디 기린포로 안주 놓고 앵무잔 유리병에 천일주

한 잔을 졸졸 부어, 용왕이 주인 노릇하느라고 먼저 몇 잔 먹고 토끼에게 술을 권해놓은 것이, 토끼 이 잡것이 물색 모르고 세상 술과 같은 줄 알고 맛보느라고 이삼십 잔, 먹어보느라고 오륙십 잔, 한 칠팔십 잔을 먹어놓은 것이 술이 깜빡 취하는디, 용왕이 보이기를 지렁이 새끼만치도 안 보이고 용왕을 보고 농을 하겠다.

"여보, 용개미. 자네는 수국 대왕이요, 나는 산중 토끼로다. 내가 동의보감을 다 보았어도 토끼 간 약 된단 말은 금시초문이고 배 속에 든 간을 내고 들인단 말도 빨간한 거짓말이지."

토끼 제 손수 깜짝 놀라 아차차. 춘치자명春雉自鳴, 봄에 꿩이 스스로 울음소리를 내 죽음, 즉, 자신의 허물을 스스로 드러내 화를 당한다는 뜻이로고.

술 취한 김에 농담까지 하던 토끼, 술김에도 자기가 한 말이 얼마나 무서운 말인지 알고 깜짝 놀라지요. 다시 정신 차린 토끼, 분위기 전환을 위해 수궁 풍류를 즐기고 싶다고 말합니다. 그러자 수궁의 온갖 풍악이 울리지요. 그 소리에 다시 술기운이 거나해진 토끼, 앞발을 들고 한껏 춤을 춥니다. 그러면서 선녀들 틈에서 놀기까지 하는데요. 토끼 음흉한 속내를 드러냅니다.

"수궁 식구들이 모르니까 그렇지, 내 간은 고사하고 나하고 입 한 번 맞추어도 삼사백 년은 보통 사네."

그 말 들은 선녀들이 곧이듣고 앞 다투어 달려들어 토끼하고 입을 맞춥니다. 그런데, 그 순간 다시 토끼에게 위기가 닥쳐오지요.

이리 한참 노니는디 대장 범치란 놈이 토끼 뒤를 졸졸 따라다니며 들어보니 토끼 배 속에서 뭣이 촐랑촐랑 하는구나.

"토끼 배 속에 간 들어 촐랑거린다."

해놓으니 토끼가 그 자리에 팍 주저앉어 대번 술이 확 깨든 것이었다.

"아, 이놈아. 어디에 간 들었느냐? 이놈이. 빈 배 속에 술잔이나 먹었더니 배 속에 똥덩어리가 떠서 촐랑거린다, 이 시러배 아들놈의 녀석 같으니라고."

토끼 생각한즉 '내가 이러다가는 필연 배를 따고 간을 내겠으니 속인 김에 빨리 나갈 밖에 수가 없다' 하고 대왕전에 들어가,

"대왕 병세 위중하오니 세상에 나가 산중에 있는 간을 가져오겠습니다."

14

별주부,
마지막으로 간곡히 아뢰는데

드디어 토끼 용궁을 무사히 빠져나오기 일보 직전입니다. 그때 토끼를 가로막는
이가 있었으니 바로 별주부였죠. 별주부는 자기가 천신만고 끝에 잡아온 토끼가
무사히 빠져나가게 되면 다시는 토끼 못 잡을 줄 깨닫고 있었습니다. 그래서,

"토끼란 놈 본시 간사하오. 배 속에 달린 간 아니 내고 보내면 초목금수라도
비웃을 터이니, 한 번 놓아서 보낸 토끼 어찌 다시 구하리까? 당장 배를 따보
아 간이 들었으면 좋거니와, 만일 간이 없고 보면 소신의 구족을 멸하여주옵
고, 소신을 능지처참하더라도 여한이 없사오니 당장 배를 따보옵소서"

하고 울음으로 고합니다. 그러나 토끼 또한 만만치 않지요. 지금까지 살아난 토끼가 이 정도 위기를 못 넘기겠습니까?

"이놈 별주부야. 너 나와 무슨 원한 진 것 있느냐? 너 이놈 내 배를 갈라 간이 들었으면 좋거니와, 만일 간이 없고 보면 불쌍한 내 목숨 너의 나라 원귀되어 너의 용왕 백년 살 것 하루도 못 살 터이고, 너희 수국 만조백관을 한날한시에 모두 다 몰살시키리라. 아나 엿다 배 갈라라, 아나 엿다 배갈라라. 아나 엿다 배갈라라. 똥밖에는 든 것 없다."

토끼 외치는 소리에 용왕도 더 이상 어쩔 수 없었죠.

"네 이놈들, 다시 토공을 해치는 자가 있으면 어망살물고기를 잡으려고 사람들이 처놓은 그물 앞으로 이놈들 유배를 보내리라."

고기 잡는 그물 앞으로 유배 보내겠다는 용왕님 말씀에 그 누구도 반기를 들지 못하고 드디어 토끼는 별주부 등에 업힌 채 다시 지상으로 나오게 됩니다. 그리고 땅에 닿자마자 깡총 뛰어 "살았네, 살았어" 하며 신나게 달리지요.
이 모습을 본 별주부 하릴없어 이렇게 말합니다.

"아 여보 토생원. 간 가져온다더니 같이 갑시다."
토끼란 놈이 별주부 낯바닥을 물끄러미 쳐다보더니,

"에 이 시러배 아들놈 같으니라고. 이놈아, 간 떼어주면 나 죽으라고?"

이놈이 돌아서며 욕을 허는디,

"제기를 붙고 발기를 갈제길헐과 찢어발기다를 다르게 표현한 말 녀석아. 배 속에 달린 간을 어찌 내고 들인단 말이냐? 미련터라 미련터라 너희 용왕이 미련하더라. 너희 용왕 같았으면 영락없이 내가 죽었을 걸. 내 밑구멍이 셋이 되어 너희 용왕을 속이고 내 살았다. 나 돌아간다. 나 돌아간다. 백운청산으로 나 돌아간다."

토끼가 올라가다가 생각한즉 '육지 있는 나를 꾀어서 수궁으로 데리고 가서 배 딸라고 하던 일을 생각하면 자라를 그저 보내기는 원통하구나. 얼른 한 꾀를 생각하고,

"야, 별주부야. 네가 나를 꾀어가지고 수궁으로 들어가서 배 따가지고 간 내서 너희 용왕께 먹으려고 하던 일을 생각하면 내가 너를 바윗돌에다 탁 부딪쳐 죽일 것이로되 네가 나를 업고 수로로 왕래를 하였으니 차마 못 죽이고 저 나뭇가지에 간이 모두 달렸다. 내가 목을 얽어서 집어 던질 테니까 너는 간만 잡고 내려져라."

자라가 바라본즉 맹감나무에 맹감송이가 빨간 게 달렸으니 그것을 간으로 보았던 모양이라. 용왕을 생각하여 죽기를 두려워하랴.

"아나 목을 걸어라."

내미니 토끼가 올가미를 만들어 자라 목을 얽어가지고 빙빙 돌리다가 휙 집어 내버려놓은 것이 다른 나뭇가지에 가 척 걸치더니 빙빙 도는구나. 토끼가 바라보고,

"저 자식이 춘향이 추천그네를 탐하는 것을 언제 보았는고. 네 이놈 니가 나를 꾀

어가지고 수궁으로 데리고 가서 배 따고 간 내어 너희 용왕께 처먹이라고 했지. 나는 너를 산신제를 지내는 것이니 빳빳이 말려 죽어버려라. 그리고 니가 혹 살아가면 너희 용왕께 대접을 잘 받아서 내가 그냥 있을 수가 있나. 약 화제和劑, 처방전를 하나 내줄 테니 이 약 이름은 감미급살탕이라는 것이다. 비상 서 돈중 하고 청강수 두 돈중 하고 부자 서 말 하고 병아리 눈물 두 홉 하고 한데 넣고 복쟁이복어 가루를 닷 말만 장만하여 다리는데 번갯불에다 얼른 다려 우무 수건으로 불끈 짜서 너희 용왕께 처먹이면 약그릇 뚝 따면서 죽든지 살든지 결판이 날 것이다.

아, 또 너희 수국에 암자라 많더구나. 이 녀석아, 하루 일천오백 마리씩 석 달 열흘만 다려 먹이고 복쟁이 쓸개 천 석을 만들어서 양일간에 다 먹여라. 안 먹을라고 해도 어쨌든지 다 먹여라. 나 돌아간다."

토끼 이 녀석 용왕에 대한 분노가 하늘을 찌르는군요. 비상, 청강수, 부자 모두 많이 먹으면 죽는 약재인데 게다가 복어 가루까지. 그런데 다른 판본에 따르면 이때 토끼가 전해준 약방문이 또 있습니다. 가미허랑탕이라는 것인데 뜻은 허무맹랑한 것에 뭔가를 더했다는 것이니 그 약 안 먹어보아도 알 만합니다. 여하튼 가미허랑탕은 두꺼비 쓸개 열 보, 빈대 오줌 한 그릇, 새 새끼 발톱 서 되, 병아리 왼쪽 눈 눈물 한 그릇, 벼룩 간 다섯 보, 하루살이 염통 서른 개를 흰구름 단지에 은하수 물을 붓고 번갯불에 다려 거름 거르는 수건으로 짜서 먹이는 것이죠. 이거나 저거나 구하기 어렵고 먹으면 즉사할 것은 똑같군요.

게다가, 자라 암놈을 하루 천오백 마리씩 백 일간 다려 먹어라? 며칠 안 가 자라는 멸종되겠군요. 그러니 별주부에 대한 분노가 얼마나 큰 것인가요?

여하튼 별주부는 예상대로 토끼 놓치고 하릴없이 남게 되었습니다그려.

그런데 이렇게 날치는 토끼의 앞날이 그리 순탄치만은 않겠지요?

삼년 묵은
도토리 방구 냄새 맡아 보겠나요?

그때에 토끼가 한참 노는디 판판한 잔디밭으로 갔으면 좋았을걸, 살았다고 좋아라고 산태백이로 올라가다 뒷발이 쪽 미끄러져 대굴대굴 굴러서 나무꾼들이 토끼를 잡으려고 명주 그물을 딱 쳐놨는디 그 위에 가 덜컥 떨어져 휘휘 감겨 대랑대랑,

"아이고 이제는 죽었구나. 내가 수궁에서 죽었더라면 동지, 정월, 단오, 추석, 사해 명절이나 얻어먹을 것을, 무단이 나왔다가 몹쓸 나무꾼놈의 입에다 구워 먹고 지져먹고 볶아먹게 생겼구나."

한참 우는디 어느새 쉬파리란 놈이 냄새를 맡고 윙, 하고 오더니만 토끼를 보고,

"너 이놈, 잘 걸렸다."

토끼 반겨보고,

"아이고 쉬랑청낭청은 조선 시대에 정삼품 이하 모든 관리를 부르는 칭호 형님. 나 좀 살려주시오."

쉬파리 하는 말이,

"니가 수국 들어가서 병든 용왕은 속였지만 사람은 못 속인다."

"여 하여튼간 내 몸에다 쉬나 좀 싸주오."

"그래라."

쉬파리 수만 마리가 달려들어 쉬를 하얗게 실어놨지. 토끼란 놈은 쉬 한 짐 짊어지고 눈을 지그시 감고 죽은 듯이 매달렸지. 그때에 먼 산 나무꾼들이 나무를 하러 올라오더니 나무 한 짐씩을 짊어지고 나무 바탕에 와 쉬더니 구럭새끼를 드물게 떠서 만든 물건 또는 망태기 풀어놓고 점심을 먹으려다,

"여봐라, 꼬마동아. 우리가 토끼 잡을라고 그물을 쳐놓은 지가 보름도 넘었다. 뭐 치었나 가봐라."

꼬마란 놈이 올라오더니,

"토끼가 치었소."

해놓은 것이 초군樵軍, 나무꾼의 한자어들이 우 몰려와서 그 동네서도 제일 건방진 나무꾼이 달려들어 토끼를 쑥 빼가지고 한참 보다가,

"오마 이거 썩었네요. 친 지가 오래로구나. 쉬가 바글바글 실었는디. 좋은 거 썩었네."

한 놈이 있다,

"요새는 고기가 좀 썩은 듯해야 맛있느니라. 그냥 구워라, 먹고 가자."

토끼가 속으로 저런 배땅 놈이 있나. 한 놈이 있다 하는 말이,

"썩은 고기 먹었다가는 배탈 나니까 내버려라 내버려."

또 한 놈이 있다,

"기왕에 버리려면 냄새나 맡고 버려라."

이놈이 냄새를 맡으려면 토끼 대그빡머리에 대고 맡는 것이 아니라 토끼 똥구

멍에다 대고 맡아놓은 것이 토끼가 살려고 그랬던지 어째 그랬던지 삼 년 묵

은 도토리 방귀를 스르르 뀌어놓으니 저놈이 코를 딱 거머쥐고,

"허허, 토끼 썩은 냄새가 구렁이 썩는 냄새가 난다. 위따."

하고 쫙 집어 내던져놓으니, 토끼가 저 건너가 오똑 서서 쉬를 털털 털며,

"야, 이놈들아. 죽기는 내가 왜 죽어. 너희 제삿밥 얻어먹고 내가 죽을란다."

16

병아리 새끼,
꿩 새끼 줄줄이 나오는
도깨비방망이

요리로 깡충 조리로 깡충 노니는디, 어디서 우 하더니마는 검정독수리란 놈이
키만 한 날개를 쭉 펼치고 날아와서 토끼 귀를 반짝 추켜들고 공중으로 훨훨
날아가는구나. 토끼란 놈 바라보고,

"워매, 이제는 참 죽었네."

얼른 한 꾀를 생각하고,

"아이고 원통해라."

독수리 내려다보며,

"네 이놈, 내 입으로 네 눈구녕을 팍팍 찍어놓을 것인디 금방 죽을 놈이 뭣이

원통하다고 하냐?"

"아이고 장군님, 들으시오. 내가 요 전날 수궁을 들어갔더니 수궁용왕이 나를 이뻐라고 사위를 삼습다. 그래서 도깨비방망이 하나를 주는디 칠칠은 사십구 마흔아홉 구녕이 뚫렸지라우."

이놈이 독수리 회간 뒤집어지는 소리만 하는디,

"한 구녕을 탁 치면서 병아리 새끼 꿩 새끼 나오너라, 하면 병아리 새끼 꿩 새끼가 우수수 솟아나고, 또 한 구녕을 탁 치면서 생선 고기 나오너라, 하면 바다 생선 민물 생선 돼지 새끼 순대국이 우루루루 솟아나는데, 그것을 한 번도 써먹지 못하고 저 건너 바위 틈새기에다 숨겨놓고 죽을 일을 생각하니 아까워서 웁니다."

독수리란 놈 듣고서,

"그러면 내가 너를 살려줄 것이니 그 방망이 나를 주라."

"장군님께서 나를 살려준다면 드리고 말고요."

"어디냐? 가자."

"저 건넛산 바위가 많은 데요."

독수리가 토끼를 소주병 들 듯 훨훨 날아가니 바위 틈새기 하나 있는지라. 토끼란 놈 하는 말이,

"장군님께서 내 발목만 거머쥐고 계시며는 내가 방망이를 빼서 어깨 너머로 넘길 테니 장군님은 방망이만 가지고 가십시오."

"오냐, 그리 해라."

이 멍청한 독수리가 토끼 뒷발목을 잡고 있는디, 토끼가 들어가며,

"조금만 놓으시오."

"그래라."

하다가 뒷발로 토끼가 탁 치고 쏙 빠져들어가 휙 돌아앉더니,

"네 이놈 독수리야, 도깨비방망이가 바로 이것이다."

이놈이 시조 한 장을 부르는디,

"동창이 밝았느냐."

독수리가,

"네 이놈, 시장하다. 나오너라."

"독수리야 이놈, 못 나간다. 날아가거라."

"네 이놈, 내 발 들어가면 네 해골 부서진다."

"오냐, 발만 들어오너라. 돌막으로 네 발을 쫙 죄겨놓을 것이다."

"네 이놈 생전 안 나오나 보자."

"오냐, 나는 인제 연만年滿, 나이가 매우 많음하시니 문밖출입은 안 할란다. 집 안에서 손자새끼나 보며 소일할란다. 날아가거라, 이놈아."

독수리 하릴없어 훨훨 날아가니 토끼란 놈 거동 보소. 굴에서 나오더니 아들딸 앞세우고 그 산 광야 넓은 곳에 금잔디 좌르르르 깔린 데 이리 뛰고 저리 뛰니 그 뒤야 뉘 알소냐, 더질더질.

이렇게 해서 토끼 녀석 죽을 고비를 여러 번 넘기고 손자새끼 보면서 평안한 노후를 보내게 되었을까요? 그럴 턱이 없지요. 독수리 날아가자마자 토끼 다시 산속을 헤매면서 다니니 언젠가 나무꾼 덫에 다시 걸렸을지 안 걸리고 천수를 다했는지

는 아무도 모릅니다.

그렇다면 별주부는 어떻게 되었고, 용왕은 또 어찌 되었을까요?

하릴없게 된 별주부 그저 수궁으로 들어가 용왕의 임종을 했다는 판본도 있는가 하면, 별주부를 가여이 여긴 신선이 약을 전해주어 이를 가지고 가 용왕의 목숨을 구했다는 판본도 있습니다. 더욱 놀라운 판본도 있는데, 판소리를 처음으로 기록해 전해준 신재효 선생의 판본을 보면 이렇게 기록되어 있습니다.

"네 이놈 자라야. 네 죄목을 의론하면 죽음밖에 도리가 없을 만큼 괘씸하다. 용왕의 의사생각 있기 나같이 총명하고, 나의 구변말솜씨 없기 용왕같이 미련터면 아까운 이내 목숨 수중원혼 되었구나. 동래박의 책을 보니, 짐승의 미련하기 물고기 같다 하되, 인간의 미련하기 짐승보다 더하더라. 오장에 붙은 간을 어찌 내고 들이고 하것느냐. 네 소행 생각하면 산중에 붙잡아다 우리 동무 다 모아서 잔치를 배설하고, 네놈을 푹 삶아서 백소주 안주감, 초장 찍어 먹을 터이나, 만경창해 네 등으로 왕래하니 사지동고死地同苦, 죽을 곳에서 고생을 함께 함하였기에 목숨 살려 보내주니 그리 알고 돌아가되, 좋은 약 보내기로, 네 왕에게 허락하니 점잖은 내 도리에 어찌 헛소리 하것느냐. 나의 똥이 장히 좋아 청열淸熱, 열을 내리는 것을 한다 하고, 사람들이 주워다가 병든 아이들 먹이느니 네 왕의 두 눈망울, 열기가 과하더라. 갖다가 먹였으면 병이 곧 나으리라."

철환똥을 많이 누워 칡잎에 단단히 싸 자라 등에 올려놓고 칡으로 감아주니, 주부가 짊어지고 수궁으로 가는구나.

주부는 수궁에 들어가서 용왕이 토분토끼 똥 먹고 병이 나아 충신 되고, 토끼는 신선 따라 월궁月宮으로 올라가서 여태까지 도약搗藥, 환약 재료를 골고루 섞어 반죽을 한 후 찧어 부드럽게 하는 일하니, 자라와 토끼란 게 동시 미물로서 장한 충성 많은 의사 사람과 같은 고로, 타령을 만들어서 세상에 유전하니 사람이라 명색하고 토별만 못하면 그 아니 무색한가. 부디부디 조심하오.

그러니까 토끼가 놀림으로 철환똥, 즉 쇠구슬 같은 똥을 싸서 주었는데, 그것이 정말 약이 되어 용왕의 병이 나았다는 말이네요. 게다가 토끼 또한 월궁月宮, 즉 달나라로 가서 오늘날까지 약을 찧고 있다는 말이니, 예로부터 전해오는 달나라 토끼가 방아 찧는다는 말이 여기서 나온 건지, 아니면 옛날이야기를 〈수궁가〉에 신재효 선생이 써 먹은 건지 잘 모르겠습니다.
여하튼 이렇게 해서 우리의 〈수궁가〉도 즐겁게 막을 내립니다, 더질더질.

4창 휘모리

흥보가 기가 막혀

흥보가

놀보 심보야
다 아는 사실이지요

〈흥보가〉 또한 〈수궁가〉에 버금가는 해학과, 정신을 쏙 빼놓을 정도로 다양한 문화와 풍속이 줄줄이 흘러나오는 우리 예술의 정수입니다.

줄거리야 다 알 테고, 더욱이 〈흥보가〉는 판본이 다른 판소리에 비해 적습니다. 그러니까 흥보가 놀보에게 쫓겨나고 제비 다리 고쳐주고 놀보는 벌 받고 흥보는 상 받고 함께 잘 먹고 잘살았다는 내용에서 크게 벗어나는 판본이 없다는 것이죠. 반면에 앞서 살펴본 〈심청가〉 〈수궁가〉 〈춘향가〉는, 물론 큰 줄거리에서는 다르지 않지만 작은 줄거리에서는 조금씩 다른 부분이 있는 게 사실입니다. 그러니까 어떤 소리꾼의 소리를 들었느냐에 따라 변 사또가 벌을 받았다고 알 수도 있고 벌을 받지 않고 그에게 선정을 베풀게 되었다고 기억할 수도 있다는 것이죠. 그러나

〈흥보가〉는 판본에 따른 차이가 거의 없습니다.

〈흥보가〉에서 가장 먼저 우리 귀를 쫑긋거리게 만드는 것은 바로 놀보 심술 대목이지요. 판소리 다섯 바탕에 등장하는 인물 가운데 가장 심술꾸러기는 역시 놀보입니다. 물론 〈심청가〉에 등장하는 뺑덕어멈도 그에 못지않지만 말이지요. 그럼 남녀를 대표하는 두 심술꾸러기 가운데 누가 더 심한가 한번 살펴보기로 하지요.

놀보 심사 볼작시면, 대장군방大將軍方, 대장군을 배출할 방위 벌목하고, 삼살방三煞方, 세 가지 좋지 않은 일이 발생할 불길한 방위에 집짓기와, 오귀방五鬼方, 불길한 방위에 이사 권코, 계골計骨, 묘를 이장할 때 뼈를 세는 것할 제 뼈 감추며, 동네 주산 팔아먹고, 남의 선산에 투장偸葬, 남의 산이나 묏자리에 몰래 자기 집안의 묘를 쓰는 일하기, 지관 보면 패철佩鐵, 지관이 땅을 고를 때 사용하는 지남철 깨고, 초상난 집 춤추기와 불난 데 부채질, 애 밴 부인은 배퉁이 차고 오대 독자 불알 까고, 혼대사婚大事, 혼인에 패싸움질, 다 된 혼인 바람 넣기, 장에 가면 억매 흥정터무니없는 가격으로 억지로 하는 흥정, 외상 술값 억지 쓰기, 미나리꽝미나리를 심는 논에 소 몰아넣기, 고추밭에서 말달리며, 애호박에 말뚝 박고, 늙은 호박에 똥칠하고, 맺은 호박 덩굴 끊고, 채소밭에 물똥 싸고, 수박밭에 외손질날치기과, 남의 노적露積, 곡식 따위를 한데에 수북이 쌓음에 불 지르고, 가뭄 농사 물꼬 베기, 장마 논에 물꼬 막고, 다 팬 곡식 모 뽑기, 똥 누는 놈은 주저앉히고, 우는 아이는 똥 먹이고, 길 가운데 허방땅바닥이 움푹 패어 빠지기 쉬운 구덩이 놓고, 풍류허는 데 나팔 불기, 술잔 든 놈 멱살 잡고, 소경 보면 인도하여 개천에다 밀어 넣고, 길 가는 과객 양반 재울 듯이 붙잡았다 해 지면 내쫓고, 옹기 짐에 작대기 차고, 장독간에 돌 던지기, 고무도적의 끝돈 먹기와 마른 항문 생짜로 하기, 앉는 이는 다리 걸고, 이 아픈 놈 뺨치고, 배 앓는 놈은 간질이고, 의원 보면 침 도적질, 모자 위에 돌 던지고, 다담상茶啖床, 손님을 대접하기 위하여 음식을 차린 상에 흙 퍼 붓고, 제주祭酒, 제사에 쓰는 술병에는 개똥 넣고, 뱀술병에 비상 넣기, 된장 그릇에 똥 싸기와 간장그릇에 오줌 싸기, 새 망건 편자 끊고, 새 갓 보면 땀대 떼고, 궁한 양반 관을 찢고, 걸인 보면 자루 찢기, 짚신 보면 앞총 끊고, 우는 아기는 집어 뜯고, 앉은뱅이는 태견하고, 곱사등이는 뒤집어놓고 다듬잇돌로 눌러놓고, 절름발이에 딴죽 치며, 엎어진 놈 꼭지 치기, 닫는 놈 앞장 치고, 수절 과부 모함하고, 물 인 계집 입 맞추고, 여승 보면 겁탈하고, 상여 맨 놈 형문 치기죄인의 정강이를 때리며 캐묻던 일, 만만한 놈 뺨 치기와 고단한 놈 험담하기, 기생 보면 코 물어뜯고, 일 년 머슴 외상 새경머슴이 주인에게서 한 해 동안 일한 대가로 받는 돈이나 물건, 농사 지어서 추수허면 옷을 벗겨 쫓아내기, 이웃집 늙은이가 곤히 잠들었을 제 홀떡 벗겨진 이마를 대꼭지로 탁 때리고 먼산 보고 웃음 웃네. 이렇듯 날이 새면 행악질모질고 나쁜 행동을 하는 짓, 밤이 들면 도둑질을 평생에 일삼으니, 제 어미 붙을 놈이 삼강을 아느냐, 오륜을 아느냐, 굳기가 돌덩이요, 욕심이 족제비라, 네모 난 소로小欐, 접시받침로 이마를 비벼도 진물 한 점 아니 나고, 대장의 불집게로 불알을 꽉 집어도 눈도 아니 깜짝인다.

대장군방, 삼살방, 오귀방은 모두 좋지 않고 불길한 방위로 이런 방향에서는 무슨 일을 하지 않는 게 좋지요. 바로 그런 방위만 찾아 일을 권하니 놀보도 꽤나 풍수지리에 능했나봅니다.

그런데 혹시 '제 어미 붙을 놈'이란 말의 뜻을 아시나요? 저는 잘 모르겠는데요.

261

4장
흥보가
기가 막혀
〈흥보가〉

여하튼 이 정도 되니 소리꾼 말대로 삼강오륜을 알 리는 전혀 없지요.

그렇다면 하나밖에 없는 형제인 아우 흥보는 어떨까요?

부모에게 효도하고, 어른에게 공경하며, 이웃 간에 화목하고, 친구에게 신의 있어, 굶어서 죽게 된 사람 먹던 밥 덜어주고, 얼어서 병든 사람 입었던 옷 벗어주기, 늙은이 짊어진 짐 자청하여 져다주고, 장마 때 큰 물가에 삯 안 받고 건너주기, 남의 집에 불이 나면 세간 지켜주고, 길에 보물이 빠졌으면 지켜 섰다 임자 주기, 청산에서 백골 보면 깊이 파고 묻어주며, 수절과부 보쌈하면 쫓아가서 빼어놓기, 어진 사람 모함하면 대신 나서 발명發明, 죄나 잘못이 없음을 말하여 밝히고, 애잔몹시 가련하고 약함한 놈 횡액橫厄, 뜻밖에 닥친 불행 보면 달려들어 구원하기, 길 잃은 어린아이 저의 부모 찾아주고, 주막에서 병든 사람 본가에 기별하기, 남의 일만 하느라고 한 푼 돈도 못 버니, 놀보 오죽 미워하랴.

한 푼 돈을 벌기는커녕 형 놀보가 일 좀 하려면 가서 훼방을 놓겠군요. 그러니 형에게 미움을 사는 것은 당연지사. 결국 흥보는 놀보에게 쫓겨나고 맙니다.

262

세상에서
가장
재미있는
소리·판

다 부둑한데
오직 자식만 풍둑하구나

"네 이놈 흥보야. 말 들어라. 사람이라 하는 것이 믿는 데가 있으면 아무 일도 안 된다. 너도 나이 장성하여 계집 자식이 있는 놈이, 사람 생애 어려운 줄은 조금도 모르면서 늙어가는 형 하나만 바라보고 집 안에서 헐일 없이 되뚱되뚱 슬슬 돌아다니는 게 내 눈궁둥이가 시어 못 보겠다. 부모양친 생존시에 너와 나와 형제라도 똑같이 기르던 일을 너도 응당 알 터이라. 우리 부모 야속허여 나는 집안 장손이라 선영先塋, 선산을 맡기면서 글도 한 자 안 가르치고 주야로 일만 시켜 소 부리듯 부려먹고, 네놈은 차손次孫, 둘째이라 내리사랑 더하다고 당초 일은 안 시키고 주야로 글만 읽혀 호의호식 허던 일을 내 오늘 생각허니 원통허기 그지없다. 네놈은 부모 때에 세도를 허였으니 나도 이제는 기를 펴고 세도 좀 해볼란다. 이 집안 살림살이 내가 말끔 장만했고 논과 밭과 수만 두락 내 혼자 장만허여 네놈 좋은 일 못허겄다. 내놈의 권속들이 여태까지 먹은 것을 값을 쳐 받을 테지만 그는 다 못할망정 더 먹이든 않을 테니 오늘은 네 처자를 모두 다 앞세우고 당장 집에서 떠나거라. 너 내 성질 알지? 썩 나가거라."

흥보가 기가 막혀,

"아이고 형님, 별안간 나가라 허니 이 엄동설한에 지리산으로 가오리까, 백이숙제 주려죽던 수양산으로 가오리까?"

"오냐, 너 갈 데 있다. 너 갈 데가 많은지라. 산중 땅 무인지경 동리 앞을 지나며는 물방앗간이 제격이요, 그렇지 못하며는 도방道傍, 길가으로 찾아가 네 자식새끼들은 생선 엮기를 가르치고, 네 처가 믿지 않으니 기생같이 곱게 꾸며 색주가라 이름을 지어 술집을 차리게 되면 근방 건달들이 구름같이 모여들어 매 기돈농사일을 해주고 받는 품삯을 잡을 것이오, 널랑은 뒷방에서 노름방을 차려놓고 세 좋은 투전關牋, 골패, 장기, 바둑, 윷방석을 좌르르르 펴놓고 투전 공, 불공, 낱낱이 떼어먹고, 네 처는 웃음 한 번이면 호기 있는 노름꾼들 서로 보기를 원하여 물 쓰듯 돈 쓸 테니 이삼 년만 그리 하면 거부 장자가 될 것이다."

아무리 놀보라고 해도 너무하네요. 제수씨보고 술집 차려 기생 노릇 하라고 하질 않나, 하나밖에 없는 아우보고는 노름판을 차려놓고 고리대금업을 하거나 노름 돈 갈취하라고 이르고 있으니 말입니다.

여하튼 이렇게 해서 흥보네는 쫓겨나고 맙니다.

그렇다면 쫓겨난 흥보, 어떻게 살아갈까요?

불쌍한 홍보댁이 부자 며느리로 먼 길을 걸어보았겠나. 어린 자식 업고 안고 울며불며 따라갈 제, 아무리 시장하나 밥 줄 사람 뉘 있으며, 밤이 점점 깊어간들 잠 잘 집이 어디 있나. 저물도록 빳빳이 굶고 풀밭에서 자고 나니 죽을밖에 수가 없어, 염치가 차차 없어가네. 이곳저곳 빌어먹어 한두 달이 지나가니 발바닥이 단단하여 부르틀 법 아예 없고, 낯가죽이 두꺼워져 부끄러움 하나 없네. 일년 이년 넘어가니 빌어먹기 수가 터져 홍보는 읍내에 가면 객사客舍, 각 고을에 설치하여 외국 사신이나 다른 곳에서 온 벼슬아치를 대접하고 묵게 하던 숙소에나 사정射亭, 활을 쏘던 터에 세운 정자에나 좌기坐起, 관아의 으뜸 벼슬에 있던 이가 출근하여 일을 시작는 것인데 여기서는 홍보가 자리를 잡고 주인 행세를 하는 것을 빗대어 이른 표현를 높이 하고, 외촌자신이 살지 않는 마을을 갈 양이면 물방아 집이든지 당산 정자 밑에든지 사처舍處, 머물 곳를 정하고서 어린것을 옆에 놓고 긴 담뱃대 붙여 물고 솥솔솔 안을 닦아 내는 데 쓰는 솔을 매든지 또아리를 겯든지, 냇가나 방죽이 가까우면 낚시질을 앉아 할 제, 홍보 마누라는 어린것을 등에 붙여 새끼로 꽉 동이고 바가지엔 밥을 빌고 호박잎에 건건이반찬 얻어 허위허위 찾아오면, 염치없는 홍보 소견에 가장 노릇 하느라고, 가속아내이 늦게 왔다고 짚었던 지팡이로 매질도 하여보고, 입에 맞는 반찬 없다 앉았던 물방아 집에 불도 놓아보려 하고, 별수를 매양 부려, 하루는 이 식구가 양달쪽에 늘어앉아 헌 옷에 이 잡으며 홍보가 하는 말이, "우리 신세 이리 되어 이왕 빌어먹을 바에야 전곡이 많은 데로 가볼밖에 수 없으니, 포구 도방道傍, 길가 찾아가세."

생각할수록 홍보라는 사람 한심하네요. 이 글 읽기 전에는 놀보보다 홍보다, 하는

생각이었는데, 이쯤 되니 그런 생각이 싸악 사라지네요. 그 상황에서 가장 노릇이
라니요. 게다가 반찬이 안 좋다고 곁방살이 하는 물방아간에 불을 지르려고까지?
하기야 날이 갈수록 얼굴 두께가 두꺼워져 남들 활 쏘는 사정射亭에 가서 주인 행
세 하며 앉아 있는 정도니 말해 무엇 하겠습니까?
그런데 아무리 어렵게 살아도 흥보네 풍족한 게 하나 있으니 바로 자식입니다. 이
쯤 되면 흥보 내외 금슬 좋다고 칭찬을 해야 할지 속없는 사람이라고 비난을 해야
할지 잘 모르겠습니다.

흥보 내외 금슬이 좋아 자식을 풀풀이 낳는디 일 년에 꼭꼭 한 배씩을 낳는디
의례 쌍둥이요, 간혹 셋씩도 낳고 내외간에 서로 보고 웃음만 웃어도 그냥 애
가 들어서 그럭저럭 주어 보태놓은 자식들이 깜부기병에 걸려 검게 변한 이삭 없이 꼭
아들만 스물아홉을 조롯이 낳았것다. 이놈들을 제대로 작명할 수도 없고 그냥
아무렇게나 불러보는데 갑실이, 을실이, 병실이, 정실이, 무실이, 기실이, 경실
이, 신실이, 임실이, 계실이, 자실이, 축실이, 인실이, 묘실이, 진실이, 사실이,
오실이, 미실이, 신실이, 유실이, 술실이, 해실이, 아롱이, 다롱이, 검둥이, 노랭
이, 복실이, 발발이, 떨렁이. 이렇듯 불러놓으니 처음에는 천간지지天干地支로나
그럴 듯하더니 나중에 보니 말끔 강아지 항렬이 되었던 것이었다.
흥보가 그 많은 자식들에 의복을 어떻게 해 입힐 수 없는지라, 부잣집을 찾아
가서 새 짚을 얻어다가 멍석을 겨를 적에 자식들을 앉혀놓고 목이 나고 들 만
하게 겨루어 죄수 칼 씌우듯 후닥닥 씌어놓으니 몸뚱이는 간 곳 없고 머리만
메주덩이 멍석 위에 얹은 듯하여 간지러워 볼 수 없고, 한 놈이 똥 마려우면 저

만 빠져나가면 되는 것을 이놈들이 미련허여 뭇놈이 다 나갈 제, 키가 작은 놈
은 발이 땅에 안 닿으니 육성으로 "목 매달려 나 죽는다. 밥을 며칠씩 굶은 놈
들이 뭘 처먹고 똥 눈다고 날 못살게 허느냐." 개자식 놈, 쇠자식 놈, 똥 누는
놈이 욕을 먹고, 그중에 짓궂은 놈 옆에 놈을 집어 뜯고 정색허고 앉았으면 누
가 한 줄 몰라 쓰러잡고 욕설을 허는구나. 날이 차차 해동허여 뭇놈들이 멍석
벗고 밖에 나와 양지에서 나앉으니 아궁이에 자고 난 듯 불고양이 모양이요,
한데 엉켜 노는 것은 고양이 떼 도야지 떼 모양이라.

천간지지 모르는 분 없죠? 십간십이지十干十二支 말입니다. 그런데 이걸 다 쓰고 외
우는 분은 흔치 않을 터인데 이참에 한번 외워 보시지요. 흥보 아들놈들 이름도
외우고 십간십이지도 외우고 일석이조 아닌가요?
십간은 갑甲, 을乙, 병丙, 정丁, 무戊, 기己, 경庚, 신辛, 임壬, 계癸
십이지는 자子, 축丑, 인寅, 묘卯, 진辰, 사巳, 오午, 미未, 신申, 유酉, 술戌, 해亥
이때 조심해야 할 것은 양쪽에 다 들어 있는 신자입니다. 십간의 신辛은 우리가
'매울 신'으로 알고 있는 글자요, 십이지의 신申은 '원숭이띠'를 가리키는 신자입
니다.
그런데 사실 그 뒤 사설이 더 재미있습니다. 십간십이지로 돌림자를 한 다음에는
강아지 이름으로 돌림자를 했잖아요. 그래서 강아지 항렬이 되었다는군요. 항렬行
列은 갈 '행' 자를 쓰고 '항'으로 읽는데, 형제자매 사이는 같은 항렬을 쓰지요.
그런데 흥보 자식들은 미련할 뿐 아니라 속도 없습니다. 없는 살림에 음식 타령이
나 하고 있으니 말이지요.

고동부사리 목소리 가진 놈은
무엇을 원하는고?

이렇듯 고생이 자심할짚을 제 권솔은 많고 먹을 것이 없으니 여러 날 굶은 철모
르는 자식들이 음식 타령을 하는데,

"아이고 어무니, 나 호박떡 좀 해주시오."

또 한 놈이,

"어무니, 나는 하얀 쌀밥에다가 육개장국 후춧가루 얼근히 쳐서 더운 김에 말
아 먹었으면 좋겠네."

한 놈이 곁에서 가슴을 쿵쿵 치며,

"어, 그놈 허는 말을 듣고 침을 자꾸 삼켰더니 체했나 보다. 어무니, 체한 데는
꿀물이 제격이래요. 나는 꿀물이나 달게 타서 한 대접 갖다 주시오."

한 놈은,

"어무니, 나는 아무것도 싫고 그저 보리개떡개떡은 보릿겨 따위를 반죽하여 아무렇게나 반대기를 지어 찐 떡이라도 많이만 먹었으면 좋겠네."

이때 맏자식이 나앉으며,

"어무니."

"아이고 이놈아, 너는 어찌 코 안 뚫은 고동부사리코뚜레를 할 정도로 자란 수소 목 성음으로 어미를 부르느냐?"

"어무니, 나는 요사이 한밤중만 되면 잠 안 오는 설움이 생겼소. 어무니, 아버지 공론하고 날 장가 좀 들여주오. 내 장가가 바빠서 그런 것이 아니라 어무니, 아버지, 손자가 늦어 그럽니다."

그렇지요. 저 가고 싶은 장가 못 가서 그러는 게 아니라 부모님 손자 못 볼까 걱정되어서 장가 보내달라고 조른답니다. 이런 녀석들도 자식이라고 흥보 내외 걱정이군요.

흥보, 이런 자식 보다 못해 관아에 환곡還穀 빌리러 갑니다. 환곡이란 조선 시대에 관청에서 봄에 백성에게 빌려주었다가 가을 추수 후에 거두는 곡식을 가리키지요. 물론 이자는 받았답니다. 그런데 환곡 빌리러 길을 나선 흥보, 한참 가다가 문득 걱정 하나가 떠오릅니다. 이 걱정 듣고 나면 독자 여러분도 어이가 없으실걸요.

한참 가다가 별안간 걱정이 하나 생겼것다.

"내가 아무리 궁벽한 사내가 되었을망정 나는 반남 박씨인데 아전을 보고 '허시오'를 헐 수는 없고, '허게'를 했다가는 저 사람들이 듣기 싫어허여 환곡을 안 줄 터이니 이 일을 어찌 허면 좋단 말인가?"

한참 생각하다가,

"옳다. 좋은 수가 있다. 아전들을 보고 인사를 헐 때 말끝을 '고' 짜, '제' 짜로 달아 웃음으로 따질 수밖에 수가 없구나."

길청군아에서 구실아치가 일을 보던 곳에를 들어가니 호장고을 구실아치의 우두머리 이하로 아전들이 우우, 일어나며,

"아니, 여 박 생원 아니시오?"

"여, 참 여러분 본 게 여러 해만이로고, 하하하! 그래 각 댁은 다 태평허신지 모르제, 하하하!"

"아 우리야 편습니다마는 백씨伯氏, 남의 맏형을 높여 부르는 말, 놀보를 가리킴 기후 안녕하시오?"

"우리 백씨장이야 여전허시제, 하하하."

"그런데 박 생원, 이게 어쩐 걸음이오?"

"글쎄, 권솔은 많고 식량이 부족허여 환자환곡 섬이나 얻을까 하고 왔지마는 여러분 처분이 어떨는지 모르제, 하하하."

"아니, 백씨장이 만석 거부인데 박 생원이 환자 자신단 말이 어쩐 말이오?"

"글쎄, 거 형제간이라도 너무 자주 얻어다 먹고 보니 염치가 없드라고, 하하하."

"그도 그럴 것이오. 백씨장 속을 누가 모르겠소. 그런디 참 박 생원 매 더러 맞

4장
흥보가
기가 막혀
〈흥보가〉

아봤소?"

"머, 아니 매 맞는 말은 왜 해?"

"그렇게 갚기 어려운 환자를 얻을 게 아니라 내려오신 김에 매를 좀 맞으시오."

"아니 환자 대신 매를 맞어? 왜 내가 밥을 굶었다니까 매를 굶은 사람인 줄 아나?"

"그런 게 아니라 우리 골 죄수가 병영 영문에 상사범常事犯, 패륜의 죄를 범한 죄인을 당했는데 죄수 대신 곤장 열 개만 맞고 오시면 한 개에 석 냥씩 열 개면 서른 냥은 굳은 돈이오. 물론 뉘가 가든지 말 타고 가라고 마삯 닷 냥까지 서른 닷 냥을 주기로 했으니 다녀오시랴오?"

아무리 죽을망정 양반 체면을 차리던 흥보지만 돈 서른닷 냥 앞에서는 그런 자존심이 순식간에 무너집니다. 흥보 일각도 지체하지 않고 자기가 매 맞으러 가겠다고 지원하지요. 그러고는 마삯 닷 냥은 선불로 받아 의기양양 집으로 향합니다. 그러고는 부인에게 큰소리치지요. 양식 사고 고기 사서 배불리 먹자 오랜만에 집안에 곡기가 가득합니다. 그런데 일은 그다음에 나지요. 흥보가 매 맞으러 간다는 소식을 들은 흥보 마누라, 펄펄 뛰며 가지 말라고 외칩니다. 그런데 더욱 기가 막힌 것은 마누라는 가지 말라고 울며 불며 말리는데 이 미련한 자식들은 태평천하입니다.

어머니,
안 말릴 일을 말리고 그러시오

"바싹 마른 저 볼기에 곤장 열 개 맞으면 영락없이 죽을 테니 돈 닷 냥 도로 주
고 제발 덕분 가지 마오."

"이 궁둥이는 두었다가 매품이나 팔아먹지 어디에다 쓰겠는가? 걱정 마소."

이렇듯 옥신각신 허는 통에 자식들이 잠이 깨어 총소리 들은 거위 목 빼듯 뚱
긋뚱긋 일어나서 제 아버지 병영 간단 말을 듣더니만 제 아버지 볼기를 좋은
만물상 전방으로 알고, 저의 소원을 각각 청허는디 흥보 막둥이 아들놈이 나
앉으며,

"아버지, 병영 가시오?"

"오냐."

"아버지 오실 때 나 찰떡 좀 사다 주오."

또 한 놈 일어나더니만,

"아버지, 나는 풍안風眼, 바람과 티끌을 막으려고 쓰는 안경 하나만 사다 주시오."

"풍안은 무엇 할래?"

"뒷동산에 가서 나무할 때 그것을 쓰고 하면 눈에 먼지 한 점 안 들어 좋지요."

"어따 그놈, 눈 간수는 단단히 하는구나."

또 한 놈이 나앉으며,

"아부지, 나는 투전鬪牋, 노름 도구의 하나 하나 사다 주시오."

"이 자식, 투전은 무엇허게?"

"투전도 잘허면 돈 번답디다."

"에라, 이 자식아."

또 한 놈이 나앉더니 동여맨 손가락을 내보이며,

"아버지 나 손 베었소."

"왜 그랬느냐?"

"조대대나무나 진흙 따위로 담배통을 만든 담뱃대 만들다 베었소. 나는 담뱃대 꼭지 실헌 놈

하나만 사다 주시오."

"에이, 이런 후레아들놈 같으니라고."

흥보 큰아들놈이 썩 나앉더니마는,

"아이구 아버지."

"이 자식아, 너는 왜 부르느냐?"

"아버지 병영 갔다 오실 적에 예쁜 놈으로 골라 각시 하나 사다 주시오. 아버

지가 재산 없어 날 장가 못 들여주니 내가 데리고 막걸리 장사 할라요."

"에이, 쓸 놈은 한 놈도 없구나."

흥보 기가 막혀,

"여보 마누라. 아무 말 마오. 돈 서른 냥 벌어다가 열 냥은 빚을 갚고 열 냥은
저 자식 장가들이고, 열 냥은 양식 팔아먹읍시다."

"아이고 자식 장가고 양식이고 다 그만두고 제발 덕분에 가지 마시오."

흥보 큰아들놈이 저 장가 말을 듣더니만,

"어머니는 괜히 안 말릴 일을 말리고 있어. 내가 장가를 가야 어무니가 손자도
속히 안어보고 또 절손絶孫, 후손이 끊어짐이 안 될 게 아니오."

이건 정말 자식이 아니고 '웬수'도 이런 '웬수들'이 없습니다. 그래도 아버지라고 자식들 위해서 끝까지 매 맞으러 간다는 흥보가 안쓰럽기도 합니다. 여하튼 이렇게 해서 흥보는 기어코 매를 맞으러 병영을 찾아갑니다. 그런데 매 맞고 돈 버는 것도 쉬운 일이 아니지요. 왜그런지 살펴봅시다.

꾀쇠아비
발등걸이에 당했구나

홍보가 생각헐 제, 병영은 왔지마는 통 속은 알 수 없어 어리둥절하다가 한곳을 바라본즉 뻘건 기둥 태극문에 군복 입은 사령들이 분주히 왕래하니,

"아하, 저것이 동헌이로구나."

문틈으로 들여다본즉 그날사 말고 영문이 잔뜩 부풀어 "죄인 잡아들여라" 방울이 덜렁, 사령이 "예이이" 홍보가 벌벌 떨며,

"내가 아마도 산 채로 염라대왕을 보러 왔는가 보다."

홍보가 삼문간에 들어가서 동헌 마당을 굽어보니 죄인들이 너댓씩 형판刑板, 형벌로 죄인에 매를 때릴 때 묶어놓는 널빤지에 엎져서 볼기를 맞는지라. 홍보는 어리석게도 매 맞는 사람은 모두 돈 벌러 온 줄만 알고,

"아, 저 사람들은 나보다 일찍 와서 돈 수백 냥 버는구나. 나도 여기서 볼기 좀 까고 엎드려볼까?"

시커먼 촌볼기를 삼문=門, 대궐이나 관청 앞에 세운 세 문. 정문 · 동협문 · 서협문을 이른다간에 홀렁 걸어붙이고 떡 엎드려 있으니, 사령 한 쌍이 나오더니,

"야! 이런 일 좀 보게. 병영 영문 설립 이후로 삼문간에서 볼기전볼기 파는 상점 보는 놈이 생겨났네."

"잔말 말고 때려 주오."

"왜 이러고 엎졌소?"

"매 맞으러 왔지."

"아, 여보게. 이 사람아. 우리가 이 문전에 구실한 지가 삼십여 년이 되지마는 볼기 까고 매 때려달라는 놈은 고금에 처음 보았네. 여보시오, 일어나오."

"아, 당신들 나하고 무슨 혐의 있소? 내가 매를 한 대라도 맞아야 일어나지, 수백 리를 와갖고 헛걸음은 안 할라요."

"대관절 당신 이름이 무엇이오?"

"예, 내가 바로 박 좌수 대신 매 맞기로 된 홍보요."

"오라, 이 양반이 박홍보 씨로구만."

홍보가 깜짝 놀라 골마리허리춤를 추키면서,

"당신들이 나를 어찌 아오?"

"예, 조금 전에 박홍보 씨 대신이라 하고 와서는 곤장 열 대 맞고 돈 서른 냥 받아 벌써 갔소."

홍보가 기가 막혀,

"아이고, 그놈이 어떻게 생겼던가?"

"키가 땅딸막허니 민대가리에 모기눈, 주걱턱, 빈대코를 발심발심하면서, 어따 그놈 매 한번 잘 맞습디다. 내가 그리도 좀 아는 척을 하려고 했더니, 아 이놈이 그저 깜짝없이 잘 맞아요. 그래서 내 기운껏 때려서 보냈지요."

"아뿔싸, 우리 마누라가 밤새도록 가시오 마시오 허고 우는 바람에 우리 앞집 꾀쇠아비란 놈이 발등걸이남이 하려는 일을 앞질러 먼저 함를 해버렸구나."

이렇게 되었던 것입니다. 꾀쇠아비라고 참 이름도 재미있는 홍보 앞집 사는 사람이 먼저 가서 매 맞고 돈을 받아 갔던 것이지요. 결국 매도 못 맞고 헛걸음 한 홍보는 집에 가서 공연히 부인에게 화풀이를 합니다. 부인이 밤새 울며불며 가지 말라고 외처대서 그 소리를 들은 꾀쇠아비가 몰래 갔다는 것이지요. 여하튼 부인은 안도의 한숨을 내쉬는데, 이번에는 부인이 홍보를 큰 봉변당하도록 밀어 넣습니다. 바로 형님에게 가서 양곡 한 자루라도 얻어보라고 권한 것이죠. 물론 홍보는 가기 싫다고 한 걸음 뺍니다. 그렇지만 형제간에 박대는 하지 않는다며 빌어서 안 주면 그냥 돌아오면 되지 않느냐고 설득을 하지요. 결국 홍보는 내키지 않는 걸음을 놀보 집으로 옮깁니다. 놀보 집에 당도하자 홍보를 맞이한 것은 마당쇠지요. 홍보는 겁이 잔뜩 나서 마당쇠 인사도 받는둥 마는둥하고 우선 형님 심사부터 묻습니다.

"오늘 한 놈 식힐 놈 있다,
문 잠가라."

"그런데 우리 형님 성질이 내가 나간 뒤에 풀리셨는가?"

"말씀 마시오. 아, 글쎄 작은서방님 나가신 뒤에 큰서방님 마음이 점점 더 악착같아져, 꿈속에서 꿔준 돈을 일어나면 문서에다 치부하고, 재작년 제삿날에는 접시마다 엽전을 한 주먹씩 놓고 지내더니 철상撤床, 음식상이나 제사상을 거두어 치움하여 돈 거둘 때 돈이 한 푼 빈다고 집안 난리가 났었고, 또 작년에는 그나마 제사를 모시는데 접시마다 글씨를 이것은 고기요, 저것은 밥이요, 이건 떡이요, 술이요, 식혜요, 어동육서魚東肉西, 생선은 동쪽 고기는 서쪽에 놓음, 홍동백서紅東白西, 붉은 과일은 동쪽, 흰 과일은 서쪽에 놓음, 좌포우혜左脯右醯, 포는 왼쪽, 식혜는 오른쪽에 놓음 딱딱 써놓더니 올해는 그것도 그만두고 신주만 치켜들고 장판으로 돌아다니며 구경만

시켰지요."

홍보가 기가 막혀,

"아니 그럼 여태 선영을 굶겼더란 말이냐? 참으로 큰일 날 말일세. 그런 말일랑 아예 다른 사람한테 하지 마소."

이리 한참 이야기할 제, 놀보놈은 아침부터 부화통이 끓어오르는데 바깥 사랑에서 무엇이 도란도란하거늘, 문틈으로 내어다본즉 수년 전에 떠난 홍보가 헌 갓 쓰고, 헌 옷 입고 벌벌 떨고 서 있지, 이놈이 왔구나, 필연 이놈이 무얼 달라든지 무얼 얻으러 오든지 나를 괴롭게 하러 온 놈이니 내가 미리 앞장원_{앞서 장원}을 함, 남보다 먼저 손을 쓴다는 뜻을 칠밖에. 담뱃대로 재떨이를 부서지게 깨뜨리며 이놈이 느닷없이 화를 내는데,

"야, 이놈 마당쇠야. 내 속이 어찌 이렇게 오늘은 아침부터 부화통이 끓어오르

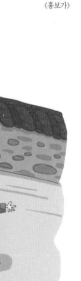

냐? 이런 때 어떤 놈이 무엇을 달라 괴롭히면 배아지를 꽉 쑤셔버릴 것인디."

홍보가 그 말을 듣고 깜짝 놀라,

"이 박복한 놈은 와도 형님이 화나셨을 때 왔구나. 도로 갈까? 어쩔까?"

홍보가 망설이는데 놀보놈이 영창문映窓門, 방을 밝게 하기 위하여 방과 마루 사이에 낸 두 쪽의 미닫이을 화닥딱 열며,

"웬 놈이냐?"

홍보가 어찌나 놀랐던지 놀란 바람에 쫓아 들어가며,

"예, 사또 대감마님 형님주전 문안이오. 떠나온 지 여러 해니 기체 안녕하옵 신지?"

놀보놈이 사람같고 보면 형제간에 하정배下庭拜, 신분이 낮은 사람이 양반을 뵐 때 뜰 아래에서 하던 절가 웬일이냐, 어서 올라오너라 할 터이지만, 이 때려죽일 놈은 한 손으로 안석案席, 벽에 세워놓고 앉을 때 몸을 기대는 방석을 잡고 배 앓는 말이 머리 들듯 비슥이 들어본다. 한 어미 배로 나와 함께 커서 장가들고 자식 낳고 함께 살다 쫓아낸 동생이니 아무리 오래되고 형용形容, 모습이 변했던들 모를 리가 있겠나만 아주 모르는 체하여 의관을 반듯이 쓰고,

"게 뉘신지요?"

홍보는 정말 모르고 묻는 줄 알고, 나갔던 연조年條, 특정한 일의 역사 또는 유래까지 고하여,

"아이고, 제가 갑술년에 나간 홍보입니다요."

놀보가 무수히 되씹으며 의심하여,

"홍보, 홍보, 일년 새경 먼저 받고 모심을 때 도망한 놈은 청보요, 쟁기질 보냈

더니 소 가지고 도망한 놈은 황보였는데, 홍보, 홍보? 금시초문인디. 난 암만
해도 기억지 못하겠소."

홍보가 의사 있는 사람이면 수작이 이러하니 무슨 일이 되겠느냐? 썩 일어서
서 나왔으면 아무 탈이 없을 것을, 저 농판농담이 벌어진 자리 숫한 마음에 참으로
모르고 그러하니 자세히 일러주면 무엇을 줄 줄 알고 본사를 다 고하여,

"동부동모同父同母, 같은 아버지 같은 어머니 친형제로 이름자 항렬하여 형님 함자 놀자
보자요, 아우 이름은 홍보라 하온 줄을 그다지 잊으셨소."

"여보시오, 나는 이 동네가 다 아는 구대 독신이오."

홍보가 어이없어,

"형님, 안녕하신지 문안이나 알고저 왔나이다."

"어, 그놈 말이 좋다. 편찮으면 내 대신으로 네가 앓겠느냐? 내 대신 네가 죽겠
느냐? 나 편한 속 알았을 테니 썩 가거라."

홍보가 그 말 끝에 썩 나왔으면 허련마는 미련을 떨어 엔간한 제 구변에 놀보
감동시킬 줄 알고 목소리 섧게 하고 눈물을 훌쩍이며 애걸을 허는디,

"형님 슬하를 떠날 적에 부부언약 허옵기를, 밤낮으로 품을 팔아 돈 관이나 모
으면 흰떡 치고 찰떡 치고 영계 잡아 우에 얹어 내 등에 짊어지고 찹쌀 청주
우국 질러 병에 넣고 형님 댁에 둘이 가서 형님 형수 잡수는 것 기어이 보고
오세. 단단 맹세 허였드니만 어찌 그리 무복無福, 복이 없음한지 밤낮으로 버스러
도 돈 한 푼을 못 모으고 원치 않는 자식들만 아들이 스물아홉."

놀보가 뒤로 물러앉으며 하는 말이,

"박살헐 놈. 그러니 다른 일할 틈이 있어야 돈을 벌지."

283
4장
홍보가
기가 막혀
〈홍보가〉

이 정도로 구박을 당하면 웬만한 사람 같으면 그냥 물러나올 터인즉, 흥보 이 사람 정말 자존심도 없습니다. 아니, '세 끼 굶으면 군자도 담을 넘는다'는 속담대로 하도 힘들게 살면 인간으로서의 자존심을 지키기 힘들게 되나 봅니다. 여하튼 흥보, 다시 한 번 놀보에게 쌀 한 말, 아니면 보리 두 말, 그도 아니면 돈 한 냥, 그도 안 되면 찬밥이라도 달라고 애걸하지요.

그러나 이 정도에 넘어갈 놀보가 아닙니다.

놀보 듣고 생각허기를,

'저놈 조격調格, 품격이나 인품에 어울리는 태도된 품이 빌어먹기 투가 나서 달래서는 안 갈 테고 주어서는 또 올 테니 죽으면 굶어 죽지 맞아 죽을 생각은 없게 하는 수가 옳다' 하고,

"불쌍허고나. 여봐라, 마당쇠야. 네 동편 곳간문 열어라."

"열어났습니다."

"그 안에 들어가면 동면서 들어온 쌀 천 석 있지?"

"예, 갖다 조금 드릴까요?"

"가만 있어, 이놈아. 그 안에 들어가면 북면에서 들어온 보리 오백 석 있지?"

"예, 좀 갖다…."

"가만있으라니까, 이 때려죽일 놈이. 그 안에 들어가면 콩, 팥, 쉰 섬 있지?"

"예."

"그 안에 들어가면 서숙조, 그런 것 모두 있지?"

"예."

"그 안 너머에 가면 지리산에서 도끼자루 하려고 건목乾木, 베어서 바짝 말린 재목 처내온 박달몽둥이 몇 개 갖다 놓았다. 그놈 이리 갖고 오고 대문 걸어라. 오늘 한 놈 식힐 놈 있다."

말만 들어도 무시무시합니다. 한놈 식힌답니다. 흠씬 패놓으면 맞은 곳에서 불이 날 텐데 식힌단 표현은 또 무슨 뜻인지 모르겠지만 여하튼 분위기 싸늘해지지요.

놀보놈 거동 봐라, 지리산 몽둥이를 눈 위에 번쩍 추어들고,
"네 이놈, 흥보야! 니 내 말을 들어봐라. 쌀말이나 주자 한들 남대청 큰 뒤주에 가득가득 쌓였으니 너 주자고 뒤주 헐며, 볏말이나 주자 한들 곳간 속 가리노적 다물다물이 쌓였으니 너 주자고 노적 헐며, 돈냥이나 주자 한들 글방 용목궤에 관을 지어 넣었으니 너 주자고 관돈 헐며, 싸라기부스러진 쌀일나 주자 한들 황계털이 누런 닭 백계털이 흰 닭 수십 마리 주루루루 벌여 있고, 지게미나 주자 한들 우릿간에 때도야지 들었으며, 식은밥이나 주자 한들 새끼 난 암캐 두고 너 주자고 개 굶기랴? 잘살기 내 복이요, 못살기 네 팔자라, 굶고 벗고 내 아느냐?"
강새암지나친 질투나 샘의 계집 치듯, 담에 걸친 구렁이 치듯, 여름날 번개 치듯 냅다 철퍽 후다탁!
"아이고, 형님. 머리박 터졌소."
냅다 철퍽, 후다탁!
"아이고, 형님. 다리 부러졌소. 다시는 안 오리다. 다시는 달라는 말 안 할 테니 살려주오, 살려주오. 제발 덕분에 살려주오."

홍보는 닭보다도 못하고 돼지보다 못하며 암캐보다도 못한 존재군요. 이렇게 해서 홍보는 놀보에게 흠씬 맞습니다. 그리고 우리가 잘 알다시피 홍보, 놀보 매를 피해 놀보 마누라 있는 곳까지 도망치지요.

"아이고 형수씨, 사람 좀 살려주시오."
놀보 계집년은 독허기가 놀보보담 장리가 더하것다. 긴 담뱃대 입에 물고 중문에 비켜서서 시종始終, 처음부터 끝까지을 구경타가 홍보 들어오는 것을 보고 싹 비켜섰다가 사랑으로 썩 나가며 놀보를 나무라는디,
"아니, 아주 다리를 툭 꺾어놓아야 다시는 안 올 텐데 어떻게 때렸기에 안에까지 들어가게 하오. 발길질 공알주먹 계집은 잘 잡지. 제 아지뱀아주버니이고 동아뱀이고 한 달도 서른날 돈 달라 쌀 달라 세상만사가 귀찮다. 아나 돈, 아나 쌀."

이러면서 밥주걱으로 홍보 뺨을 짝짝 때립니다. 이 정도에 이르자 형에게 맞은 것은 아무것도 아니요, 형수에게 그것도 주걱으로 뺨 맞은 홍보 심정은 참으로 비참하기 이를 데 없습니다. 결국 홍보는 몸도 마음도 상처투성이가 되어 집으로 향하게 되지요.
집에 온 홍보는 마지막 자존심으로 부인에게 거짓말을 하지요. 형님이 은금보화를 주시면서 위로해주셨는데 고개 넘어 오다가 그만 도적에게 빼앗겼다고 말이지요. 그러나 그 정도 모를 홍보 부인이 아닙니다. 결국 두 사람은 마주보고 흐느껴 울다가 이내 살아보자고 단단히 결심을 합니다. 그리고 열심히 일을 하지요. 한마디로 맞벌이를 합니다.

워킹 푸어,
흥보네 집

밤이면 짚신 삼고, 비가 오면 멍석 짜고, 날이 들면 품 팔 제, 어물 장사, 길짐길

가는 사람의 짐 지고, 산전야전山田野田, 산의 밭과 들의 밭 쟁기질과 둑 고치고, 못자리 모

심고, 보리 베고 보리타작, 김을 매고 나락 타작, 먹고 닷 돈 받고 장 서두리일을

거들어주는 사람, 십 리에 돈 반 승교작은 집모양의 가마 메기, 방 뜯는 데 조역꾼일을 도와주

는 사람, 담 쌓는 데 자갈 줍기, 대장간에 풀무질과 원산근산遠山近山, 먼산과 가까운 산

시초柴草, 뗄감용 풀 베기, 장작 패고 지엽枝葉, 가지와 잎 따기, 초상난 집 부고 전키, 출

상할 제 명정銘旌, 죽은 사람의 관직과 성씨 따위를 적은 기, 일정한 크기의 긴 천에 보통 다홍 바탕에 흰 글씨

로 쓰며, 장사 지낼 때 상여 앞에서 들고 간 뒤에 널 위에 펴 묻는다 들기, 신행길은 이불 지고, 장가

길은 함을 지고, 물가에 큰물 나면 삯 받고 월천越川, 개울 건너기하고, 멋진 기생 아

씨 애인에게 편지 전키, 부잣집 어린 신랑 장가들 제 안부雁夫, 전통 혼례에서, 신랑이 기러기를 가지고 신부 집에 가서 상 위에 놓고 절하는 전안奠雁 의식을 할 때, 기러기를 들고 신랑 앞에 서서 가는 사람, 기럭아기 서기, 들병장수 술짐 지기, 초라니음력 섣달그믐에 묵은해의 마귀와 사신을 쫓아내려고 베풀던 의식에서 기괴한 계집 형상의 탈을 쓰고 깃발을 흔들던 존재 판에 나무 놓기, 춘하추동 사시절을 쉴 날이 전혀 없이 품을 판다.

홍보 마누라 품을 판다. 오뉴월 밭매기와 구시월 김장하기, 한 말 받고 벼 훑기와 입만 먹고 방아찧기, 물레질 베짜기와 머슴의 헌 옷 짓기, 채소밭에 오줌 주기, 소주 고고 장 달이기, 물방아에 쌀 까불기, 밀 멧돌 갈 제 집어넣기, 보리 갈 제 망우 놓기, 못자리 때 망초 뜯기, 빨래 푸새옷감에 풀을 먹이는 것와 다듬이질, 용정방아용정龍亭은 곡식 등을 찧는다는 뜻의 한자어 칭이질방아질, 밀 갈 때는 키질과 소대상小大喪, 크고작은 상가에 제물 허고, 혼대사婚大事, 혼인식에 예물 허고, 국 잘 끓이고, 밥 잘 짓고, 떡 잘하고, 적 잘 부치고, 주야로 벌건마는 식구가 많아놓으니 하루만 놀면 삼사일씩 굶는구나.

이번에는 과거 서민의 품팔이 종류가 다 나옵니다. 기술 없고 땅 없는 사람이 어떻게 살았는지 알 수 있는 좋은 자료이기도 하지요. 여하튼 홍보와 부인 모두 열심히 일합니다만 요즘 말로 하면 워킹 푸어working poor, 즉 아무리 열심히 일해도 가난한 계층이네요.

그런데 착한 사람에게는 역시 복이 옵니다. 어느 날인가 스님 하나가 홍보 사는 마을로 옵니다.

세상에서 가장 재미있는 소리·판

중 하나가 촌중으로 지나는데, 행색을 알 수 없어, 연년 묵은 중, 헐디 헌 중, 다 떨어진 청올치 송낙^{여승의 모자}, 이리 총총 저리 총총 헝겊으로 지은 것을 흠뻑 눌러 쓰고, 누덕누덕 헌 베 장삼, 율무 염주를 목에 걸고, 한 손에는 절로 굽은 쩔쭉장, 한 손에는 다 깨진 목탁을 들고 동냥을 얻으면 무엇에 받아갈지 목기 짝 바랑 등물 하나도 안 가지고, 개미가 안 밟히게 가만가만 가려 디디며 촌 가운데로 들어올 제, 개가 콩콩 짖고 나면 두 손을 합장하며 "나무아미타불", 사람이 말 물으면 허리를 굽히며 "나무아미타불".

그러다가 홍보네 집에 들르는데 그때 마침 홍보네 식구는 설움에 겨워 가족 모두가 통곡을 하고 있었지요. 이를 이상하게 여긴 스님이 홍보의 사정을 들어본 후 홍보에게 좋은 집터 하나를 점지해줍니다. 그리고 이 집터에서 바로 그 유명한 제비를 만나게 되는 것입니다.

그리고 처마에 집을 지은 제비가 새끼를 여섯 마리 낳았는데 어느 날 갑자기 구렁이가 제비 집을 습격하지요. 그리고 다섯 마리 새끼와 어미 제비까지 구렁이에게 희생이 되고 맙니다. 간신히 한 마리 남은 제비는 홍보의 보살핌 덕에 부러진 다리를 고치고 가을이 되어 강남으로 갑니다. 이 부분은 너무 유명한 부분이라서 다시 살펴보지 않아도 될 듯싶어서 단 몇 줄로 요약합니다. 이렇게 소리꾼이 상황에 따라 적절히 가감할 수 있는 것이 판소리의 또 다른 매력이지요.

아, 그렇다면 강남으로 돌아간 제비는 어떻게 될까요? 잘 모르는 분이 많을 텐데 된통 혼납니다. 그 까닭은요?

보은표 박씨 등장이요!

홍보 제비가 들어온다, 부러진 다리가 봉퉁아리부러진 데에 상처가 나으면서 살이 고르지
않게 붙어 도톰해진 것가 져서 절름거리고 들어온다.

"여봐라."

제비 장수 호령을 허되,

"너는 어찌하여 새끼는 하나만 까고 다리는 저리 봉퉁아리가 졌느냐?"

홍보 제비가 여쭈오되,

"소조小鳥, 작은 새, 제비가 자신을 낮추어 부르는 명칭가 아뢰리다, 만 리 조선을 나갔다가 홍
보 씨 댁에다 어미가 집을 짓고 새끼 여섯 마리를 깠사오나 운수가 불길허여
대망이이무기가 들어와서 다섯 마리를 주어 먹고 어미까지 모두 다 잡아먹고 다
만 저 한 마리 남았더니 날기 공부를 시작할 제 대평상에 발을 붙이어 발발 떨

고 날려다가 바닥에 뚝 떨어져 두 다리가 작신 부러져 거의 죽게 되었는데 어진 주인 홍보 씨 만나 죽을 목숨이 살았으니, 어찌하면 은혜를 내가 갚소이까? 백골난망 되나이다."

"어명을 어기면 그런 변을 당허느니. 금년 이월 나갈 적에 그날이 을사乙巳일이라 사불원행巳不遠行, 뱀날은 먼길을 가지 않는다이기로 가지 말라 하여도 네 어미 고집으로 나가더니 배암날 떠났기로 배암 환을 당했구나."

그러니까 제비 장수 말을 안 듣고 홍보 제비 어미가 뱀날에 먼 길을 떠났으므로 뱀으로부터 변을 당했다는 것입니다. 뱀날이란 십이지 가운데 사巳자가 들어가는 날이란 뜻입니다. 그렇지만 어미가 잘못한 것이지 새끼가 잘못한 것은 아니지요. 그래서 홍보 씨는 보기 드문 군자이기 때문에 은혜를 갚으라고 보은표報恩瓢 박씨하나를 내리지요. 이렇게 해서 홍보의 팔자가 펴게 됩니다.
그럼 홍보 부부 박씨 얻는 대목, 즉 클라이맥스를 향해 가보실까요.

이때에 주인 홍보, 제비를 보내고서 일념에 못 잊어서 왕왕 생각다가 삼월삼짇날 돌아오니 그 제비가 다시 올까 품 팔러도 아니 가고 기다리고 앉았더니 반갑다 저 제비, 처마 안에 날아들 제, 봉퉁이 진 두 다리가 옛 모습 완연쿠나.
"아지주지."
고운 소리로 그런 회포 말하는 듯, 홍보가 좋아라고 무한히 정설情說, 정답게 이야기를 나눔한다.
"너 왔느냐, 너 왔느냐. 내 제비 너 왔느냐. 그 먼 강남길을 홀로 갔다 홀로 왔느냐. 아름다운 강남을 어찌하여 내버리고 누추한 이내 집을 허위허위 찾아왔느냐. 인심은 간사하여 한번 가면 잊건마는 너는 어찌 믿음 있어 옛 주인을 찾아왔나."

한참 이리 반길 적에 제비 입에 물었던 것을 홍보 앞에 떨어뜨리니, 홍보가 집어 들고 제 아내를 급히 불러,

"여보소, 아기 어멈. 어서 와서 이것 보소. 제비가 물어왔네."

홍보 마누라 주워 들고,

"아이고 영감, 저 제비가 이것을 물어 왔으니 이게 무엇이오?"

홍보가 받아보고 꼭 아는 듯이,

"거 약방에서 부르기를 백편두콩과의 여러해살이풀라고 부른다던가?"

"그건 강낭콩 아니오? 아이고 여기 무슨 글씨 썼소."

"어디 보세."

홍보가 받아 보더니,

"오, 보은표라. 갚을 보, 은혜 은, 박 표라. 그러니까 이 제비가 강남에서 올 제 서울로 공주로 은진으로 바로 온 것이 아니라, 보은으로 옥천으로 연산으로 뺑뺑 돌아왔구만. 보은 대추 좋단 말은 들었어도 박씨 좋단 말은 못 들었지. 하여간 저 먹지 않는 것을 물고 온 것이 기특해서라도 우리 한번 심어나 보세."

앞서 내용을 살펴보면 아무리 봐도 홍보, 약간 부족해 보이죠. 그런데 이 대목에 이르면 홍보 지능이 분명 모자람을 확인할 수 있습니다. 보은표라고 쓰여 있는 것을 보고 제비가 충청도 보은, 옥천, 연산을 거쳐 왔다고 하니 말이에요. 제비가 무

슨 내비게이션인가?

그런데 이 박 정말 대단합니다. 다음 내용을 보면 왜 그런지 아실 걸요.

좋은 바람 단 비 내리는 시절에 밤낮으로 무성하여, 삿갓 같은 넓은 잎이 온 집을 덮었으니 비가 와도 걱정 없고 닻줄 같은 큰 넝쿨이 온 집을 얽었으니 바람 불어도 걱정 없어 흥보가 벌써부터 박의 힘을 입는구나. 마디마디 핀 꽃이 노인의 기상처럼 조촐말쑥하고 맵시가 있음하다. 박 세 통이 열렸는데, 처음엔 까마귀 머리만, 종자만, 화로만, 장단 북통만, 닫힌 문 북통만, 밤낮으로 차차 크니 약한 집이 무너질까, 흥보가 걱정하여 단단한 장목으로 박통 놓인 데마다 천장을 괴었더라.

고작 세 통 열렸군요. 하기야 일당백이니 많이 열리면 뭐하겠어요.

드디어 그해 팔월 한가위가 됩니다. 다른 집에서는 모두 떡을 한다, 밥을 한다, 고기를 굽는다, 난리인데 흥보네 집에는 빈 그릇 소리만 요란하지요.

결국 밖에서 친구 덕에 술 한잔 걸치고 돌아온 흥보가 가족을 위해 박을 한 통 타기로 하지요. 박 속을 끓여 먹고 바가지는 팔아서 한 푼이라도 마련할 요량으로 말이지요.

그리하여 역사적인 첫 번째 박을 타게 됩니다. 그런데 박이 탁 터지자 갑자기 그 속에서 오색구름이 자욱이 퍼지면서 향기가 진동을 하지요. 그리고 그 속에서 동자 한 쌍이 나옵니다.

흥보
배 터져 죽는구나

"이 댁이 박흥보 씨 댁이오니까?"

흥보가 깜짝 놀라,

"내 원, 옛날 초나라 시절에 유자 속에서 노인이 바둑 두었단 말은 들었어도 우리 조선 땅에서 박통 속에 동자 들었단 말은 처음 들었네. 그런데 내 이름은 어찌 알며 나라는 사람은 요사이 풀밭에 가 누웠어도 진드기 한 마리 붙을 데 없는 사람인디 무엇하러 찾아왔나?"

저 동자 거동 봐라 저 동자 거동 보소. 청의靑衣, 푸른 빛의 옷이란 뜻으로, 신분이 낮은 사람을 이르는 말 입은 소매 속으로 대모바다거북 등껍데기 쟁반을 내어놓으며 눈 위로 번쩍 들어 흥보 양주兩主, 바깥주인과 안주인이라는 뜻으로 부부夫婦를 이르는 말 전에 올리면서,

"소동은 삼신산 여러 신령 지시를 받고 왔나이다. 백옥병에 담은 약은 죽은 사람 혼을 불러서 살려내는 환혼주還魂酒요, 홍옥병에 담은 약은 눈먼 사람이 먹고 눈을 뜨는 개안주開眼酒요, 황옥병에 담은 것은 벙어리가 먹어놓으면 말 잘하는 능언주能言酒요, 청옥병에 담은 것은 귀머거리가 먹고 보면 말 잘 들리는 벽이주闢耳酒라, 금화지금빛이 나는 고급 종이로 묶은 것은 늙지 않는 불로초不老草요, 은화지로 묶은 것은 죽지 않는 불사약不死藥이라. 그 약 쓰는 약방문이 옆에 모두 있사오니 그리 알고 쓰옵소서. 가다가 동정 용궁에 전할 편지 있기로 총총히 갑니다."

사흘 굶은 흥보가 헛인사를 한 번 하여,

"저러하신 선동仙童네가 나 같은 사람을 보려고 그 먼 데서 오셨다가 아무리 소금 반찬이라 해도 점심 요기는 해야지."

동자 웃고 대답하되,

"세상 사람이 아니기로 시장하면 구전단九轉丹, 도교에서 쇠와 돌을 녹여서 아홉 번 불려 약처럼 만든 것으로 이것을 먹으면 신선이 된다고 한다, 목마르면 감로수甘露水, 단맛이 나는 맛이 썩 좋은 물, 익힌 음식 못 하오니 염려치 마옵소서."

어느새 홀연 사라졌구나.

흥보 이 말 듣고 약병들을 주어다가 단단 간수 마친 후에 박속이나 지져먹고 살려고 박통 속을 들여다보니 속이 휑.

"아, 이거 나간 놈의 집구석이로구나여. 박속은 어느 놈이 다 파가 버리고 껍데기만 갖다 붙여놨네여. 안 되는 놈은 뒤로 자빠지더라도 앞에 코가 깨진다더니, 박속 긁어간 놈보다는 박 붙여놓은 놈이 재주가 더 용키는 용쿠나."

한편을 가만히 들여다보니 웬 궤 두 짝이 쑥 불거지거늘,

"어, 이것 보게. 어느 놈이 박속은 다 긁어가고 염치가 없으니까 조상궤를 갖다 넣어놨네. 이거 관가에서 알고 보면 큰일난다. 어서 갖다 버려라."

홍보 마누라가 가만히 보더니마는,

"여보 영감, 죄 없으면 괜찮습니다. 좀 열어봅시다."

"아, 요새 여편네들이 통이 너럭지넓고 긴 것을 이르는 말만이나 크다니까. 만일 이 궤를 열어보아 좋은 것이 나오면 좋되 나쁜 것이 나오면 내뺄 터이니, 자네는 자식들 데리고 사립 밖에 서 있다가 좋은 것 나오면 손을 안으로 칠 터이니 들어오고, 나쁜 것이면 밖으로 내칠 터이니 내빼소 내빼."

홍보가 궤 자물쇠를 가만히 보니, 박홍보 씨 개탁開坼, 편지나 서류를 뜯어보라는 뜻으로 아랫사람에게 보내는 편지 겉봉에 씀이라 하였겠다.

"내가 암만 없이는 살아도 이름이야 널리 났지. 봉래산 선동들도 내 이름을 부르더니 이 궤짝에도 또 써놨구나."

궤를 찰칵찰칵 열어놓고 보니 한 궤에는 쌀이 수북이 들었는디 궤 뚜껑 속에다 이 쌀은 백 년을 퍼내도 줄지 않는 취지무궁지미取之無窮之米, 취해도 취해도 끝이 없는 쌀라 써 있으며, 또 한 궤를 열어보니 돈이 가득 들었는디 뚜껑 속에다 이 돈은 평생을 꺼내 써도 줄지 않는 용지불갈지전用之不渴之錢, 사용해도 사용해도 마르지 않는 돈이라 허였거늘 홍보가 좋아라고 궤 두 짝을 떨어 붓기를 시작허는디, 휘몰이판소리나 산조 장단 가운데, 가장 빠른 속도로 처음부터 급하게 휘몰아 부르는 장단. 휘모리장단로 바짝 몰아놓고 쏟아붓겠다.

홍보 양주 좋아라고 홍보 양주 좋아라고 돈과 쌀을 쏟아낸다. 툭툭 털고 돌아

섰다 돌아보면 쌀과 돈이 도로 하나 가뜩 허고, 먼눈 팔고 돌아보면 도로 하나 가뜩 허다. 비어내고, 쏟아내고, 비어내고 쏟아내고 비어내고 쏟아내고, 비어내고 쏟아내고, 떨고 붓고 돌아섰다 돌아보니 도로 하나 그뜩, 톡톡 떨고 열고 보니 도로 하나 가뜩하고, 이리 갔다 열고 보니 도로 하나 가뜩하고, 저리 갔다 열고 보니 도로 하나 가득허고, 아이고, 좋아 죽겠다. 팔 빠져도 그저 부어라, 부어라, 부어라 부어라 부어라, 부어라, 일년 삼백육십 일을 그저 꾸역꾸역 나오느라. 부어라, 부어라, 부어라, 부어라, 팔 빠져도 그저 부어라, 부어라, 부어라, 부어라.

어찌 많이 부어놨던지 쌀이 일만구만 석이요, 돈이 일만구만 냥이라. 나도 어떤 회계인지 알 수가 없지.

한참 이리 춤을 추고 놀다,

"자, 우리가 쌀 본 김에 밥 좀 해 먹고 궤짝을 떨어 붓든지 박을 또 타든지 해 보자. 우리 권속이 몇이냐? 우리 내외 자식놈들 스물아홉 도통 서른하나로구나. 우리가 그렇게 굶주리다가 하나 앞에 쌀 한 섬씩 덜 먹어? 쌀 서른한 섬만 밥을 지어라."

동네 가마솥 있는 집을 쫓아다니며 모두 모아 걸어놓고 고두밥 아주 되게 지어 고들고들한 밥 찌듯 쪄놓고 삯군을 사가지고 밥을 지게 발대에 짊어지고 한곳에 쌓아놓니 밥 무더기가 거짓말 좀 보태면 남산덩이만 허든 것이었다. 흥보가 밥 먹으라고 영을 내리는디,

"네 이놈의 새끼들. 애비 영전에 밥 한 알이라도 모르게 먹어서는 밥으로 목을 베리라. 자, 밥 먹어라."

"예이!"

하더니 이놈들이 온데간데가 없지. 자식들 찾느라고 야단이 났는데 조금 있다가 보니 이놈들이 밥속에서 퉁기쳐 나오는디 어찌허여 밥 속에서 나오는고 허니 이놈들이 어떻게 밥에 환장을 허였든지 밥 먹어라 소리에 우우, 밥 속에 가 총알 박히듯 꽉 박혀가지고 당창벌거지 매독균 콧속 파먹듯 속에서 먹어나오든 것이었다.

이 여러 자식들이 노상 밥이 부족하여 서로 뺏어 먹었구나. 그리 많은 밥이로되, 큰놈 입에 넣는 것을 작은놈이 뺏어 훔쳐, 큰놈도 빼앗기고 새로 지어 먹었으면 싸움 아니 하련마는, 악을 쓰며 주먹 쥐어 작은놈 볼때기를 이 빠지게 찧으면서, 개아들놈, 쇠아들놈, 밥통이 엎어지고 살벌이 일어나되, 무지한 저 흥

보는 밥먹기에 윤기倫紀, 윤리와 기강 잊어 자식 몇 놈 뒈져도 살릴 생각은 아예 않는다.

자식들이 달려들어 밥을 와삭 와삭 와삭, 누에 한밥 삭이듯 퍼먹고 있을 적에 흥보 마누라,

"여보, 영감. 어서 영감도 밥 자시지요."

"아니, 나는 저렇게 자식들 모양으로 조박볼품이 없음이 없이 먹을 것이 아니라, 아주 밥 속에 드러누워 먹을라는구만."

"아이고, 나도 그럼 영감 따라 들어가서 누워 밥 좀 먹어볼라요."

"어디, 여편네가 요망스럽게."

흥보가 한 말어치 밥을 처치한 후에 왼편 팔 땅에 짚고 두 다리 쭉 뻗치고 오른 손목으로 뱃가죽을 문지르며, 밥더러 한마디 하는구나.

"여봐라, 밥아. 내가 하도 시장키에 너를 조금 먹었으나, 네 소행을 생각하면 대면對面, 서로 얼굴을 마주 보고 대함할 것 아니지야. 세상 인심 간사하여 추세趨勢, 세력이나 세력 있는 사람을 붙좇아서 따름를 한다 한들, 너같이 심히 하랴. 세도가와 부잣집만 기어이 찾아가서, 먹다 먹다 못다 먹어 개를 주며 돼지 주며, 학 두루미 거위를 모두 다 먹이고, 그래도 많이 남아 쉬네 썩네 하는 것을, 나와 무슨 원수 있어, 사흘나흘 예상 굶어 뱃가죽이 등에 붙고 갈빗대가 따로 나서, 두 눈이 캄캄하고 두 귀가 먹먹하여, 누웠다 일어나면 정신이 어질어질, 앉았다 일어서면 다리가 벌렁벌렁, 말라 죽게 되었으되 찾는 일 전혀 없고, 냄새도 안 맡히니 그럴 도리가 있단 말인가. 예라, 이 괴이한 것. 그런 법 없느니라."

역시 홍보가 썩 뛰어난 인물은 아니지요. 밥을 앞에 놓고 자식들 서로 싸우다 몇 놈 죽어나가도 모른 채 자기 입만 채우니 말이지요. 아, 물론 죽어난다는 말은 과장법입니다. 그러면서도 밥에게 한마디 훈계는 하네요.

홍보가 밥을 뭉쳐 초라니 줄방울 던지듯 공중에다 떡 던져놓고 내려오는 놈을 두꺼비 파리 채듯 하는디, 똘똘 뭉쳐갖고 던져놓고 받아먹고, 던져놓고 받아먹고, 던져놓고 받아먹고, 던져놓고 받아먹고, 던져놓고 받아먹고, 던져놓고 받아먹고, 똘똘 뭉쳐갖고 어깨 너머로 던져놓고 받아먹고, 던져놓고 받아먹고, 던져놓고 받아먹고, 어찌 많이 먹어놨던지 눈 언덕이 푹 꺼지고 코가 뾰족허고 아래턱이 축 늘어지고 배꼽이 요강꼭지 나오듯 쑥 솟아 나와 배꼽에서는 후춧가루 같은 때가 두굴두굴 굴러 내리고, 뱃가죽이 팽팽하여 장구 가죽이 되도록 먹었것다. 홍보가 밥을 먹고 눈이 뒤집히고 고개가 발딱 자드라져,

"아이고, 이제는 할일없이 나 죽는다. 배고픈 것보담 더 못살것다. 아이고 부자들은 배불러 어떻게 사는고?"

홍보 마누라 기가 막혀,

"아이고 영감. 이게 웬일이오. 언제는 우리가 배고파 죽것더니 이젠 밥에 치여 내가 과부가 되네. 아이고 이 자식들아, 너의 아버지 돌아가신다. 어서 와서 발상發喪, 상주가 초상난 것을 울며 알리는 절차들 허여라."

한참 이러고 있을 적에 홍보 큰아들놈이 누룽지 긁으러 돌아다니다가 나갔던 상주喪主 제청祭廳, 제사를 지내기 위하여 마련한 대청에 달려들 듯 썩 돌아들며,

"여, 밥판이 어찌 됐소 엥이?"

"아이고, 이놈아. 밥판이고 무엇이고 너희 아버지 밥 자시다 세상 버리신다."

"밥 먹다가 죽는 걸 뉘네 아들놈이 안단 말이오? 어디 아버지 배 좀 봅시다.
예? 아, 배에 밥이 환하니 비쳤소, 비쳐. 우리 강아지 한 마리 몰아넣읍시다."

"이놈에 강아지가 들어가서 어쩐다냐?"

"아, 밥을 팍팍 파먹을 게 아니오?"

"밥은 파먹는다 허고 강아지는 어디로 나온다냐?"

"그럼 호랑이를 몰아넣지요."

"호랑이가 들어가서 어쩐다냐?"

"강아지를 콱 잡아먹을 게 아니오."

"강아지는 잡아먹는다 허고 호랑이는 어디로 나오게야?"

"그러기에 포수를 또 몰아넣지요."

"포수가 들어가 어쩐다냐?"

"총으로 쾅 놓으면 호랑이가 죽지 않겠소?"

"아이고 이놈아. 호랑이 죽는다 허고 그럼 포수는 어디로 나올 것이냐?"

"그러길래 나랏님 거동령을 아버지 볼기짝에다가 때려 붙여보시오. 나달아
오나 안 오나."

한참 이리할 적에 흥보가 설사를 허는디 궁둥이를 부비적부비적 홱 틀어놓으
니 누런 똥줄기가 무지개살같이 운봉 팔영재 너머까지 어떻게 뻗쳐놓았던지
지나가는 행인들이 보고는 황룡 올라간다고 모두 늘어서서 절을 꾸벅꾸벅허
든 것이었다. 이리했다고 허나 이는 잠시 웃자는 성악가의 농담이지 그랬을
리가 있으리오.

글쎄 말입니다. 그럴 리가 없지요. 그런데 궤짝에서 쌀이 한없이 나오고 돈이 한 없이 나오는 일은 그랬을 리가 있고 흥보 설사가 무지개를 그리며 노란 용이 하늘을 날듯 하는 것은 그랬을 리가 없나요? 여하튼 판소리 사설 만든 분들 과장법은 높이 살 만합니다. 게다가 흥보 맏아들 흥보 배 속에 강아지 넣는 이야기 좀 보십시오. 이 상상력 정말 놀랍지 않습니까?

여하튼 밥 먹었으니 힘내서 다음 박 타야지요. 이번 박에서는 무엇이 나올까요? 갖은 세간이 나오는데 우리 전통 세간이 궁금하면 다음에 나오는 품목을 살펴볼까요.

이 많은 세간이
어디서 나왔느냐

방안의 세간이 나온다.

삼층 이층 외층_{단층} 장이며, 오합_{크고 작은 것 여럿을 한데 포갤 수 있도록 만든 꽃상자}, 삼합_{세 층이 딱 맞아 들어가는 가구}, 자드리_{상자의 한 종류}, 지롱紙籠, 기름에 결은 종이로 만든 등롱으로, 등롱은 걸도록 만든 등 기구, 목롱木籠, 나무로 만든 등롱, 자개농, 큰 궤 하며 뒤주장, 앞닫이, 혼합경대, 함_{옷이나 물건 따위를 넣을 수 있도록 네모지게 만든 통이며}, 바느질 시렁_{물건을 얹어놓기 위하여 방이나 마루 벽에 두 개의 긴 나무를 가로질러 선반처럼 만든 것}, 반닫이_{앞의 위쪽 절반이 문짝으로 되어 아래로 젖혀 여닫게 된 궤 모양의 가구}, 선반, 횃대_{옷을 걸 수 있게 만든 막대, 간짓대를 잘라 두 끝에 끈을 매어 벽에 달아 매어 둔다}, 의걸이_{위는 옷을 걸 수 있고 아래는 반닫이로 된 장}, 방장房帳, 방에 거는 휘장, 휘장, 모기장, 키 큰 병풍, 작은 병풍 온갖 그림이 황홀하고, 쌍창 주렴珠簾, 구슬 따위를 꿰어 만든 발 외창 발에 산호 주렴 곁들이고, 각색 비단, 겨울 이불, 누비이불, 홑이불, 화문 보료, 잣베개를 모양 있게 괴어놓고, 광명 좋은 은촛대, 화로, 인두, 화젓 가락화로에 꽂아 두고 사용하는 젓가락, 노구솥놋쇠나 구리쇠로 만든 작은 솥, 자유롭게 옮겨 따로 걸고 쓸 수 있다, 냄비, 수저가 천 묶음이요, 소양푼, 대양푼, 뱀뱅두리본래 발음은 반병두리, 놋쇠로 만든 그릇의 하나, 둥글고 바닥이 평평하여 양푼과 비슷하나 매우 작다가 백 죽옷·그릇 따위의 열 벌을 묶어 세는 단위이요, 허드레 그릇그다지 중요하지 아니하고 허름하여 함부로 쓸 수 있는 그릇, 대나무 식기, 입사발작은 사발도 백 죽이요, 구리 석쇠, 삼발이, 풍로, 다관茶罐, 차를 끓여 담는 그릇, 주전자와 모양이 비슷하며 사기·놋쇠·은 따위로 만든다, 은 주전자, 은 요강, 금 대야에 방 빗자루, 걸레, 쓰레받기까지 꾸역꾸역 꾸역이 다 나오고, 부엌 세간이 나온다. 충청도 다갈솥작고 오목한 솥, 들 수 있도록 위쪽 가장자리가 좀 넓고 평평하다, 경상도 전누비 두레박, 물항아리, 오지그릇붉은 진흙으로 만들어 볕에 말리거나 약간 구운 다음, 오짓물을 입혀 다시 구운 그릇, 검붉은 윤이 나고 단단하다, 시루, 너래기판둥글넓적하고 아가리가 넓게 벌어진 질그릇, 제기祭器, 갖가지 촛병이며, 소반, 모반여섯 모나 여덟 모로 된, 음식을 담아 나르는 나무 그릇, 채반껍질을 벗긴 싸릿개비나 버들가지 따위의 오리를 울과 춤이 거의 없고 둥글넓적하게 결어 만든 채그릇이며, 대소쿠리, 대바구니, 나무 함지나무로 네모지게 짜서 만든 그릇, 운두가 조금 깊으며 밑은 좁고 위는 넓다, 조리, 국자, 식칼, 도마, 깔고 앉는 방석, 부지깽이, 고무래곡식을 그러모으고 펴거나, 밭의 흙을 고르거나 아궁이의 재를 긁어모으는 데에 쓰는 'ㅜ' 자 모양의 농기구까지 꾸역꾸역이 다 나온다, 마당 세간이 나온다, 기개 좋은 허풍선이바람을 일으켜 숯불을 피우는 손풀무의 하나, 소가 찧는 연자방아, 사람이 찧는 디딜방아, 둘이 찧는 절구통, 떡판, 떡메, 쌀 까부는 중치치는 키의 사투리로 중간 크기의 키, 대치대형 키, 소치소형 키, 물레, 돌겻실을 감거나 푸는 데 쓰는 기구, 씨앗목화씨를 빼는 기구인 씨아를 말함 또르락 똑딱 신골방맹이신골을 칠 때 쓰는 둥글고

기름한 방망이는 머슴청머슴이 머무는 관청으로 제수除授, 왕이 관리를 임명하는 것하고 쟁기, 써

레길아놓은 논의 바닥을 고르는 데 쓰는 농기구, 호미, 홀태벼훑이, 두 나뭇가지의 한끝을 동여매어 집게처럼

만들고 그 틈에 벼 이삭을 넣고 벼의 알을 훑는 농기구, 낫, 쇠스랑, 괭이, 끌, 먹통, 대톱, 중톱,

대패며 오줌장군오줌을 담아 나르는 오지나 나무로 된 그릇, 귀땡이귀때동이, 귀때가 달린 동이, 오줌을

거름통에서 퍼 담아 논밭의 여기저기에 옮아가며 주는 데에 쓴다며 지게, 작대기, 멍석, 맷방석매통이

나 맷돌을 쓸 때 밑에 까는, 짚으로 만든 방석, 멍석보다 작고 둥글며 전이 있다이며 그저 도리깨곡식의 낟

알을 떠는 데 쓰는 농기구까지 꾸역꾸역 꾸역꾸역이 나온다.

문갑, 책상, 가께수리중요한 문서나 돈·장신구 등 소중한 물건을 보관하기 위해 특별히 제작한 가구, 필

연筆硯, 붓과 벼루, 퇴침退枕, 휴식할 때 사용하는 나무 베개, 찬합饌盒, 층층이 포갤 수 있는 서너 개의 그릇

을 한 벌로 하여 만든 음식 그릇, 등물等物, 같은 종류의 물건, 사서삼경, 백가어를 가득가득 담

은 책롱, 오음육률五音六律, 옛날 중국 음악에서 사용하던 다섯 가지 음과 여섯 가지 율 묘한 잡이민속

극이나 굿에서 피리·젓대·해금 따위를 불거나 켜서 반주를 하는 사람, 가지가지 풍류 기계, 흑각장

궁黑角長弓, 물소의 검은 뿔로 만든 긴 활 유엽전柳葉箭, 버드나무잎처럼 생긴 활 촉을 가진 화살의 일종을

궁대弓袋, 활을 넣어 다니는 주머니 전동箭筒, 화살을 담아 두는 통 각기 넣고, 조총, 철편鐵鞭, 강철

이나 청동을 소재로 하는 금속제 봉으로 중량을 이용하여 타격을 입히는 무기, 등채무장할 때 쓰던 채찍, 환도

조선 시대에 사용된 긴 외날 형식의 칼를, 호반虎班, 무반의 다른 표현 기개 좋을시고, 금분에 매화

피고, 옥병에 붕어 떴다. 요지반도瑤池蟠桃, 곤륜산에 있는 연못에서 삼천 년마다 한 번씩 열매가

열린다는 복숭아 동정귤洞庭橘, 중국에서 가장 넓은 호수인 동정호에서 나는 귤을 대화 접시작은 갈대로

만든 접시에 담아놓고, 감로수 천일주를 유리병에 넣었으며, 당판책唐板册, 중국에서 새

긴 책을 보아 가다 안경 벗어 거기 놓고 귤중선橘中仙, 귤 가운데 머무는 신선 두던 판에

바둑 그저 벌였구나.

온갖 보화가 다 나올 제 황금, 적금붉은색을 띤 금의 합금, 금에 구리를 25~50퍼센트 더하여 만드는데 주로 장식으로 쓴다, 순금이며 주석, 놋쇠, 유납놋쇠를 만드는 데 섞는 아연, 구리, 맑은쇠, 생동, 무쇠, 시우쇠무쇠를 불려서 만든 쇠붙이의 하나, 금패錦貝, 호박의 일종으로 빛깔이 누렇고 투명하다, 호박, 밀화蜜花, 밀랍 같은 누런빛이 나고 젖송이 같은 무늬가 있는 호박며, 산호, 진주, 청강석青剛石, 단단하고 빛깔이 푸른 옥돌 유리, 진옥眞玉, 진짜 옥 수마노水瑪瑙, 빛이 아름답고 광택이 나는 석영의 하나, 서각무소뿔, 고래수염, 사향, 용뇌용뇌수라는 나무로부터 얻은 결정체, 우황牛黃, 소의 쓸개 속에 병으로 생긴 덩어리이며, 비취, 대모玳瑁, 바다거북의 일종인 대모의 등과 배를 싸고 있는 껍데기, 주로 장식품이나 공예품을 만드는 데 쓴다며 그저 보석이 꾸역 꾸역꾸역 다 나온다.

"여보소, 마누라. 이 통에서 돈과 쌀이 많이 나와 배부르게 밥을 먹고, 아 이 통에서는 비단이며 살림살이 은금보화가 나왔으니 수년 의복 그립던 때 우리 옷 한 벌씩 하여 입세. 마누라 자네는 무슨 비단이 그중 좋던가?"

"아이고, 영감이 먼저 골라보시지요. 그래 영감은 무엇이 좋소?"

"나는 제비같이 한번 채려볼까?"

"아니, 제비같이 채리다니요?"

"제비 은덕을 생각해서라도 제비같이 새까맣게 흑黑공단貢緞, 두껍고, 무늬는 없지만 윤기가 도는 비단. 고급 비단에 속한다으로 한번 채릴 터이니 내 맵시가 어떻겠는가 들어보오."

흥보가 걸치고 꾸미고 하여 한번 차려보는디,

"흑공단 갓, 흑공단 망건, 흑공단 동곳상투를 튼 뒤에 그것이 다시 풀어지지 아니하도록 꽂는 물건, 흑공단 풍잠망건의 당 앞쪽에 대는 장식품, 쇠뿔·대모·금패 따위로 만들며 여기에 갓모자가 걸려서 바람이 불어도 뒤쪽으로 넘어가지 않는다, 흑공단 두루마기, 흑공단 마고자저고리 위에 덧입는 방한복의

하나, 저고리와 비슷하게 생겼으나 깃과 고름이 없고 앞을 여미지 않으며 단추를 달아 입는다, 흑공단 조끼,

흑공단 저고리, 흑공단 주머니, 흑공단 쌈지, 흑공단 허리띠, 흑공단 바지, 흑

공단 행전바지나 고의를 입을 때 정강이에 감아 무릎 아래 매는 물건, 흑공단 풍안風眼 집안경집, 흑

공단 대님, 흑공단 버선, 흑공단 부채를 손에 들면 어떤가, 내 맵시?"

"당신은 꼭 똥 주워 먹은 까마귀 새끼 뽄으로 생겼소."

"에이 순. 아, 남편을 보고 까마귀 새끼라니?"

"그러면 저 울 안에서 밥 주워 먹는 돼지새끼 뽄으로 생겼소."

"당신은 무슨 비단이 제일 좋던가."

"나는 평생 원이 송화색松花色, 소나무의 꽃가루 빛깔과 같이 엷은 노란색에다 반회장半回裝, 여

자 저고리의 깃·끝동·고름만을 자줏빛이나 남빛의 헝겊으로 대어 꾸민 회장, 회장은 여자 저고리의 깃·끝동·곁

마기·고름 따위에 대어 꾸미는 색깔 있는 헝겊 걸어서 입으면 그렇게 좋습디다."

"응, 촌이라 할 수 없다. 그리 송화색이 좋으면 어디 한번 꾸며보소."

"송화색 댕기, 송화색 귀지개귀지를 파는 기구, 송화색 노리개, 송화색 비녀, 송화색

두루마기, 송화색 저고리, 송화색 치마, 송화색 속곳, 송화색 고쟁이한복에 입는 여

자 속옷의 하나, 속속곳 위, 단속곳 밑에 입는 아래 속곳으로 통이 넓지만 발목 부분으로 내려가면서 좁아지고 밑을

여미도록 되어 있다, 송화색 속속곳예전에 여자들이 입던 아랫도리 속옷 가운데 맨 속에 입는 것, 다리통이

넓은 바지 모양이다, 송화색 허리띠, 송화색 버선, 송화색 당혜唐鞋, 예전에 사용하던 울이 깊고

앞 코가 작은 가죽신, 송화색 무룽개여인들이 쓰던 방한용 모자의 일종, 송화색으로 손수건 들면

어떠한가 나를 보오."

두 번째 박에서는 온갖 비단과 보물, 갖은 세간이 나오는데 비단은 생략했습니다.

4장
흥보가
기가 막혀
〈흥보가〉

하도 종류가 다양해서 다 쓰다가는 날이 샐 것 같아서죠. 궁금하면 직접 소리를 들어보세요. 그렇지만 세간은 우리가 꼭 알아두어야 할 것 같아서 좀 많기는 하지만 다 알아보았습니다. 대단하지요.

그런데 마지막 박이 문제입니다. 졸지에 부자가 된 흥보 마누라가 신이 나서 자신이 박 타는 소리를 매기겠다고 나서는데 결과가 영 좋지 않거든요.

쳐와 함께 열흘,
쳡과 함께 하루

흥보 마누라가 박통을 타가면 타갈수록 밥도 나오고 옷도 나오니 마음이 장히 좋아 이 통을 타면 더 좋은 보물이 나올 줄로 알고 속재미가 벌컥 나서,

"이 통 탈 소리는 내 사설로 매길 테니 당신은 뒤만 맡소."

흥보가 추임새를 넣으며,

"가화만사성家和萬事成, 집안이 화목하면 모든 일이 잘 되어감이라니, 자네 그리 좋아하니 좋은 기물 나오것네. 어디 보세, 잘 매기소."

그러면서 흥보 마누라 목청을 높여 박 타는 소리를 매깁니다. 그런데 이게 웬일입니까? 이 박에서는 귀한 물건 대신 사람 하나가 나오는 게 아니겠습니까? 그것도

홍보 마누라 입장에서는 때려죽여도 시원찮을 사람이 말이지요.

박이 반만 벌어지니 천만 뜻밖에 미인 하나 남녀 하인 백여 명을 좌우로 거느리고 나오는디, 구름 같은 머리털 낭자를 곱게 하여 쌍용 새긴 밀화 비녀 느직이 질렀으며, 매미 머리 나비 눈썹 추파秋波, 본래는 가을의 잔잔하고 아름다운 물결을 가리키는데, 이성의 관심을 끌기 위해 은근히 보내는 눈길이라는 의미로 변하였다 같은 눈동자 흑백이 분명허고, 연지 뺨 앵두 입술 박속같이 고운 이, 삘기띠의 어린 싹 같은 두 손길에 세류細柳, 가는 버드나무같이 가는 허리, 응장성식凝粧盛飾, 얼굴을 단장하고 옷을 화려하게 차려 입음 금수의상錦繡衣裳 외씨 같이 고운 발씨 아장아장 걸음마다 향내 내며 나오는 양, 해당화 조는 듯 모란화 말하는 듯 쇄옥성碎玉聲, 옥을 깨뜨리는 소리라는 뜻으로, 아름다운 목소리를 이르는 말 맑은 소리로 나직이 묻는 말이,

"이 댁이 홍보 씨 댁이오니까?"

홍보가 깜짝 놀라,

"하, 괴이하더라. 당찮은 세간 그리 많이 나올 적에 만단 의심하였더니, 임자 아씨 오셨구나."

납작 엎드려 절을 하며,

"구멍 좁은 박통 속에 평안히 오셨습니까? 이 세간 임자시면 모두 가져가옵시오. 쌀 서 말 여덟 되와 돈 넉 냥 아홉 돈은 한 끼 양찬양식과 반찬하였고, 몸에 감던 비단 가지 도로 풀어놓았으니 한 가지 것이라도 속였으면 벗긴 쇠자식이오."

그 여인 대답하되,

"놀라지 마옵시고, 내 말씀 들으시오. 당 명황明皇, 당나라 현종의 시호 천보天寶, 당나라 연호 간에 회모일소回眸一笑, 눈웃음을 한 번 흘김 백미생百媚生, 사람의 마음을 흘리는 온갖 아름다운 태도 육궁분대六宮粉黛, 옛 중국의 궁중에 있었던 황후의 궁전과 부인 이하의 다섯 궁실 안에 머무르던 화장한 아름다운 여인 무안색無顏色하던 양귀비를 모르시오. 천하에 주유하여 임자를 구하 더니, 제비 편에 듣자온즉 홍보 씨 적선행인선한 덕을 쌓은 사람이 부자가 되었다니 천자 서방 내사 싫고 육군분발六軍分發, 육군은 중국 주나라 때, 천자가 통솔하던 여섯 개의 군, 분발 은 따로따로 출발함, 즉 천자를 버리고 떠나오자 천자의 군대가 자신을 잡으러 오는 상황을 가리킨다할 수 없 데. 모두들 부러워하는 강남 부자, 첩이 되어 봄 따라 거닐고 밤마다 노니며 영원히 놀아보세."

홍보가 저의 아내 흑각발톱물소 뿔 같은 거친 발톱, 다목다리찬 기운을 쐬어 살빛이 검붉은 다리

만 보던 터에 이런 일색을 보아놓니 오죽이 좋겠느냐 손목을 덥석 쥐다 깜짝
놀라 턱 놓으며,

"어디, 그것 다루겠느냐. 살이 아니라 우무우뭇가사리를 끓여서 식혀 만든 끈끈한 물질로다.
저것 한창 좋을 적에 잔뜩 안고 채겼으면위로 올리면 뭉개질까 무섭구나."

그때에 흥보 아내 좋은 보물 나올 줄 알고 소리까지 매긴 것이 금은보화는 고
사하고 못 볼 꼴을 보았구나. 부정 탄 손님같이 불시로 틀리는데 손가락 입에
넣고 고개를 외로 틀며 뒤로 돌아앉으면서,

"흥, 저것들. 지랄허제. 박통 속에서 나온 세간 뉘 것인지도 채 모르고 양귀비
와 농창농을 주고받을인고. 당명황은 천자로되 양귀비께 정신 놓아 망국亡國, 나라가
망함이 됐다는디 박통 세간 무엇이냐. 당장 열 끼를 굶더라도 시앗남편의 첩 꼴은
못 보겠네. 나는 지금 나갈 테니 양귀비와 잘 지내소."

흥보가 가난허여 계집 손에 얻어먹어 가장 값을 못했으니 호령이나 헐 수 있
나. 사정조로 허는 말이,

"여보소, 애기 엄마. 이것이 웬말인가. 자네 방에 열흘 자면 첩의 방에 하루 자
지. 이렇듯 양귀비가 나만한 사람 보랴 허고 만리타국 나왔으니 도로 쫓아 보
내것나."

흥보 맏아들이 왜 그리 밝히나 했더니 지 아버지 닮아서 그랬군요. 그에 반해 흥
보 부인은 어지간히도 무던합니다. 자기 방에서 열흘 자고 양귀비 방에서 하루 자
겠다는 흥보 말을 듣고 맹세하면 받아들이겠다고 하지요. 흥보는 당연히 얼씨구
나 하고 맹세합니다. 그러자 양귀비, 박속에 대고 "어서들 나오너라" 하고 호령을

합니다.

처첩하고 수작할 제, 박통 속 우근우근 무수한 사람들이 꾸역꾸역 나오는데,
남녀 종이 백여 명, 석수, 목수, 와수기와 장인, 토수흙 장인, 각색 장인 수백 명이 각
기 연장 짊어지고, 돌과 나무 기와들을 수레에 싣고 썰매에 싣고 소에 싣고 말
에 싣고, 지게도 지고 더미로 메고, 줄로 끌며, 지레로 밀며, 방아타령, 산타령,
굿 치고 나오는데, 이런 야단이 있느냐. 마른 담배 서너너덧 참, 뚝딱뚝딱 서둘
더니 기와집 수천 칸을 경각頃刻에 지어놓고, 모두 다 간 데 없다. 흥보가 슬슬
둘러보니 강남 사람 재주들은 참으로 이상하여 벽 붙인 그 진흙을 어느새 다
말리어 도배까지 하였구나.

그렇게 해서 고을에서도 유명한 흥보네 집이 남는데, 흥보는 남은 집을 바라보며
사라진 양귀비 생각에 입맛만 다셨다는 소문이 있는가 하면, 별당에 양귀비 들이
고 열흘에 한 번씩 양귀비 손잡고 달구경에 세월 가는지 모르며 행복하게 살았다
는 이야기도 있지요.
여하튼 흥보네가 동네 제일가는 부자가 되어 산다는 소문이 놀보에게 전해집니
다. 그리고 이런 소문 듣고 그냥 있을 놀보가 아닙니다. 결국 놀보, 흥보네 집으로
건너오는데 척, 하고 보니 정말 듣던 대로 고대광실이 날아갈 듯 자리 잡고 있었
지요. 놀보, 흥보를 불러내어 야단을 칩니다. 이에 우애 좋은 흥보는 형님이라고
안으로 모신 후 부인 나와 인사드리라고 영을 내립니다. 흥보 마누라는 물론 나오
고 싶지 않았겠지만 할 수 없이 나옵니다.

"흥보야,
너 닮은 놈 몇이나 되냐?"

홍보 마누라가 나온다. 전에는 못 먹고 못 입어서 볼 모양이 없거니와 이제사 돈이 없느냐, 쌀이 없느냐, 은금보화가 없느냐, 녹용 인삼이 없느냐. 위 아래로 옷을 입었는데 한산 세모시에다가 옥색 물을 들여 입고 며느리들을 앞세우고 구시월 씨암탉 걸음으로 아장거리고 나온다.

"시숙媤叔, 남편의 형제님, 안녕히 오셨으며, 형님께서도 안녕하고 조카들도 평안하오?"

제수씨가 이렇듯 절을 하니 우리네 같으면 벌떡 일어나서 맞절을 해야 도리가 옳지마는 저 무식한 상놈이 발을 당그랗게 올려 괴고 앉아 제수를 보더니 담뱃대 긴 놈 썩 꼬나물고,

"그거 참 괴상한 일이로다. 야, 흥보야. 네 계집 쫓겨나갈 때 보고 지금 보니까 미꾸라지가 용 됐구나."

흥보 자식들이 인사를 허는디 길이 들어서 세줄박이로 늘어 엎드려 절하고 꿇 어앉으니 소위 큰아버지 되는 놈이 절을 받았으면 "오냐, 모시고들 잘 있느 냐" 허든지, "선영 덕에 좀 잘들 생겼느냐" 허든지 헐 말이 많건마는 저 때려죽 일 놈이 한참을 바라보드니 흥보를 보고,

"흥보야. 거 너 닮은 놈 몇이나 되냐?"

며느리들이 절을 허니,

"또 저것들은 다 뭣이냐?"

"며느리들이올시다."

"야, 저것들 어디서 얼마씩 주고 빼왔느냐? 거 매끈허게 쏙 빠졌구나."

이때에 흥보 양주 못 들은 체하고 하인들을 시켜 음식을 차리는 것이었다.

음식을 차리는디 안성 유기鍮器, 놋그릇, 통영 칠반옻칠을 한 소반, 천은天銀, 품질이 매우 뛰 어난 은 수저, 그림 넣어 집리執吏 서리書吏, 아전의 하나인 벼슬아치들 수 벌리듯 주루루루 늘어놓고, 꽃 그렸다 오죽烏竹판오죽은 대의 일종 대 모양 양각陽刻 당화기唐畫器, 중국산 사기 그릇, 얼기설기 송편이며, 네 귀 번듯한 정절편모가 반듯하게 잘라 만든 흰떡, 주루루 엮어 산피떡팥을 껍질째 삶아 찐 떡, 평과사과, 진청벌꿀, 생청가공하지 않은 꿀 놓고, 조란산 적달걀을 풀어 씌워 구운 산적 웃짐쳐, 양회소의 양 회, 간, 천엽, 콩팥 양편에다 갈라놓고, 청단꿀물에 경단을 담은 것, 수단꿀물이나 오미자 물에 경단 담은 것, 잣배기잣을 묻힌 산자며, 인삼 채, 도라지채, 낙지, 연포살점을 떠서 말린 고기, 콩기름에 갖은 양념 모아놓고, 편적잘 게 썬 고기로 만든 산적, 거적크게 만든 산적, 포적살을 얇게 져며 만든 산적이며, 설깃볶음소의 볼기에

붉은 고기볶음, 메밀탕수메밀당수, 물에 메밀가루를 풀고 여러 가지를 넣고 끓인 미음 같은 음식, 어포, 육포 쪽 갈라놓고, 천엽살, 갈비찜, 양지머리, 차돌박이 들여놓고, 어적생선전, 육적고기전 지져가며, 끌끌 우는 생치구이, 호도독 포도독 메추리탕, 옴방 톰방 오리탕, 겨자, 고추, 생강, 마늘, 문어, 전복, 붕어찜을 나는 듯 괴어놓고, 전골을 들이어라. 청동 화로, 백탄빛깔은 맑지 못하고 흰 듯하며 화력이 매우 센 참숯 숯불, 부채질 활활 하여 고추같이 피워놓고, 살찐 소 반짜고기방자고기, 씻지 않은 채 양념 없이 소금만 뿌려 구운 고기 반환도고기 썰 때 쓰는 끝이 말려 올라간 칼 드는 칼로 점점 편편 오려내어 깨소금에 참기름을 쳐서 조물락 조물락 재워내어 소양푼 대양푼에 여기도 담고 저기도 담고, 산채, 고사리, 물미나리, 녹두채, 맛난 장국 주르르 주르르 들어붓고, 계란을 톡톡 깨어 껍질을 얼른 벗겨 찌개를 들여라. 손뜨거운데 쇠젓가락 말고 나무젓가락을 드려라. 고기 한 점을 덥썩 집어 참기름에 풍덩 적셔 피치치치, 너도 먹고 나도 먹고. 보배답다 천은병, 평사낙안平沙落雁, 넓은 모래밭에 기러기가 내려앉는 모습 기러기병, 청유리병, 황유리병, 유리잔, 호박대, 빛 좋은 과하주過夏酒, 소주와 약주를 섞어서 빚은 술로 여름에 많이 마신다를 보기 좋게 들여놓고, 술, 진지를 드리는구나.

앞서 〈춘향가〉에서도 다리가 부러질 정도의 상을 본 적이 있습니다. 월매가 사또 자제 이몽룡 왔다고 밤에 상 차려 내오잖아요. 그런데 이 상만큼은 안 되는 것 같습니다. 판소리 듣다 보면 먹지 않아도 배부른 경우가 많습니다.
여하튼 좋게 차린 상 앞에 놓고 놀보놈 다시 한 번 심술을 부립니다.

316
세상에서
가장
재미있는
소리·판

중국 상해에 가서
삼 년 만 있다 나오너라

"야, 흥보야. 너는 내 속을 잘 알지? 남의 초상 마당에 가서 술을 먹어도 권주
가勸酒歌, 술 마시기를 권하는 노래 없이는 안 먹는 성질이다. 니 계집 미끈허니 곱게 꾸
민 김에 권주가 한마디 시켜라."

흥보 마누라 그 말을 들어놓으니 사지가 벌렁벌렁 떨려, 들었던 술잔을 상 위
에다가 내려놓고,

"어와 세상 사람들아 이런 말을 들어보소. 시숙이 제수더러 권주가 하란 것을
어디서 보았소? 형제 구박은 그만두고 사흘 굶어 죽게 된 동생을 돕지는 못할
망정 몽둥이로 쳐 보내고서 무슨 낯으로 내 집을 왔소. 나도 이제는 돈도 있고
쌀도 있고 은금보화도 많이 있소이다. 보기 싫으니 어서 가오, 어서 가오. 동

네 사람들이 알고 보면 몽둥이 찜질을 당하리다. 안 가려면 내가 먼저 들어가 겠소."

놀보란 놈이 공연한 짓 해놓고 스스로 무색허여,

"허허, 거 붕어한테 발가락을 물렸네. 하 이런 챙피가 있는가. 이놈 홍보야. 네 계집 버릇을 저렇게 가르쳐? 내가 오면 저렇게 욕하라고 시켰지?"

"형님, 그럴 리야 있겠습니까? 버릇이 없어서 그렇지요."

"여봐라, 홍보야. 네가 형제간 윤리를 알거든 네 계집 썩 버려라. 저렇게 악종 같은 계집은 우리 집안에는 필요 없어. 그러니 썩 잘라버려라. 내 다시 장가 들여주마."

놀보놈이 화가 나서 고기를 씹어 방바닥에 탁탁 뱉고 이불보를 홀렁 벗겨 뻘 건 화로에 집어넣으니 타기는 고사하고 도로 빛이 찬란하다.

"야, 홍보야. 이것이 뭐냐?"

"예, 그것은 불에도 상하지 않는 불쥐털로 짠 화한단火漢緞, 박쥐털로 짠 비단입니다. 빨 때는 꼭 불에다가 태워서 빱니다."

놀보 듣고 두 눈이 환하고 정신이 멍멍하다.

"그는 그렇다 허고, 내가 들으니 네가 밤이슬을 맞는다면서?"

"형님, 밤이슬이 무엇입니까?"

"네 이놈. 네가 밤이슬을 맞고 댕기면서 도적질을 헌담서?"

"아니, 형님 제가 도적질헐 리가 있습니까?"

"잔소리 마라. 네가 도적질을 해서 이렇게 부자가 되었다고 영문 포교가 내 집에를 찾아와가지고 너 사는 곳을 가르쳐달라더구나. 그러나 형제간 윤기에 차마 가르쳐줄 수가 있더냐? 그래서 너한테 살짝 내가 귀띔하는 말이니, 네 집과 살림을 쏙 실어 내게 맡겨라. 맡기고 저 중국 상해 근방으로 들어가서 한 삼년 있다 나오니라. 자식들 데리고. 그러면 내가 네 짚나락 하나라도 까딱하고 널 내주면 내가 니 자식놈이다, 이 녀석."

"아이고 형님, 제가 도적질할 리가 있습니까?"

"그러면 어째서 도적질 안 허고 이렇게 부자가 되었느냐?"

"형님, 제가 부자 된 내력을 말씀드리지요. 제가 움막을 짓고 사는디, 난데없는 제비 한 쌍이 떠들어와서 처마 끝에다 성주를 합디다."

"그래서?"

"수일이 되더니 흘지양지하여 새끼 여섯 마리를 깠는디, 다 구렁이에게 먹히고 한 마리가 날기 공부하노라고 파닥파닥 하다가 처마 끝에 뚝 떨어져 대발에 걸려 다리가 잘칵 부러졌어요."

"아, 떨어졌으면 부러졌을 테지."

"그래, 제비 다리를 이어주었더니 올봄에 나오면서 박씨 하나를 물어 왔어요."

"아니 그래, 제비 다리를 분지르면 박씨를 물어온단 말이냐?"

"아니, 분지른 게 아니라 저절로 부러졌어요."

"아, 저절로 부러지나 손으로 분지르나 부러지기는 마찬가지 아니냐? 그래서 어찌 되었느냐?"

"그래 박을 갖다 심었더니 박 세 통이 열렸더만요. 그래 한 통을 탔더니 쌀과 돈이 나오고요."

"그래서?"

"또 한 통을 탔더니 비단이 나오고요. 또 한 통을 탔더니 목수들이 모두 나와서 집을 짓고 은금보화가 쏟아져서 제가 부자가 된 것이지, 무슨 도적질을 했을 리가 있겠습니까?"

"아, 그 부자 되기 천하 쉽구나. 거 너는 제비 다리 하나를 분질러서 그렇게 부자가 됐으니 한 여나무 개 잘칵 꺾어놓으면 천하장자가 되겠구나. 거, 너하고 나하고만 알자. 이런 말 절대로 남한테 허지 말어라."

그러더니 한편을 바라보고,

"저 윗목에 알롱달롱한 궤짝이 무엇이냐?"

"예, 그것은 화초장花草欌, 꽃모양으로 아름답게 꾸민 장이라고 합니다. 거기서 은금보화가 나와서 이렇게 부자가 되었습니다."

"그거 참 신통한 노릇이다. 야, 홍보야. 너 삼강오륜을 아냐? 삼강오륜이라고 허는 것이 다른 것이 아니라 네 것이 내 것이고 내 것이 내 것이며, 내가 가령 죽을죄를 졌으면 동생인 니가 대신 죽고, 니가 죄를 지었으면 니가 바로 죽고. 그것이 삼강오륜이라고 한다. 그러하니 저 궤짝 나를 다오."

"예, 형님 드리려고 뫃 지어둔 것이오."

"그럴 것이다. 내가 너를 얼마나 예쁘게 키웠다고. 그놈 질빵 걸어 여기다 내놓아라. 짊어지고 갈란다."

"아, 형님. 점잖은 체모에 어찌 지고 가시겠소? 먼저 건너가시면 하인 시켜 지워 보내드리지요."

"무엇이 어쩌고 어째? 니가 나를 보내고 속에 든 은금보화 확 빼버리고 빈 껍데기만 지워 보내려고, 이 도적놈아! 그래도 세상 사람들은 이런 속도 모르고 날보고만 도적놈이라고 헌단 말이여. 이놈아 얼른 썩 내놔. 우악優握은 즉발卽發이요두터운 은혜는 즉시 베풀어야 함, 매사는 불여튼튼이라니 내 스스로 등짐 지고 가야것다. 어서 내놔라."

놀보란 놈이 짊어지고 대문 밖을 나오면서,

"야, 이것 이름이 무엇이냐?"

"예, 화 자, 초 자, 장 자, 화초장입니다."

"아따 그놈, 유식한 체 하느라고 짜짜짜짜 외우고 있네. 내 종종 올 터이니 윗목에다 항상 요런 것 몇 개 놔두어라. 그럼 난 갈란다. 아, 화초장. 또 잊을라. 외우면서 가자, 화초장, 화초장."

"화초장 화초장 화초장 화초장 화초장 얻었구나, 화초장 한 벌을 얻었다. 어찌
아니 좋을소냐? 화초장 화초장 화초장 화초장. 또랑 하나를 건너뛰다 아차 잊
었구나. 이것이 무엇이냐? 장은 장인데 잡것이 거꾸로 붙여도 모르것다. 초장
화 화장초 아니여, 장초화, 그것도 아니고 장자를 모르니 들먹거리자. 천장, 구
들장, 방장, 모기장, 구장, 개장, 도장, 우장, 땟장뿌리째 캐낸 잔디, 송장, 간장, 고추
장, 된장, 이것도 아니고, 아이고 모르겠다."

저의 집으로 들어가며,

"여보게 마누라. 집안어른이 어디 갔다 돌아오면 우루루루 쫓아나와 영접하
는 게 도리가 옳지. 좌이부동坐而不動, 앉은 채 움직이지 않음이 웬말인가. 에라 요년아,
요망하다."

놀보 마누라 나온다, 놀보 마누라가 나온다.

"아이고 여보 영감. 영감 오신 줄 내 몰랐소. 내 잘못되었소. 이리 오시오, 이
리 오라면 이리 와. 영감 그 짊어진 것이 무엇이오?"

놀보란 놈 허는 말이,

"내가 진 것이 무엇인지 알아내라. 만일 알아내지 못하면 발길로 니 배를 탁
찰 것이다."

"당신은 아오?"

"내야 물론 알지마는 니가 이게 무엇인지 어서 급히 말을 해라."

"이전에 우리 친정아버지가 그런 걸 보고 화초장이라 합디다."

"아이구 내 딸이야."

"아니, 마누라보고 딸이라는 이도 있소?"

"급할 때는 이리도 쓰고 저리도 쓰지."

이야기를 끊을 수 없을 만큼 재미있기도 하고 또 그만큼 유명한 대목이지요. 흥보
네 집에 찾아가 대접 잘 받은 후에 화초장 손수 짊어지고 오다가 그 장 이름 잊어
버려 헤매다가 제 마누라 덕에 화초장인 줄 안다는 내용은 너무 유명해서 모르는
분 안 계실 겁니다. 그렇지만 세세한 내용은 역시 이렇게 살펴보아야 그 참맛을
알게 됩니다.
그런데 다음 내용을 아시는 분은 별로 없을 겁니다. 금은보화와 쌀이 끝없이 솟아
나오는 화초장이 놀보 손에 들어가서 어떻게 변하는지 말입니다.

4장
흥보가
기가 막혀
〈흥보가〉

돈궤를 내놓으며,
"이것이 돈이 생겨 비워 내면 또 생기지."
궤 문을 열어놓으니, 돈은 나전돈부처님께 복을 빌 때 자신의 나이만큼 올려놓는 돈, 몸뚱이는
옛돈 꿴 듯 구부려 누운 길이 넉 냥 아홉 돈만한 샛누런 구렁이가 고개를 꼿꼿
이 들고 긴 혀를 널름널름. 놀부 부처가 크게 놀라 궤 문을 급히 닫고 노속을
바삐 불러,
"이것을 갖다가 문 열어보지 말고 짚불에 바로 태워라."
놀보 계집이 말려,
"애겨, 그것 사르지 마시오. 인제 그런 흉한 것들, 돈 나오는 궤 주었다고 자세
藉勢, 권력이나 세력을 믿고 세도를 부림하면 어쩌게. 구렁이 쌌던 보를 두어서 무엇 하게.
그 보로 도로 싸서 급히 보내주오."

놀보가 추어,

"자네 말이 똑 옳으이."

사환을 급히 시켜 홍보 집에 환송커늘, 홍보가 받아 열고보니, 구렁이는 웬 구
렁이, 돈이 하나 가득하지. 제 복이 아니면 할 수 없는 법이었다.

여하튼 이런 사정은 모르고 놀보, 그날부터 제비 잡기에 나섭니다. 우선은 제비가
살 만한 집을 만들고 다음에는 제비 몰러 나가는데 제비 몰러 나가는 대목도 유명
하지요.

"짹이고 꿧이고 가만 있거라"

"아, 흥보란 놈이 제비 새끼 한 마리 부러진 다리 이어주어 그 제비가 보은 박씨를 물어다 주어 그만큼 부자가 됐다는데, 나는 제비 새끼 열 마리만 다리를 부러뜨려 이어줄 것 같으면 그놈들이 모두 보물 박씨를 물어올 것이니, 천하 갑부가 안 되겠는가? 그러니 오늘부터 아무 말 말고 삯군 수십 명을 사들이소."

그날부터 삯군 시켜 제비집 수십 개를 만들어 안채, 사랑채, 사당, 곳간, 별간, 뒷간, 앞뒤 처마, 대들보 빈틈없이 붙여놓고, 붙일 곳 없으니 제 망건에다 대모풍잠 붙이듯 쪽 붙여가지고 사방으로 다녀도 제비 소식이 막연하니 삯군 불러 삼시 먹고 닷 돈씩 신발 담배 사줘가면서 제비를 몰러 나가는디,

"제비 몰러 나간다, 제비 몰러 나간다. 복희씨伏羲氏, 중국 신화시대의 황제 가운데 한 사람으로 고기 잡는 방법을 처음 알려주었다고 한다 맺은 그물을 에후루혀 둘러메고 방장산지리산으

로 나간다. 이편은 우두봉, 저편은 좌두봉, 건넛봉 맞은봉, 좌우로 칭칭 둘렀는
디, 후여 허허허 덤불을 툭 쳐 후여 허허 떴다 저 제비, 어느 곳으로 행하나, 연
비려천鳶飛戾天, 하늘 높이 나는 솔개에 소리개만 보아도 제비인가 의심한다, 남비오작
南飛烏鵲, 남으로 나는 까마귀와 까치에 까치만 보아도 제비인가 의심, 춘일황앵春日黃鶯, 봄
날의 노란 꾀꼬리에 꾀꼬리만 보아도 제비인가 의심, 층암절벽層巖絕壁, 바위로 둘러싸인 절
벽에 비둘기 보아도 제비인가 의심, 저기 가는 저 제비야, 그 집으로 들어가지
마라, 천화일天火日, 상량을 올리거나 지붕을 얹으면 불이 난다는 날에 지은 집이로다. 화급동량
火及棟樑, 불기운이 미친 기둥과 들보이라, 내 집으로 들어오너라. 이이이이리워."
그렁저렁 해동하여 삼월 삼일이 돌아오니 강남에서 나온 제비가 각기 주인을
정하는데 신수 불길한 제비 한 쌍이 놀보 집을 들어오니, 놀보놈이 좋아라고
소반에다 물을 떠서 처마 끝에 받쳐놓고 코가 땅에 닿도록 납작 엎드려 절을
하면서,
"제비나리 인제 오십니까? 어찌 그리 더디 와서 내 간장을 녹였소?"
놀보놈이 그날부터 제비께 정성을 드리는데, 제비가 날아가면 낯짝을 바짝 치
켜들고,
"우리 제비 저기 간다, 우리 제비 저기 가."
환장을 하고 다니는데 제비가 알을 딱 다섯 개 낳았겠다. 이 놀보놈이 오면서
가면서 슬쩍슬쩍 만진 것이 거의 곯아버리고 그중 딱 한 마리만 깠지. 까든 그
날부터 구렁이를 와달라고 날마다 방문을 써 붙이고, 아! 글쎄 빌어도 구렁이
는 아니 오고 제비 새끼는 자꾸 커서 곧 날아가게 되었구나.
날기 공부 하느라고 파닥 파닥 파닥 허니,

"떨어지거라, 떨어지거라."

도로 부르르르 기어 올라가니, "허허, 내가 이러다가는 쥐도 그릇도 다 놓치게 생겼는데. 오라, 울려놓고 달랜다고 내가 구렁이 노릇을 할밖에."

제비 새끼를 잡아내어 두 다리를 무릎에다 대고 분지르는데, 제비가 쩍쩍쩍,

"쩍이고 뭣이고 가만 있거라. 이놈의 제비 자식아."

제비 다리를 작신 분질러 사랑 앞 마루턱에다 딱 놓고 얼른 돌아서서 이따위 생침 맞는 소리를 하겠다.

"어! 아, 제비 새끼가 떨어져 다리가 부러졌네. 여보, 마누라. 오색 당사실 좀 가져오소."

놀보 마누라가 쫓아가 보더니,

"에이, 이거 당신이 일부러 분질렀구만."

"이런 잡것이. 아, 이것아 그래 어떤 잡놈이 제비 새끼 다리를 일부러 부러뜨리는 못된 놈이 있드란 말이냐. 어 잔소리 말고 가져와."

오색 당사실을 갖다가 찬찬히 곱게 감는 것이 아니라 저는 조금 실하게 감는다고 수종다리병으로 퉁퉁 부은 다리를 만들어놨지.

참으로 재수 없는 제비 한 마리 놀보에게 걸려서 고생이 말이 아닙니다. 그래도 다행히도 죽지 않고 살아나서 강남으로 돌아가게 되었습니다. 그런데 이 제비 강남으로 무사귀환하면서부터 놀보는 죽을 길로 들어섭니다. 당연하지요. 흥보에게 금은보화를 내려줄 기적 같은 능력이 있는 제비 왕이 놀보 하나 망치지 못하겠습니까?

수풍 박씨 등장이요!

놀보 제비 강남을 들어가 강남 대왕전에 현신하니 부러진 다리가 봉퉁이 져서 전동거리고 들어온다.

"너는 왜 다리가 저리 봉퉁이 졌느냐?"

"예, 소조 아뢰리다. 조선국에서 태어나 날기 공부 힘쓸 적에 불칙한 놀보놈이 소조 다리를 분질러서 거의 죽게 되었더니 천만다행으로 다리가 나아서 이렇게 왔사오나 어찌하면 그놈의 원수를 갚을 수 있으리까?"

대왕이 듣고 크게 노하여 이르기를,

"천하에 죽일 놈을 여태껏 두었구나."

그 즉시 수풍讐風, 원수를 갚을 풍파 박씨를 내어주면서,

"이것 갖다 놀보놈에게 주고 그놈의 원수를 갚아라."

저 제비 받아 물고 삼동三冬, 겨울 석 달을 기다리는디, 그때에 놀보놈은 제비를 바라고 기다리것다. 동네 사람들이 수근수근하면서,

"아, 놀보가 요새 제비한테 환장해갖고 제비에게 쓰는 돈은 얼마든지 쓴다는데 그놈의 돈을 어떻게 하면 좀 뺏어먹을꼬. 도적 같은 놈을."

그 동네로 떠돌아다니는 허망쇠라 하는 놈이 하나가 있는데 공짜 먹기 수가 난 놈이었다. 허망쇠란 놈이 장담하고 떡 나오더니 놀보네 대문으로 들어서면서,

"놀보 씨 계십니까?"

"거 누구여?"

"나 허망쇠로구만."

"허망쇠? 자네 내 집에 뭣 할라고 왔는가?"

"나 제비 보고 왔소."

놀보가 그 말을 듣더니 문 확 열며,

"여봐라, 여기 이 양반께 술상 하나 올려라."

술상 받아먹은 후에,

"제비 본 말씀 좀 하시오."

"예, 내가 제비를 보러 다니느라고 돈이 조금 들었소."

"얼마나 들었소?"

"예, 신발값, 담뱃값, 품삯, 밥값 모두 제하면 한 오십 냥 들었소."

놀보놈이 그 말 듣더니,

"곱절 보태 백오십 냥 주지."

백오십 냥을 주니 이놈이 슬쩍 뒤로 지워 보낸 후에,

"이제 제비 본 말을 허지요. 제비가 검지요?"

"아무렴 검지, 검고말고요."

"아, 꼬리가 깁디다."

"영락없다."

"발이 둘입디다."

"맞았어."

"크기가 큰 닭만 합디다."

"제비가 적은 것인데 어째서 닭만 할까?"

"밭에서 똥을 주워 먹던데요."

"제비가 똥 먹는 것은 아닌데."

"냅다 쫓으니까 까옥 까옥 까옥."

"아따 이 양반아, 그것은 까마귀요."

"아, 까마귄가요? 그럼 내 또 보고 오지요."

"아, 그놈한테 돈 일백오십 냥을 무단히 빼앗겼구나."

또 한 놈이 오더니마는,

"놀보 씨 계십니까?"

"거, 누구여."

"제비 저기 옵디다."

놀보가 어떻게 좋던지 버선발로 쫓아나가며,

"어디 오던가?"

"아, 여보시오. 신발이나 신으시오. 신발도 아니 신고 어찌 이리 환장하오?"

신발을 신기고 이놈이 놀보를 끌고서 산중 돌작밭으로 가더니마는 바윗돌을 들먹들먹하면서,

"아, 이놈의 제비가 금방 여기에 있었는데 어디로 갔냐?"

"아, 제비가 어떻게 생겼던가?"

"아니 제비면 그만이지 뭐이 어떻게 생기고 저떻게 생기고가 있습니까?"

"꼬리가 길던가?"

"깁디다."

"영락없다. 그래 발이 몇이던고?"

"넷입디다."

"발이 넷이라? 발이 둘밖에 없는데 어찌 넷이 될꼬. 빛이 어떻게 생겼던가?"

"노오랍디다."

"아따! 이 자식아. 그럼 족제비다."

"족제비나 제비나 좌우간 '제비' 자는 들었지 않소."

그놈한테 속고 저놈한테 또 속고 그럭저럭 삼월 삼 일이 되었것다.

그렇게 약게 구는 놀보도 욕심 앞에서는 장님이 되는 모양입니다. 눈 번히 뜨고 사기를 여러 번 당하니 말이에요. 여하튼 원수 갚는 박씨 가지고 출발한 제비가 드디어 학수고대하는 놀보 집에 당도해 복수하는 박씨를 똑 떨어뜨립니다. 놀보가 환장할 만큼 좋아하는 것은 당연하지요.

그런데 놀보보다 유식한 게 바로 놀보 마누라입니다. 박씨에 써 있는 글자를 보고 뭔가 불길하다고 여기거든요.

놀보 마누라 가만히 보더니마는,

"거 박씨는 박씨요마는 박씨에 써 있는 글 좀 보시오. 원수 '수' 자에 바람 '풍' 자가 괴이허니 심지 말고 내버립시다."

그러나 이미 박씨에 눈이 뒤집힌 놀보가 그런 말을 들을 리는 없지요. 아, 하나 더 알려드릴 것이 있습니다. 놀보 제비가 가져온 박씨에 새겨져 있는 글자가 더늠에 따라 수풍이라는 말 외에 구풍仇風, 원수 바람, 보수표報讐瓢, 원수 갚는 박라는 말도 있습니다.

"자네가 속을 모르는 말이여. 강남 문장들이 글을 뒤집어 허느니, 비단 '수繡' 자를 쓴다는 것이 붓대가 잘못 돌아가서 원수 '수讐' 자가 되고, 풍년 '풍豊' 자 쓴다는 것이 잘못 되어서 바람 '풍風' 자 되었으니 걱정 말고 심세."

이 두머니
하나만 채워 오거라

식물은 심어만 놓으면 잘 큽니다. 가만두어도 비 맞고 햇빛 받아 잘 클 박이 아침 저녁으로 놀보가 얼마나 심혈을 기울였는지 집채만 해집니다. 그래서 처음에는 북채만 한 박순이 홍두깨만 해지고 다시 기둥만 해지더니 박 잎사귀가 삿갓씩만 해가지고 넝쿨이 온 동네를 막 뻗어나가는데 넝쿨이 턱 걸친 집은 찌그러지고 상해가지고, 그 집들 배상금만으로도 수천 냥 물었다고 합니다.

이 박의 크는 법이 날마다 갑절씩 더럭더럭 크는구나. 연거푸 순이 나고 순이 나고, 한 순이 커지기를 한 아름이 넘는구나. 어디 가 턱 걸치면 모두 다 무너 질 제, 사당에 걸치더니 사당이 무너져 신주가 깨어지고, 곳간에 걸치더니 곳간이 무너지고, 온 동네 집집마다 부지불각 턱 걸치면 무너지고 무너지고, 무너지면 값을 물고, 무너지면 값을 물고, 그렁저렁 거기에 든 돈이 삼사천 냥 넘었으니, 놀보가 벌써부터 박의 해를 보는구나.

하루는 이웃집 노인 한 분이 썩 오더니마는,

"네 이놈, 놀보야. 밤이면 지붕 위에 박통 속에서 동당지당지당당동당동쩡쩡 동지동지동지딱, 요망스러운 소리가 나니 당최 잠을 못 자겄다. 박 안 딸래? 이놈."

놀보가 은금보화가 변화해서 그런 줄로 알고,

"오늘 박 따낼라요."

그날부터 박 탈 삯군을 삼시 먹고 쉰 냥씩 선돈 주고 얻어들이는디, 어쩐 일인지 병신만 얻어드리것다.

안팎낙포앞뒤 곱사등이, 곰배팔이팔이 구부러져 펴지지 않는 사람, 전동다리절름발이, 청맹과니눈은 떴으나 보지 못하는 사람, 쌍언청이에 뻗정다리다리를 구부리지 못하는 사람, 훼젓이움직일 때마다 사지가 심하게 흔들리는 사람. 어찌 병신만 얻는고 하니 은금보화가 쏟아지면 성한 사람은 모두 갖고 갈까 염려하여 그리했겠다.

놀보 생각해보면 머리가 꽤나 좋습니다. 박에서 나온 금은보화 가지고 도망가지 못하게 장애인만 구했다? 대단한 발상이지요. 그런데 여러분도 아시다시피 그 사람들 금은보화는커녕 나중에는 제발 그만 타자고 사정을 하게 되지요. 그럼 첫 번째 박에서 뭐가 나오는지부터 볼까요.

박이 반쯤 벌어지니 박통 속에서 "맹자라. 맹자가 양혜왕을 만나시는데 왕이 말씀하시기를…"

"이거 박통 속이 아니라 서당 속이네그려."

박이 쩍 벌어지더니마는 노인 한분이 나오는디, 다 떨어진 쳇불관선비가 머리에 쓰던 관으로 말총으로 쳇불처럼 거칠게 짜서 만들었다은 빈대알이 희뜩희뜩, 생마포생 삼베 적삼 위에 개가죽 쌈지는 무릎에 덜렁덜렁, 구멍은 뻥뻥, 중치막예전에 벼슬하지 아니한 선비가 소창옷 위에 덧입던 웃옷은 아랫단에 황토 묻고 세전지물世傳之物, 대대로 전해오던 물건 묵은 바지 오줌 싸서 얼룩지고, 석자 가웃 베주머니 일가산一家産, 한 집안의 전 재산을 넣어 차고, 곱돌 조대곱돌로 만든 담뱃대 중동중간 부분 쥐고, 개털 모선毛扇, 벼슬아치가 추운 날 얼굴을 가리던 방한구으로 얼굴 가리고, 놀보 집 안방으로 제 방같이 들어올 제, 놀보는 쳐다보고 장담한다.

"흥보는 첫 통에서 동자가 나왔는데, 나는 노인 한 분 나왔으니 저 주머니에 들은 것은 필경 좋은 약 들었구나. 바삐바삐 따라가자."

자세히 살펴보니 토끼 같은 낯바닥, 빈대코가 맵시 있고, 뱁새눈, 하마 입, 실 같은 모가지, 장구통 배아지, 수종다리, 새 같은 정강이, 마당발로 생겼는데 목소리가 장히 굵다.

"어따 이놈, 놀보야. 네 할애비 덜렁쇠, 네 애비 껄떡놈이, 네 할미 허청떼기, 네 에미 밭떼기, 모두 다 내 집 종이더니 병자 팔월 과거 보러 서울 올라간 뒤에 사랑이 비었는데 흉악한 네 애비놈이 가산 모두 도적하야 부지거처不知居處, 머무는 곳을 모름 내뺐기로 종적을 모르더니 네놈이 이곳에서 부자로 산단 말을 제비게 듣고 불원천리 나왔으니 네 가속 네 재산을 박통 속에다 집어넣고 강남 가서 드난행랑에 붙어살며 주인집을 돕고 고공살이 하는 것하라."

놀보가 들어보니 사람 죽일 말이로다. 아니라고 할 수 없지. 삼대가 되었으니 증인 설 사람 없고, 송사하여보자 한들 좋지 못한 이 내력 읍, 면, 촌에 어쩔꼬. 아 이놈의 노릇을 어쩌? 혼자 궁리하는데 저 양반 호령 갈수록 무섭구나.

"네 이놈 놀보야, 옛 상전이 와 계신데 네 계집 자식들이 문안을 안 드리니 이런 때려죽일 놈들이란 말이냐? 여봐라, 강남 하인 게 있느냐?"

"예이."

아, 박통 속이 관문관청 되어 설금찬힘세고 무섭게 생김 여러 놈이 올가미 몽둥이 들고 수십 명이 쭉 늘어서더니 놀보를 치려고만 드는구나.

놀보가 하릴없어 죽기로써 비는구나.

"여보시오 상전님. 아무 말씀 마시고 속전贖錢, 죄를 면키 위해 바치는 돈으로 바칠 테니 속량하여 주사이다. 얼마나 바치면 됩니까?"

"네 놈 죄상을 생각하면 기어이 잡아다가 주야로 악역 시키면서 만일 조금만 잘못하면 초당전초당은 집의 본채에서 따로 떨어진 곳에 억새나 짚 따위로 지붕을 이어 만든 조그마한 집 말뚝에 거꾸로 매어달고 대추나무 방망이로 두 발목 복사뼈를 꽝꽝 우려 때려 가며 부려먹자 하였더니, 네 말이 그러하니 속전을 바치려면 지체 말고 썩 바치거라. 너 같은 놈을 데리고 내 어이 다소多少, 많고 적음를 다투겠느냐?"

조그만 주머니를 허리에서 끌러주며,

"아무것을 넣든지 여기만 채워 와라."

놀보놈 제 소견에 저 양반 저 억지에 많이 달라 하게 되면 이 일을 어찌 할꼬 잔뜩 염려하였다가 이 주머니 채우자면 얼마 아니 들겠거든. 아주 좋아 못 견디어,

"예, 그리 허오리다."

하고 이 무지한 놈이 사랑으로 들어가 돈을 넣는디,

사랑으로 들어가서 궤 문을 열고 한 줌을 넣어도 간곳없고, 두 줌을 넣어도 간곳없네. 묶음으로 넣어보자. 스무 냥씩 무더기로 백 묶음을 넣어도 간곳없고 천 묶음 넣어도 간곳없네. 이 주머니 생긴 모양이 무엇을 넣으려 하면 주둥이를 떡 벌려서 산덩이도 들어갈 듯, 넣고 보면 간곳없고 어찌 이리 가벼운가. 어디 혹시 구멍 났느냐, 아무리 둘러보아도 혼솔홈질로 꿰맨 옷의 솔기은커녕 가죽으

로 만든 것이 물 샐 틈이 없느니라.

"아이고 이게 웬일이냐. 나 죽을 것 생겼구나."

말경에는 돈궤를 주머니에 집어넣어도 간곳이 없는지라,

"아이고 이것 어쩔거나. 돈으로는 못하겠네. 곡식으로 채워보자."

노적가리를 털어놓고 쌀 한 섬 넣어도 간곳없고, 두 섬을 넣어도 간곳없고 백
석을 넣어도 간곳없네. 나중에는 나락보리, 보리쌀, 서속, 수수, 좁쌀, 팥, 콩이
며 메밀, 참깨까지, 그것도 아니 되어 보릿더미, 나락더미, 짚더미, 거름더미, 나
뭇더미, 모두 다 집어넣고 쇠스랑, 낫, 호미, 써레, 벼훑이, 쟁기, 따비, 지게를 모
두 다 집어넣어도 간 곳이 없는지라. 놀보놈이 기가 막혀 주머니를 들고 와서,

"아이고 여보 상전님. 이게 무슨 주머니요? 아무리 넣어봐도 한강 투석이라.
어찌 된 일입니까? 살려주오, 살려주오."

저 양반 호령한다.

"에라 이놈. 간사하다. 그럴 리가 왜 있으리. 공돈 속전을 받고 보면 몇 만 냥
이 되겠기로 네놈의 편리를 보고 나도 수수만리를 함께 가기 곤란하여 주머니
를 채우라니 아무것도 아니 넣고 네 저놈을 달구쳐라."

놀보가 기가 막혀,

"비나이다, 비나이다, 상전님전 비나이다. 공돈 속돈을 바치지 이 주머니는 못
채우겠소."

"네 원이 그러하면 네 할아비, 네 할미, 네 아비, 네 어미, 너의 양주 암놈, 수
놈, 짝을 지워 네 자식 새끼까지 매 구ㅁ, 과거에 노비는 사람 취급도 하지 않아 노비를 셀 때 쓴
단위에 삼백 냥씩 이천사백 냥만 바쳐라. 그렇지 아니하면 이 주머니에다 집어

넣으리라."

주머니를 떡 벌려놓으니 놀보가 황겁하야 나가더니 논을 모두 팔아 이천사백 냥을 또 바치니, 주머니에 집어넣고 노인이 확 홅어놓으니 간 곳이 없지. 놀보는 허망하여,

"허허."

제가 이제는 속량했다 하여 상전이라 아니하고 생원자로 돌리것다.

"여보시오, 생원님. 대관절 내 재산을 다 긁어먹었으니 그 주머니 이름이나 좀 압시다."

"오, 이 주머니는 능청낭이다. 천지개벽한 연후에 불충불효한 놈들 무륜무의無倫無義 윤리 없고 의리 없음 모은 재물을 뺏어 오는 주머니다."

"능청낭이오? 능청맞게도 집어먹었소. 뉘것 뉘것 뺏어 갔소?"

"어찌 다 세것느냐."

"그 세간은 전곡간에 얼마나 되더이까?"

"돈만 해도 오억만 냥, 쌀과 보리가 오백만 석이나 한편 귀도 못 채웠고, 또 당나라 원자세간 큰 부자라 허였으나 모두 다 쓸어 넣어보아도 반주머니도 못 되더라."

"그 세간은 도통 합이 얼마나 되더이까?"

"돈은 조가 훨씬 넘고, 쌀만 오천오백만 석, 벼가 오천백만 석이요, 보리가 칠천만 석, 콩팥이 합쳐 이십만 석, 참깨가 이만오천 석에 들깨가 이만 석, 찰조, 메조가 삼십만 석, 옥수수가 삼만 석이요, 피가 육만오천 석, 기장이 구만 석에 수수가 칠만 석, 후춧가루가 팔천 석이지."

"그렇게 뺏어다가 어디다 써 계시오?"

"그 주머니가 사람 된 사람은 더 잘되게 만들고, 못된 놈만 못 쓰게 하는 주머니다. 어라, 너무 많이 갖고 왔는가 보다. 늙어 말년에 갖고 가기도 귀찮다. 또 올 텐디 뭐."

"아이고 샌님. 또 언제 오실라고요?"

"오냐, 나 심심하면 종종 찾아올 테니 여기 많이 채워둬라."

주머니를 갖고 두어 걸음 나가더니 인홀불견因忽不見, 언뜻 보이다가 보이지 않음 간 곳이 없것다.

삼사십 냥 집어넣으면 가득 찰 것 같은 주머니 하나만 채우면 될 거라 생각하고 안심했던 놀보, 제대로 걸렸습니다. 그런데 더욱 무서운 소리는 심심하면 종종 찾아온다는 말이었겠지요. 여하튼 이런 난리를 겪고 보니 박 타던 일꾼들 박 타고 싶은 마음이 싹 달아납니다. 그러나 놀보는 백절불굴의 사나이죠. 일꾼을 다시 독려하여 두 번째 박을 타는데 이번에야말로 정말 제대로 걸렸습니다.

좁은 박통 속에서
여러 날 굶었더니

슬근슬근 거의 타니, 무슨 끈 쪼가리가 박통 밖으로 뾰조록이 나왔으니 놀보
놈 좋아라고,

"옳다. 이제 엽전꿰미 나왔다."

하고 확 잡어당겨 놓은 것이 엽전 나올 리 만무하고, 줄봉사 오륙백 명 그 줄을
서로 잡고 꾸역꾸역 꾸역꾸역 나오는데, 곰배팔이, 앉은뱅이, 새앙손이손가락이
잘려서 생강처럼 된 손 병신, 전동다리, 곱사등이, 가슴에 구멍 난 놈, 얼어 부픈 낯바닥
에 댕강댕강 물든 놈, 입술이 하나 없어 이빨만 앙상한 놈, 다리가 퉁퉁 부어
모기둥만씩 한 놈, 등덜미가 쑥 내밀어 북통을 진 듯한 놈, 키가 한 자 남짓한
놈, 입이 한쪽 돌아간 놈, 가죽 관을 눌러쓴 놈, 물매 작대나무에 달린 과실 같은 것을 떨

어뜨리려고 팔매질하여 던지는 조금 긴 막대 멜빵만 진 놈, 헌 멍석 말아 쥔 놈, 헌 바가지 손에 든 놈, 온몸에다 재 칠하여 아궁이에서 자고 난 놈, 두 다리에 피 칠한 놈, 패랭이 꼭지만 쓴 놈, 웅장건熊掌巾, 곰 발바닥으로 만든 두건 끈 달아 쓴 놈, 그저 꾸역꾸역 꾸역꾸역 꺼벅꺼벅 꺼벅꺼벅 덜렁덜렁 덜렁덜렁 나오는데 사람 모은 수를 보면 대구 시월령대구에서 열리던 약령 시장 같고 서울 장안 과거인들 이에서 더할소냐. 그저 꾸벅꾸벅 꾸벅꾸벅 찔룩찔룩 꺼벅꺼벅 꺼벅 나오는데, 그중에 영좌領座, 한 마을이나 단체의 우두머리가 되는 사람 영감이 나오는데 다년 과객질로 공것 먹기 수가 나서 예상으로 하는 말이 사람 죽일 말이지. 나이는 한 오십 남짓한데 박통 밖으로 툭 나오면서,

"여보소, 공은 거기 있는가? 친구들이 떠드니 너무 그리 떠들지 말라고 하소. 아, 이 공사公事가 한두 달에 끝날 일이 아닌 것을, 너무 그리 성급히 하지 말아라."

차린 복색 보면 개털버선 들메 신고 삼베 중의 잠방이 떡 입고 나오면서 놀보 안채 대청 위에 허물없이 올라 앉아, 끝없는 반말 소리,

"바깥주인이 어디 있는가? 이리 와 내 말 듣지."

놀보가 전 같으면 이러한 과객 보고 불호령이 나올 터이지만 여러 걸인 호령 소리에 정신도 없고 그 어른 하는 거동 점잖키도 하여 할 수 없이 대청으로 올라가 절을 하고 공손히 여쭈오되,

"어디서 오시오며 저렇게 많은 사람 성한 사람 하나 없고 모두 다 병신만 동행하셨으니 어디서 오셨습니까?"

영좌가 그 말 듣고,

"오, 네가 놀보냐? 우리 온 내력은 사오 일 후에야 알 일이로되 그 좁은 박통 속에서 여러 날을 이 친구들이 굶어서 모두 다 죽게 되었다. 이토록 기갈飢渴, 배고픔과 목마름이 자심滋甚, 더욱 심하니 좋은 안주 술대접과 갖은 반찬 더운 점심 정결한 사처방길을 가던 손님이 묵던 방에 착실히 대접하지."

놀보가 기가 막혀,

"아이고 여보시오. 저렇게 많은 사람을 어찌 대접하란 말이오. 살려주오. 대전 代錢, 대신 내는 돈으로 바치리라."

영좌가 대답하되,

"손님 대접하는 법이 밥상 하나 차리자면 접시 일곱, 종자종지로 간장·고추장 등을 담아 상에 놓는 작은 그릇 둘, 조칫보김칫보보다 조금 크고 운두가 조금 낮은 그릇에 담아서 잘 차린 반찬에 갖은 반상飯床, 격식을 밥상 하나로 차리도록 만든 한 벌의 그릇, 반찬값만 할지라도 닷 냥이 넘을 터이나 주인의 폐를 보아 매 명에 닷 냥씩 주소."

놀보가 기가 막혀,

"사람의 수효가 얼마나 됩니까?"

"못 되어도 오백 명은 될 걸세."

놀보가 하릴없이 이천오백 냥을 내어놓고 다시 빌며 하는 말이,

"귀하신 손님네를 여러 날 만류하여 쉬어 가면 좋을 터이나 내 집 십 배 더 있어도 못다 앉힐 터이오니, 오신 내력 일러주옵소서."

"주인 말이 그러하니 아무렇게나 하여볼까. 우리나라 벼슬 중에 활인서活人署, 조선 시대 빈민의 구료 사업을 맡아보던 관청 마름지주를 대신하여 소작권을 관리하는 사람 있어 관원 서리 고자들이 누만 냥 돈 식리殖利, 돈을 놀려 이자를 늘림하여 수많은 우리 걸인 요料, 급료 또는 급료로 주던 곡식를 주어 먹이더니 주인 조부 덜렁쇠가 삼천 냥 보전保錢, 빌린 돈 쓰고 병자년에 도망하여 부지거처 되었으니 매년 삼리, 삼삼 구를 본전에서 범용되어 그렁저렁 수십 년에 본전이 다 없어져 우리 반료頒料, 나라에서 주는 급료를 나누어 주던 일 못하더니 조선 왔던 제비 편에 주인 소식 자세히 듣고 활인서에 백활百活, 관아에 억울한 사정을 호소함한즉 관원이 분부내어, 만리타국에 있는 놈을 패문왕복옛날 공문인 패문을 가지고 왔다갔다 함 번거로우니 너희들이 모두 가서 축년변리畜年邊利, 몇 해에 걸쳐 쌓인 이자 받아오되 만일 완거頑拒, 완강히 거부하거들랑 그놈의 안방에 가 먹고 반듯 누웠거라, 분부 모시고 나왔으니 갚고 안 갚기는 주인의 소견이

지."

놀보가 이 말 듣고 공손히 다시 물어,

"우리 조부 그 돈 쓸 제 수표 착명着名, 이름을 씀 준 있소?"

"있지."

"여기 가져오셨습니까?"

"안 가져왔지."

"수표가 있더라도 신사면信士面, 신의 있는 선비의 얼굴이 중한데 수표도 안 가지고 빚 받으러 오셨습니까?"

"일 년쯤 되면 강남 왕래할 터이니 우리 식구 예서 먹고 동행 하나 보내어서 수표를 가져오지."

놀보가 들을수록 사람 죽일 말이로다. 무한히 힐난하다 갑절로 오천 냥에 사화私和, 사적으로 화해함하여 보낼 적에 영좌가 하는 말이,

"갖다 바쳐보아 당상께서 적다 하면 도로 찾아올 것이니, 조홀條忽히너무 빨리 떠난다고 섭섭이 알지 마소."

일시에 간데없다.

수표 안 가져와서 못 준다니까 일 년 기다리라고 능청스럽게 이야기하는 영좌의 모습이 참으로 재미있습니다. 그러니까 놀보는 논리에서는 이겼는데 현실에서는 크게 진 거죠. 게다가 너무 빨리 떠난다고 섭섭이 생각지 말라는 말, 정말 불난 데 부채질이네요. 여하튼 판소리 더늠 구성하는 사람들 상상력은 알아주어야 한다니까요.

하나 더! 판소리 더늠을 읽다 보면 아니리, 그러니까 그냥 읽는 대사에서도 리듬
감이 느껴집니다. 예를 들면 위의 글에서,

놀보가 들을수록 사람 죽일 말이로다
3   4   4   4
무한히 힐난하다 갑절로 오천 냥에
3   4   3   4
사화하여 보낼 적에 영좌가 하는 말이
4   4   3   4

세상에서
가장
재미있는
소리·판

이렇게 말이죠. 이 리듬은 시조 리듬과 똑같지요. 이렇게 판소리는 아니리를 포함
한 모든 소리가 리드미컬하게 엮여 있다는 사실. 알고 즐기면 더욱 재미있고 나아
가 뛰어난 예술성까지 느낄 수 있을 것입니다.
자, 판소리의 즐거움은 좋은데 우리 놀보, 갈수록 불쌍해지네요. 이번에는 어떤
일이 벌어질지 오히려 걱정이 되지요. 그러다가 남는 재산이 있을까요.

아까그노인
상여 나온다

불시에 나는 소리,

"행진 강남_{강남}까지 왔다 갔다 함 수천 리에 고생도 하였더니 박통 문이 열렸으니, 안
장처_{시신}을 편히 모실 곳가 어디신고."

"워허너허 워허너허."

"해가 구름 속에 들어간다 우비 껴라, 가다가 저물세라, 어서 가자 놀보 집에."

"애고애고 막동아, 기운 없어 못 살것다. 놀보 집에 급히 가서, 개 잡어서 잘
고아라. 애고애고 오늘 저녁 어디서 쉬었다 갈꼬. 놀보네 안방 치고 포진을 잘
하여라. 애고애고 좆 꼴리어 암만 해도 못 참것다. 놀보 계집 뒷물 시켜 수청
으로 대령하라. 애고애고 이 행차가 초라하여 못 하것다. 놀보 아들 행자_{行者}, 장

례 때 상제를 따라가던 사내종 세우고 놀보 딸은 곡비哭婢, 양반의 장례 때 말을 타고 곡을 하며 행렬의 앞을 가던 계집종 세워라. 애고애고 철야할 제 심심하여 어찌할꼬."

송장 실은 상여가 나오는데 강남서 나오다가 박통 가에 당도하여 상여를 탁 내려 놀부 안방에다 영구를 모셔놓고 상주 오백 명이 울면서 꾸역꾸역 나오는디, 어찌허여 상주가 오백 명이나 되는고 허니 제비왕이 놀보를 망해주려고 북망산에서 제일 가난한 귀신만 말끔 삯을 주고 사서 보낸 상주들이었다. 상주들은 아이고, 아이고 우는디 허저삼국지에 등장하는 무사로 조조 휘하에서 활동하였다 같은 상여꾼들 서른두 명은 눈을 딱 부릅뜨고 벽력같은 소리로,

"어따 이놈, 놀보놈아. 안채 뜯고 분묘 짓고 사랑채 뜯어 시묘侍墓, 부모의 상을 당해 3년간 무덤 옆에 움막을 짓고 삶 집 지어라."

놀보가 기가 막혀,

"아이고 여보 상주님. 이 상여가 웬 상여요?"

"오냐, 아까 첫 통에 나오셨던 샌님 상여다. 네가 이놈 대접을 잘못하여 우리 부친께서 대로大怒하시어 강남으로 돌아오시더니 금방 병이 들어 돌아가시며 유언하시기를, 네 집 안방이 명당이라고 찾어가 내 말 하면 반겨 허락을 할 것이니 갈 길이 멀다 말고 부디 게 가 장사하되, 만일 아니 들으면 이 능청낭에 너 이놈 놀보놈을 집어넣으리라."

놀보가 기가 막혀,

"아이고, 여보 상주님. 사람 사는 집에다가 어찌 뫼를 쓰라는 말이오? 살려주오 살려주오. 노생원 허신 유언 임종 시 정신없어 혼미 중에 헌 말씀이오."

저 상주가 호령한다.

"이놈아! 정신없는 말씀 허실 노생원님이 아니시다. 하관下棺, 관을 땅에 묻음 시각 늦어질라, 지체 말고 집 뜯어라. 만일 집을 안 헐거드면 그 대신 삼천 냥을 바치어라."

꿇어 엎드려 섧게 빈다.

"아이고, 여보 상주님. 가재 전곡을 다 팔아도 삼천 냥이 못되외다."

"에라 이놈, 간사하다. 그럴 리가 왜 있으랴. 만일 이놈 안 들으면 이 주머니에 다 집어넣으리라."

주머니를 떡 벌려놓으니 놀보 양주가 황급허여,

"예, 그저 다른 것은 다 하시더라도 그 주머닐랑은 제발 벌리지 좀 마시오."

놀보가 가더니 가재 전곡 모두 팔고 심지어 옷가지 종 문서까지 죄다 팔아 삼천 냥을 하여 주니 주머니에다 확 훑어놓고 간 곳이 없지.

아하, 맨 처음 나온 노인이 벌써 강남으로 돌아가셨다가 먼 길 여행에 얻은 병환
으로 정말 돌아가셨군요. 그런데 상여꾼들 말투가 좀 심하죠. 놀보 마누라 보고
수청을 들라니! 놀보 마누라가 춘향이도 아니고, 말투 한번 고약합니다그려.
그렇지만 이 정도로 마무리가 되지 않습니다. 그만큼 놀보의 죄가 깊은 거죠. 흥
보는 박 세 개를 탔지만 놀보는 다섯 개를 탑니다. 그런데 앞서 세 개 박을 타고
된통 혼이 난 놀보, 분이 날 만큼 나지요. 그래서 이젠 오기가 생겼습니다. 결국
네 번째 박을 타면서는 스스로 나서 사설을 매깁니다.

"헌원씨軒轅氏, 중국 고대 전설상의 제왕인 황제의 이름 만든 배에 타고 나니 이제 불통不通,
공부자 가르침에 열심히 배웠더니 칠십 제자 육예六藝, 고대 중국 교육의 여섯 가지 교육
신통, 한나라 숙손통한나라 건국 당시 활동한 유학자, 당나라 굴뚝통, 옛글에 있는 통, 모
두 다 좋은 통, 어찌하다 이내 박통, 모두 다 몹쓸 통, 첫 번 통 상전 통, 둘째 통
걸인 통, 셋째 통 사당 통, 세간을 다 빼앗기니 온 집안이 아주 허통, 우세를 하
도 하니 처자들이 모두 애통, 생각하고 생각하니 내 마음이 절통, 어서 써세 넷
째 통, 이는 분명 세간 통, 그렇지 않으면 미인 통, 내 신수가 아주 대통, 어찌
그리 신통, 빼뜨려라 이내 죽통, 흥보 보면 크게 호통."

박통에 얼마나 한이 맺혔는지 '통' 자를 붙여 소리를 매겼네요. 그렇게 했다고 결
론이 바뀔까요?

슬근슬근 거의 타니 열대여섯 살 된 아이가 노랑 머리 갈매 창옷 박통 밖에 썩

세상에서
가장
재미있는
소리·판

나서니, 놀보가 장히 여겨,

"애겨 이것 선동仙童이지."

삼십 넘은 노총각이 그 뒤 따라 또 나오니, 놀보가 더 반겨,

"동자가 한 쌍이지."

그 뒤에 사람들이 꾸역꾸역 나오는디, 앞에 선 두 아이는 검무쟁이, 북잡이라, 풍각쟁이, 각설이패, 방정스런 외초란이 등물이 지껄이며 나오더니, 놀보의 안마당을 장판으로 알았던지 훨씬 넓게 자리 잡고 각 차비差備, 악기를 연주하는 따위의 기능인가 늘어서서, 가야금 둥덩둥덩, 퉁소 소리 띠루띠루, 해금 소리 고께고께, 북 장단에 검무 추며 번개 소고 벼락 소고 동골동골. 한편에서는 각설이패가 덤벙이는데, 배코상투를 얹은 자리로 머리털을 밀어버린 자리 밑 훨씬 돌려, 숭늉 쪽박 엎어 놓은 듯, 가로 약간 남은 머리 개미 상투 없듯 하여 이마에 딱 붙이고, 전라도 장타령을 시작하여,

4장
흥보가
기가 막혀
〈흥보가〉

"뚤울울 돌아왔소. 각설이라 먹서리라, 동서리를 짊어지고, 뚤뚤 몰아 장타령, 흰 오얏꽃 옥과장, 노란 버들 김제장, 부창부수夫唱婦隨, 남편이 주장하고 아내가 이에 따름, 즉 부부 사이가 잘 어울림 화순장, 시화연풍時和年豐, 나라가 태평하고 풍년이 듦 낙안장, 쑥 솟았다 고산장, 철철 흘러 장수장, 삼도三道, 충청·전라·경상의 삼도 도회 금산장, 일색 춘향 남원장, 십리 오리 장성장, 애고애고 곡성장, 누릇누릇 황육黃肉, 소고기전, 펄펄 뛰는 생선전, 울긋불긋 황화荒貨, 여러 가지 자질구레한 일용 잡화·끈목·담배쌈지·바늘·실 따위를 이른다전, 파싹파싹 담배전, 얼걸덜걱 옹기전, 딸각딸각 나막신전."

한 놈은 옆에 서서 두 다리를 빗디디고, 허릿짓 고갯짓, 살만 남은 헌 부채로 뒤꼭지를 탁탁 치며,

"잘한다 잘한다, 초당 짓고 한 공부가 실수 없이 잘한다. 동삼童蔘, 어린아이 모양처럼 생긴 산삼 먹고 한 공부가 진기津氣, 먹은 것이 잘 삭지 아니하여 오랫동안 유지되는 든든한 기운 있게 잘한다, 기름 되나 먹었느냐, 미끈미끈 잘한다, 목구멍에 불을 켰나 훤하게도 잘한다, 뱃가죽도 두껍다 일망무제一望無際, 한눈에 바라볼 수 없을 정도로 아득하게 멀고 넓어서 끝이 없음로 나온다, 네가 저리 잘할 적에 네 선생이 오죽하랴, 네 선생이 나로구나 잘한다 잘한다. 목 쉴라 목 쉴라, 대목장에 목 쉴라, 가만가만 섬겨라종알거리다. 너 못하면 내가 하마."

한편에서는 고사告祀 초란이가 덤벙이는데, 구슬 상모 담벙거지 되게 맨 통 장고를 턱밑에다 되게단단히 매고,

"꽁그락공 꽁그락공. 예 돌아왔소. 그림 같은 댁에 신선 같은 나그네 왔소. 옥 같은 입에 구슬 같은 말이 쏙쏙 나오. 꽁그락공. 예 오노라 가노라 하니, 우리 집 마누라가 아주머님 전에 문안 아홉 꼬챙이, 평안 아홉 꼬챙이, 이구 팔십 열 여덟 꼬챙이, 낱낱이 전하라 하옵디다. 꽁그락공."

"허페."

"통영 칠한 두리반여럿이 둘러앉아 먹을 수 있는 크고 둥근 상에 쌀이나 담아놓고, 귀 가진 저고리, 단 가진 치마, 명실 명전 가진 꽃소반, 고사나 하여보오. 꽁그락공."

"허페페."

놀보가 보다 하는 말이,

"저런 되방정들, 집구석에 두었다는 싸래기도 안 남것다."

돈 관씩 후히 주어서 치송治送, 행장을 꾸려 길을 떠나보냄하였구나.

이 정도 되면 아무리 놀보라고 해도 포기할 수밖에 없겠죠. 남은 재산도 별로 없을 테고요. 그렇지만 아직 남은 것이 있으니 바로 놀보의 분노죠.

놀보란 놈, 산멱숨구멍까지 화가 찼지. 박통 하나를 딱 들어갖고는,
"에이, 이 급살 맞을 놈의 박통들 같으니."
소리 친 후에 울 너머로 휙 집어 던져놓은 것이 은금보화가 와르르 쏟아져서 동네 사람들이 쏴악 주워가버리고, 놀보란 놈 들도 놓도 못할 즈음에 마저 남은 박통 하나가 손수 뚜굴뚜굴 뚜굴 굴러가다가 쫘악 벌어지더니만,
한 장수가 나온다, 한 장수 나온다, 저 장수 거동 봐라, 먹장낯먹물처럼 새까만 얼굴빛, 고리눈눈고리가 찢겨 위로 치솟은 눈에 더벅수염을 거사려, 흑총마몸은 청백색에 갈기는 검은빛을 띠는 명마 칩떠 타고, 사모蛇矛, 뱀 모양을 한 긴 창 장창을 들고 놀보 앞에 가 우뚝 서며,
"네 이놈 놀보야! 한나라가 말세되어 천하가 분분할 제 유비, 관우, 장비, 세 영웅이 도원결의하고 천하에 횡행하던 탁군 사는 성은 장이요, 이름은 비요, 자는 익덕이라 하는 용맹을 들었느냐? 내가 그 장 장군이로다. 천지에 중한 의리가 형제밖에 또 있느냐. 한날한시에 못 낳았어도 한날한시에 죽는 것이 당연한 도리인데, 네놈은 어이하여 동기 박대 그리하고, 제비라 하는 짐승은 백곡百穀, 세상 모든 곡식에 해 없는디, 내가 근본 생긴 모양 제비 턱을 가졌기로 제비를 사랑터니, 제비 말을 들어본즉, 생다리를 꺾었다니, 그 죄로 이놈 죽어봐라!"
놀보, 기가 막혀 정신이 하나도 없이 죽은듯 나보시 엎드려 넋을 잃고 피어져 있을 적에, 그때에 흥보가 이 말을 바람결에 듣고 정신없이 건너와서 장군 전

에 비는 것이었다.

"비나이다, 비나이다. 장군님 전에 비나이다. 우리 형님 지은 죄를 아우 제가 대신 받겠사오니 형님은 부디 살려주오. 만일 형님이 죽거드면 동생 저 혼자 살어 무엇하겠소. 우리 형님 살려주면 높고 높은 장군 은혜, 호호만세를 허오리다."

장군이 감동하여,

"네 이놈 놀보야. 네 죄상을 생각허면 당장 죽이고 갈 일이로되, 너의 동생 어진 마음으로 보아 살려두고 가거니와 차후는 개과천선을 허렸다."

두어 마디 이르더니 인홀불견因忽不見, 언뜻 보이다가 홀연히 사라짐 간곳없다.

장비는 떠났으나 놀보는 영영 죽어 꽝꽝 언 동태 뿐으로 전신이 이미 굳었는지라 흥보가 대성통곡허며 정신없이 저의 집으로 달려가 환혼주還魂酒, 죽은 사람의 혼을 불러 살리는 술를 갖다가 놀보 입에 떠 넣어놓으니 살살 맥이 돌아들어 다시 회생되었것다. 놀보 간신히 정신차려 가산을 둘러보니 초상친 뒤도 아니요, 이루 말할 길이 없고 조석거리 쌀 한줌과 엽전 한푼이 없는지라. 놀보와 놀보 계집, 그제야 사람 마음이 들었던지 얼굴을 바로 들고 흥보 내외도 못 바라보고 다시 그 자리에 엎드려지더니 저의 죄를 섬기면서 방성통곡을 하는구나.

놀보가 그날부터 개과천선허여 사람과 물건을 대함에 진실허고 흥보의 착한 마음 극진히 형을 위로하며 저의 세간을 반으로 나눠 형은 아우를 우애로 대하고 아우는 형을 공경하니 뉘 아니 부러워하며 뉘 아니 칭찬하리. 도원에 남은 의기 천고에 빛났더라. 그 뒤야 뉘 알리요, 더질더질.

이렇게 해서 〈흥보가〉도 끝이 났습니다.

자, 처음에 판소리가 뭔지 모를 때와 비교하면 어떤가요? 여전히 재미없나요, 아니면 판소리 한 대목 반드시 들어보고 싶은가요?

당연히 재미있을 거고, 이 책에 나오는 판소리 한 대목 꼭 들어보고 싶을 겁니다. 이제 이 소리를 한번 들어보십시오. 이전까지는 무슨 소리인지 전혀 안 들리던 내용도 다 들리고 그 내용이 얼마나 우리 마음을 웃기고 울리는지도 느낄 수 있을 것입니다.

그럼 저의 구실은 여기까지고 더 듣고 더 즐길 분은 시중에 나와 있는 다양한 판소리 음반을 참고하시길, 더질더질.

참고
자료

《춘향가 ─명창 장자백 창본》, 김진형·김현주 역주, 도서출판 박이정, 1996

《강도근 5가 전집》 김기형 역주, 도서출판 박이정, 1998

《춘향뎐 ─조상현 창본 춘향가》, 편집부 엮음, 깊은산, 2000

《소리따라》 박지환 엮음, 도서출판 새날기획, 1996

《강정자 판소리 다섯 바탕 가사집 ─겨레문화총서 제4호》, 이재현 편저, 오악문화연구소, 2003

《심청가 ─서편제(강산제), 김영소 판소리집》, 도서출판 단군, 1998

《흥보가 수궁가 ─동편제, 김영소 판소리집》, 도서출판 단군, 1998

《신재효의 판소리 여섯 바탕집》, 신재효 지음, 강한영 교주, 앞선책, 1993

〈판소리 5명창 김창룡〉, 신나라레코드, (주)킹레코드

〈국창 임방울 판소리 대전집〉, (사)임방울국악진흥회, 탑예술기획

〈김연수 흥보가〉, 지구레코드

〈임방울의 수궁가 1·2·3〉, KBS FM, 지구레코드

〈김연수 도창 창극 춘향전〉, 지구레코드

〈김연수 심청가〉, 지구레코드

〈박록주 흥보가〉, 지구레코드

〈오케판 흥보전〉, 신나라레코드

〈뿌리깊은나무 판소리 전집〉, 한국브리태니커

356
세상에서
가장
재미있는
소리·판